KRISTEN PROBY

BESTSELLER DO NY TIMES E USA TODAY

CANTA Comigo

With me in Seattle 4

Editora Charme

1ª Impressão 2018

Produção Editorial - Editora Charme
Foto - Depositphotos
Criação e Produção Gráfica - Verônica Góes
Tradução - Bianca Briones
Revisão - Jamille Freitas e Ingrid Lopes

Este livro segue as regras da Nova Ortografia da Língua Portuguesa.

CIP-BRASIL, CATALOGAÇÃO NA PUBLICAÇÃO
SINDICATO NACIONAL DE EDITORES DE LIVROS, RJ

Proby, Kristen
Canta Comigo /Kristen Proby
Titulo Original - Rock with me
Série With me in Seattle - Livro 4
Editora Charme, 2018.

ISBN: 978-85-68056-53-0
1. Romance Estrangeiro

CDD 813
CDU 821.111(73)3

www.editoracharme.com.br

KRISTEN PROBY

BESTSELLER DO NY TIMES E USA TODAY

Tradução - Bianca Briones

Dedicatória

Este livro é para todos os meus leitores.
Obrigada, do fundo do meu coração.

6 Kristen Proby

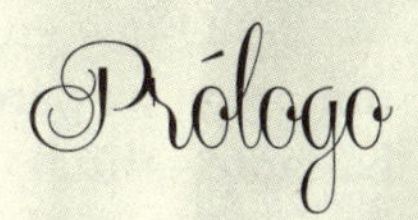

Prólogo

— Você sabe que não precisava trazer tanta ajuda — Meg anuncia. — Não tenho tanta coisa. Leo e Will poderiam cuidar de tudo facilmente.

Estávamos todos reunidos na casa de Will Montgomery, ajudando-o na mudança de sua namorada, Megan. Como eu amo essas pessoas! Meu irmão se casar com um membro da família Montgomery foi a melhor coisa que ele poderia ter feito.

Droga, na verdade, Luke sempre acerta. Olho a impressionante sala de estar de Will, tentando decidir onde devo pendurar um dos quadros brilhantemente coloridos de Meg, e avisto meu irmão enquanto ele beija sua linda esposa morena na bochecha. Natalie é a melhor pessoa do mundo, e estou muito feliz que ela me perdoou por ter sido uma idiota com ela, quando a conheci. Não que eu me arrependa muito de ter feito aquilo. Eu tinha minhas razões. Mas Nat é fantástica. Ela é minha melhor amiga.

— Muito obrigado por me voluntariar — Leo, o melhor amigo de Meg, murmura. — Por que não contratamos uma empresa?

Sorrio sozinha e fico de costas para a sala, me concentrando na parede e no quadro em minhas mãos. Estou em uma sala com Leo Nash. *O Leo Nash.* A estrela do rock mais quente do país. E ele é muito sexy.

E ficou me olhando o dia inteiro.

Will e Leo continuam a resmungar por terem que fazer todo o trabalho pesado, ganhando encaradas de Meg. Deus, ela é engraçada.

E garanto que nenhuma das garotas reclamaria de observar Leo, Nate e os irmãos Montgomery levantarem objetos pesados. Malditos homens sexy.

— Então, Sam. — Leo se aproxima de mim. Posso senti-lo às minhas costas, a poucos centímetros de distância, e, nossa, sinto o cheiro do seu suor almiscarado e do seu sabonete. — O que você vai fazer mais tarde?

Respiro fundo e mantenho meu rosto impassível. Aprendi há muito tempo como manter minhas emoções sob controle.

— O que eu sei é que não vou fazer com você — murmuro, e martelo um prego na parede. Apesar de realmente estar atraída por ele, e eu estou bastante, afinal, quem não estaria?, Leo está fora dos limites. Ele é o melhor amigo da Meg. Na verdade, é como um irmão para ela.

Além disso, ele é famoso.

E muito arrogante.

— Ah, eu não estava oferecendo, querida. — Viro para ver Leo sorrindo presunçosamente. — Eu estava pensando se você gostaria que eu te levasse para tirar essa vara enfiada na sua bunda, que parece estar te incomodando tanto.

As garotas prendem a respiração, e os olhos de Luke ficam arregalados.

Ok, isso doeu.

Ninguém vai mexer na vara da minha bunda, seu idiota.

Antes que meu irmão possa rasgar Leo em pedaços, afinal, apesar do seu comportamento normalmente doce, eu não tenho nenhuma dúvida de que ele faria isso num piscar de olhos, sorrio e dou uma risada.

— Não, eu gosto da minha vara exatamente onde ela está.

— Me avise se mudar de ideia. — Leo sorri e enfia as mãos nos bolsos da calça jeans desgastadas, que estão baixas em seu quadril.

— Você vai ser o primeiro a saber. — Retorno para a parede, pendurando o quadro. — Mas só para você saber — falo, de costas para ele —, eu não saio com pessoas famosas.

— Nem eu. — Ele pisca e vai até a cozinha, pega uma cerveja na geladeira e toma um gole, flexionando o bíceps sob as tatuagens incríveis que cobrem sua pele, enquanto levanta e abaixa a garrafa. Ele engole e sorri ainda mais para mim, seus olhos brilhando com interesse, e, pela primeira vez em cinco anos, me arrependo da minha regra sobre celebridades.

Maldito seja ele.

Capítulo Um

— Você está bem? — Luke murmura no meu ouvido, enquanto me abraça na saída da casa de Will.

— Claro, por que não estaria? — Sorrio, desafiadora, olhando nos felizes olhos azuis de Luke.

— Leo foi realmente um idiota. — Ele franze a testa e olha de volta para a casa.

— Ele estava tentando ser engraçado, Luke. Consigo levar uma piada numa boa. — Aceno despreocupadamente, e entro na minha pequena Mercedes branca. — Te vejo na casa do papai e da mamãe no domingo?

— Sim, nos encontraremos lá. — Ele acena, se junta a Nat em seu carro e vai embora. Todo mundo foi embora, exceto Leo, que ficou para trás para ajudar a descarregar mais algumas caixas, e estou aliviada em ficar longe dele.

Ele é bonito demais para me deixar confortável.

Ok, talvez não seja só isso. Saio da garagem e dirijo até a minha casa.

Vejo algo em Leo que me perturba. Não é que eu tenha medo dele e nem por que ele acha isso, mas é que ele é tão... viril. Ele me atrai de uma forma que ninguém nunca fez antes. Não tem nada a ver com a sua banda ou seu dinheiro, e tudo a ver com aqueles olhos cinzentos e o sorriso doce.

Ele tem bagagem, e é provavelmente uma estrela do rock idiota. Não tenho paciência para lidar com aquela atitude arrogante. Já tenho a minha própria arrogância para lidar.

De repente, a uns três quilômetros de distância da casa de Will e Meg, meu carro faz um movimento abrupto e balança para um lado.

Merda! O pneu furou.

Encosto na lateral da estrada e saio. Começou a chover, aquela chuva grossa, fria e cortante que é famosa em Seattle no inverno. Graças a Deus eu estava preparada para o clima, com meu jeans, tênis e um casaco de capuz. Não é o meu traje normal do dia a dia.

Agora estou na chuva, com o capuz vermelho por cima do meu cabelo, e olhando para o pneu. É o final perfeito para uma semana infernal. Suspiro e olho para os dois lados da via, e, em seguida, dou um chute forte no pneu, conseguindo apenas machucar a ponta do meu dedo.

Merda! Ando em círculos e faço uma careta novamente para o pneu.

Porra de pneu.

Bem, eu poderia chamar a assistência rodoviária, mas é apenas um pneu furado, e eu conseguiria trocá-lo antes que o cara chegasse para ajudar.

Abro o pequeno porta-malas do carro e removo o step, o macaco e aquela ferramenta para soltar os parafusos. Não sei o nome dela, mas tenho certeza de que posso usá-la, e agradeço ao meu pai por me ensinar a fazer isso.

Assim que me inclino e posiciono o macaco sob o eixo, um carro conhecido para atrás de mim, e eu suspiro profundamente.

Leo.

Filho da puta.

Seu corpo magro e musculoso sai do carro preto e caminha em minha direção, seu tênis All Star preto esmagando o cascalho, aparentemente, não se incomodando com a chuva. Ele está usando uma jaqueta de couro, aberta na frente, sobre a camiseta branca, e calça rasgada. Ele cobriu a cabeça com um gorro preto de malha.

— Problemas? — pergunta, com um meio-sorriso, atraindo o meu olhar para o piercing.

Por que estou atraída por um piercing no lábio?

Não sei, mas o fato é que estou.

— Apenas um pequeno imprevisto. Já estou resolvendo. Você não precisa ficar. — Começo a trabalhar nos parafusos.

Leo não se moveu.

— Você não precisa ficar — repito mais firme, e olho para o seu rosto bonito.

— Você honestamente acha que vou te deixar aqui, no acostamento, trocando um pneu, sozinha? — questiona, seus olhos ficando mais frios, e franzo a testa.

— A situação está sob controle.

Em vez de voltar para seu carro e sair acelerando, ele apoia a bunda no meu carro, cruza os braços sobre o peito e me olha com aqueles olhos tempestuosos, da mesma cor das nuvens que, nesse momento, despejam água fria sobre nós.

— Fique à vontade. — Dou de ombros e volto para a tarefa em minhas mãos. Deus, a chuva é fria, e o vento ficou mais forte agora, fazendo minhas mãos latejarem. Queria estar de luvas, mas me recuso a deixar Leo ver o meu desconforto. As porcas saem tranquilamente, até eu chegar à última, que está muito apertada.

Luto com ela, grunhindo, e caio de bunda no chão com o esforço.

A porca não se mexeu.

— Droga — murmuro, e meu olhar faísca para o pneu.

Mãos fortes envolvem meus braços e me levantam, até eu ficar equilibrada de pé.

— Nossa, você é uma coisinha — resmunga, e me afasta para o lado. Ele se agacha ao lado do pneu e facilmente solta a porca teimosa.

— Deixei-a frouxa para você — eu lhe digo, tentando dar uma de durona.

— É claro. — Ele ri e puxa o pneu furado do eixo. — Você é sempre tão teimosa?

Cruzo os braços sobre o peito, encostando as mãos nas costelas para aquecê-las.

— Depende.

Ele ri e balança a cabeça, os dedos tatuados colocando o novo pneu e apertando as porcas. Não consigo tirar os olhos das suas mãos, das cores vivas da tatuagem.

Suas tatuagens são lindas.

Me pergunto o que há sob as roupas. Ele está geralmente sem camisa nas fotos publicitárias, então, sei que tem os braços fechados de tatuagem, uma no peito e estrelas nos quadris, mas eu adoraria ver o que tem sob a calça.

Respiro fundo, fecho meus olhos e tento tirar a imagem dele sem camisa da minha cabeça, enquanto ele abaixa o macaco, tirando-o do eixo, e guarda as ferramentas no carro, junto com o pneu furado.

— Você não precisava fazer isso. — Eu lhe dou um meio-sorriso e uma risada em voz alta, quando ele fecha a cara para mim.

— Sam, não te deixaria aqui, trocando um pneu na chuva, sozinha. Seu irmão me arrebentaria.

Claro. Ele está apenas sendo gentil por causa do Luke. Assim como todos os outros.

Mantenho meu rosto inexpressivo, endireitando os ombros e ergo minhas paredes de proteção. As pessoas não podem me machucar se eu não permitir.

— Você provavelmente está certo. — Recuo um passo e caminho de volta para o carro para entrar e fugir. — Vou avisá-lo que você foi extremamente prestativo. Obrigada.

— Que porra acabou de acontecer? — Seus olhos se estreitaram no meu rosto, os polegares dobrados nos bolsos da calça jeans.

— Não sei do que você está falando.

— Sabe, sim. Você estava se soltando, e, em seguida, de repente, voltou a ser a rainha do gelo.

Não sou uma rainha do gelo! Sou a porra de um ser humano, mas nunca vou deixar que vejam como posso ser vulnerável novamente. Nunca mais!

— Tenha um bom dia, Leo.

— Ei. — Ele bloqueia meu caminho até a porta do motorista e coloca a ponta do dedo no meu queixo para erguer meu olhar para o dele. — O que foi que eu disse?

Balanço a cabeça e me afasto, precisando de espaço. Deus, ele é como um maldito ímã.

Ele me observa atentamente por um momento e, em seguida, encolhe os ombros.

— Ok. Dirija com cuidado. Substitua o pneu furado amanhã na oficina. — Ele volta para seu carro, abaixando-se graciosamente ao volante e me esperando sair na frente.

Quem diria que uma estrela do rock tão famosa quanto ele poderia ser um cavalheiro?

Estranho.

Aceno levemente, soltando o ar pela primeira vez em meia hora. Esse homem exala sensualidade. Não me admira que seja tão famoso.

E eu nunca mais vou fazer esse caminho novamente.

Olivia talvez seja o bebê mais perfeito que já existiu, e herdou todo o seu charme, inteligência e boa aparência da sua tia Sammie.

E ninguém mais na face da Terra pode me chamar de Sammie.

Não sou normalmente do tipo que gosta de ficar agarrando bebês, mas, ah, como eu amo essa garota. Estamos todos reunidos na casa dos meus pais, e, por todos, quero dizer, todo mundo mesmo. Todos os Montgomerys estão aqui com seus filhos, Luke, Nat e Livie, e meu irmão caçula, Mark. Até Brynna está aqui com suas filhas.

Will puxou Meg para seu colo no sofá, e estão rindo intimamente. Ele olha para mim e me dá uma piscadinha amigável, e sinto uma pontada na boca do meu estômago. E pensar que, há apenas dois anos, os jantares de família consistiam em apenas cinco pessoas. Como era chato! Agora temos esta linda família. Eu não mudaria absolutamente nada, mesmo que isso tenha me feito perder o meu emprego na semana passada.

— Livie, você é a garota mais linda da sala. Sim, você é. — Dou vários beijinhos em seu pescoço. Ela solta doces risadinhas de uma menininha de nove meses e agarra meu cabelo em sua pequena mão. — Ai, ai... solte meu cabelo, querida.

Ela ri um pouco mais e coloca uma mecha loira na boca.

— Eca. Você sabe quanto tem de produto no meu cabelo, amiguinha? Definitivamente não é comestível.

— Ultimamente, tudo que pega ela leva à boca — Nat murmura, sentando ao meu lado no chão, as costas descansando contra o sofá. —

E também está babando como se não houvesse amanhã. Acho que estão nascendo mais dentes.

Como se respondendo às nossas indagações, Livie nos dá um grande sorriso, orgulhosamente mostrando seus quatro dentes da frente, e rimos dela.

— Ela é tão doce. — Beijo sua bochecha.

— Sim, ela é. — Os olhos verdes de Nat brilham, enquanto ela olha de sua filha para mim. — Espero que o próximo também seja — sussurra.

O quê? Engasgo e quase deixo o bebê cair.

— Você est...? — sussurro de volta para ela, que me dá um pequeno sorriso e um aceno de cabeça, e então sorri amorosamente para Luke, que estava nos observando.

— Quando vão contar para todos? — pergunto. Outro bebê!

— Depois do jantar, acho — responde, enquanto Luke senta do meu outro lado e pega Livie dos meus braços.

— Oi, bebezinha. — Ele a beija na testa, e Livie se ilumina ao ver o pai. — Então, ela te disse? — questiona baixinho, para que só eu possa ouvir.

— Sim, estou tão feliz por vocês.

Seus olhos azuis suaves encaram os meus, e posso ler seus pensamentos. Ele esperou tanto tempo por esse tipo de felicidade. Ele merece cada sorriso, cada momento maravilhoso que sua família lhe traz.

— Obrigado — murmura, e beija a cabeça de Liv novamente. — Mal posso esperar para contar, amor.

Natalie ri.

— Vá em frente, então.

— Pessoal, tenho uma novidade. — Luke se levanta facilmente com o bebê apoiado no antebraço e encara a sala. Todos ficam em silêncio e direcionam sua atenção para ele.

Meu olhar foca em Leo do outro lado da sala. Este é o primeiro evento da família que Meg o convida. Me pergunto como ele está lidando com a situação. Ele pisca para mim, mas posso ver a tensão em torno dos seus olhos. Somos um grupo enorme, mesmo se a pessoa estiver acostumada a famílias grandes e barulhentas, o que sei que ele não está.

Minha mãe já começou a chorar, antecipando o teor da notícia. Ela está certa, como sempre.

— Natalie e eu. — Ele puxa Nat para frente, de onde estava escondida ao seu lado. — Vamos ser papais novamente.

— Puta merda! — Caleb exclama primeiro, e a sala explode em sons de vozes, abraços e aplausos.

— Jesus, o que você é, uma fábrica de bebês? — Jules pergunta com lágrimas nos olhos, enquanto pula para abraçar Nat. — Isto é o que acontece quando você continua fazendo aquelas nojentas demonstrações de afeto em público.

— Sim, bem, nós queremos um monte de filhos — murmura Natalie com um sorriso, os olhos felizes.

Luke ri de Jules e dá um beijo de cinema em Nat, apenas para provocá-la.

— Ecaaaa... — Jules franze a testa e se afasta.

Enquanto todos continuam a celebrar a novidade, decido escapar um pouco lá para trás e tomar um pouco de ar fresco.

Amo minha família, mas, quando ficam todos juntos, é realmente muita coisa para lidar, e passo noventa por cento do tempo sozinha, então sinto necessidade de me isolar um pouco.

Pego um suéter no armário da entrada e saio para a varanda coberta da casa dos meus pais, respirando profundamente e me inclinando sobre o parapeito, olhando para a floresta na parte de trás da casa.

— Precisava de um tempo também?

Leo

— Puta merda! — Ela se sobressalta e vira para me olhar, apertando a mão contra o peito, os olhos azuis brilhantes arregalados. Tenho que me agarrar no corrimão em que estava encostado para me impedir de correr ao seu encontro e beijá-la ali mesmo.

— Desculpe, não quis te assustar. — Sorrio para ela e observo sua expressão mudar, tentando analisá-la. Será que ela ia sorrir? Fazer uma careta? Endireitar os ombros?

Adoraria fazê-la colocar para fora o que há em sua mente.

— Só precisava de um minuto longe do barulho. — Ela engole em seco e olha para trás, para as árvores. — Está se divertindo?

Sorrio e cruzo os braços sobre o peito.

— Você tem uma grande família, é muita coisa acontecendo ao mesmo tempo para mim.

— Você está acostumado a cinquenta mil fãs gritando seu nome em um show, Leo. Não consigo imaginar que isso seja muito barulho para você.

— Isso é diferente. É o meu trabalho. — É a minha vida.

— Bem, essa turma não é fácil. Especialmente todos ao mesmo tempo. — Ela sorri suavemente para mim e, em seguida, parece se lembrar de quem eu sou e desvia o olhar.

Interessante.

— Meg queria que eu viesse, por isso estou aqui.

É verdade, e eu faria tudo de novo. Meg pertence a esta família agora, e vou fazer o que puder para me adaptar e deixá-la feliz. Além da minha banda, Megzinha é minha única família.

— Foi legal da sua parte. — Ela fala a palavra *legal* com um tom de zombaria, e eu não posso deixar de dar uma gargalhada e me aproximar mais dela.

— Acredite ou não, boneca, eu posso ser muito legal.

Ela encolhe os ombros e olha para as minhas mãos quando agarro a grade novamente. Ela observou as minhas mãos também no outro dia, e não posso evitar de me perguntar se as tatuagens a desagradam ou excitam.

Normalmente, não há meio termo nisso, e estou pouco me fodendo, de qualquer maneira.

Ela respira profundamente e olha para o meu rosto, os olhos um pouco mais brilhantes, os lábios rosados entreabertos. Definitivamente excitada.

Posso lidar com isso.

Ergo a mão até seu rosto, mas ela recua, e não posso evitar de sentir uma onda pura de raiva com a reação dela. *Qual diabos é o seu problema?*

— Pronto. — Puxo um fiapo solto do seu cabelo e lhe mostro, antes de deixá-lo cair no chão.

— Desculpe — ela sussurra.

— Então, o que você faz para se divertir?

— Por que essa pergunta? — ela me questiona, seus olhos se estreitando.

— Porque não te conheço muito bem, e estamos sozinhos na varanda, assim poderíamos muito bem ter uma conversa casual.

Deus, ela é tão fria.

O que seria necessário para aquecê-la?

— Eu corro. — Ela encolhe os ombros.

— Corre?

— Sim, você sabe, quando coloca tênis e se move rapidamente para a frente?

Porra, ela é adorável quando está sendo sarcástica. Tem uma bela voz: rouca e baixa. Não é nada estridente. Não consigo imaginá-la gritando: "Uauuuu!", quando está bêbada.

Sua voz é incrível pra caralho.

— Sim, tenho uma boa ideia do que seja, mas que tipo de corrida você faz?

— Maratonas.

Meus olhos percorrem seu corpo pequeno e firme. Ela é mais magra do que eu normalmente gosto, mas não é fraca. Reparei nisso quando a segurei pelos braços no outro dia, ao levantá-la do chão.

Ela adora correr.

Como eu.

Talvez nós dois, no final das contas, tenhamos alguma coisa em comum. Me pergunto que tipo de música ela ouve.

— Há quanto tempo você corre maratonas? — questiono, e me movo para sentar ao seu lado na escada.

— Desde o ensino médio. Corro em pista, e há grandes maratonas aqui em Seattle durante todo o ano.

— Eu sei, também corri em algumas delas. — Aceno com a cabeça, e me inclino para trás, apoiado nos cotovelos.

— Você corre muito? — Seus olhos estão calmos e felizes, e vejo aquelas paredes lentamente começarem a baixar.

— Quando tenho tempo, sim. Prefiro correr ao ar livre, mas, quando estamos em turnê, tenho que me contentar com a academia do hotel.

— Gosto de correr ao ar livre também. Correr na esteira não é a mesma coisa. — Ela me dá um meio-sorriso. Minha respiração trava.

Samantha Williams é bonita, com o cabelo loiro-claro e grandes olhos azuis, mas, quando sorri, ela poderia fazer os deuses chorarem.

Eu poderia escrever uma canção sobre o seu sorriso.

— Costumo correr todas as manhãs, antes que a cidade acorde — explica ela, e franzo a testa com isso.

— Onde você mora?

— No centro — responde vagamente.

— No centro de qual cidade? — pergunto, com uma impaciência crescente.

— Seattle. — Faz uma careta para mim. — Por quê?

Tenho que respirar fundo, tentando evitar começar a gritar com ela.

— Você quer me dizer que corre no centro de Seattle no início da manhã? Você tem um parceiro?

— Sim, eu corro no início da manhã. Não, eu corro sozinha.

Balanço a cabeça e passo as mãos pelo meu rosto, tentando afastar a súbita necessidade de proteger esta pequena garota irascível.

— Isso é perigoso — murmuro.

— Você pretende ser meu guarda-costas, Sr. Rockstar? — pergunta, com a voz carregada de sarcasmo, e não posso deixar de rir. Ela é inteligente e divertida.

— Na verdade, sim, acho que vou ser.

Ótimo, isso tira o sorriso do seu rosto, e ela emudece por um segundo, sua boca abrindo e fechando, não sabendo o que dizer, até que, finalmente, entrelaça as mãos e me olha cautelosamente.

— Claro. Ok, você quer correr comigo? Tudo bem. Mas não vou diminuir meu ritmo por você, apenas para esclarecer. Você terá que me acompanhar.

— Tudo bem. — Sorrio levemente e me aproximo mais alguns centímetros.

— Costumo correr às seis, mas... — Ela perde a linha de raciocínio, enquanto seus olhos se prendem nos meus lábios, no meu piercing. Sim, ela gosta das tatuagens e do piercing.

E eu gosto dela. Muito.

— Mas?

— Hein? — Ela olha nos meus olhos, e depois limpa a garganta, e não consigo impedir o largo sorriso que se abre no meu rosto, enquanto assisto seu rosto corar. — Mas, desde que não tenho que trabalhar mais, posso correr às sete. É muito cedo para você? Acho que você, provavelmente, vai deitar a essa hora.

— Não, eu sou uma pessoa matutina. — Passo o dedo pelo seu rosto, feliz que, dessa vez, ela se inclina para mim, em vez de recuar. — Estarei na sua casa às sete. Me mande uma mensagem com o seu endereço.

— Não tenho o seu número — sussurra.

— Eu tenho o seu — murmuro. — Vou te mandar uma mensagem, então você marca o meu número.

— Por que você tem o meu número? — Seus olhos estão de volta à minha boca agora, e nossa respiração é irregular.

— Eu pedi pra Meg. Ia te ligar para saber sobre o seu carro.

— Ah.

Ela lambe os lábios, e não aguento mais. Toco seu pescoço macio, meu polegar segurando firmemente seu queixo, e mordisco o canto da sua boca, passando pelos lábios macios e rosados, e mordisco o outro lado, me perguntando se os lábios da sua vagina têm esse tom de rosa.

Ela solta um gemido baixo quando me aprofundo, persuadindo sua boca a se abrir com a minha língua e desfrutando dela. Ela é sexy como um raio de sol, e mergulho completamente, aproveitando cada respiração, cada toque inicial da sua língua contra a minha.

Ela agarra meu quadril, se firmando contra mim, e passo meu outro braço ao redor das suas pequenas costas, puxando-a com força em minha direção.

Seus mamilos endureceram contra o meu peito, e eu sorrio, enquanto desacelero o beijo, esfregando meu nariz no dela e beijando sua testa, ainda a segurando firme.

— O que foi isso? — ela sussurra.

— Se você tem que perguntar, é porque não fiz do jeito certo.

Ela sorri, inclina sua testa contra o meu peito e, em seguida, se inclina para trás para me olhar.

Ela é tão pequena.

— Você sabe o que quero dizer.

Dou de ombros, desconfortável, de repente. Todos os homens no interior daquela casa me matariam se me vissem segurando-a e beijando-a como um louco, e eu não poderia culpá-los.

Mas não consigo ficar longe dela.

— Você é beijável.

— Aí estão vocês!

Nós nos afastamos com uma sensação de culpa ao som da voz de Meg na porta. Ela está sorrindo alegremente, não parecendo irritada por me encontrar em uma posição comprometedora com sua amiga. Solto o ar, forte, com o alívio.

— O jantar está pronto — Meg anuncia.

— Que bom, eu estou morrendo de fome. — Pisco para Sam, apreciando o rubor nas suas bochechas. — Às sete, amanhã.

— Às sete — ela murmura, enquanto entro, ansioso por amanhã.

Capítulo Dois

Samantha

Ponho os fones de ouvidos, procurando na lista de reprodução a pasta que intitulei *suor* no meu iPhone, colocando-o dentro do meu sutiã em seguida. Tranco a porta e guardo a chave no mesmo lugar, tomando cuidado para que não caia pelo decote.

Estou usando uma legging preta, regata rosa, e, claro, um casaco com capuz rosa para afastar o frio desse dia de inverno em Seattle. Já fiz meu alongamento, então é hora de correr e limpar a cabeça.

Enquanto desço correndo as escadas, em vez de pegar o elevador, não posso deixar de pensar em Leo. Eu sabia que ele não iria aparecer para correr. Mas por que estava brincando sobre isso na noite passada? E por que, em nome de Deus, ele estava me beijando daquele jeito?

É melhor eu esquecer tudo sobre o beijo e me concentrar em arrumar um emprego.

Corro pelo saguão do meu prédio e aceno para Frank, o porteiro, viro à esquerda na calçada e acelero, a voz suave de Adam Levine tocando em meus ouvidos, me pedindo para lhe dar mais uma noite.

Sem problemas, Adam.

De repente, há um movimento à minha direita, e eu me assusto. Meu coração vai parar na garganta, solto um grito e tropeço. Mãos fortes apertam meus braços, me mantendo em pé, e olho para cima a tempo de ver diversão enchendo aqueles olhos cinzentos.

— Mas que merda! — gaguejo, puxando os fones de ouvido.

— Eu disse que ia encontrá-la esta manhã.

— Não achei que você fosse aparecer — respondo, e retomo minha corrida, guardando os fones de ouvido no sutiã.

— Sistema de armazenamento interessante esse que você tem aí — Leo comenta com um sorriso, descaradamente olhando para os meus seios, e não posso deixar de rir com ele.

— Não tenho como levar uma bolsa enquanto corro. — Dou de ombros e olho para ele com o canto do olho. Sério? Será que ele tem que ser tão lindo às sete da manhã?

Ele é muito mais alto do que os meus 1.57m; pelo menos trinta centímetros mais alto. Está usando short de basquete, tênis e uma camiseta preta de manga comprida sob uma de manga curta vermelha. Estou um pouco decepcionada que apenas as tatuagens das mãos estejam visíveis.

Gostaria de traçar suas tatuagens, com meus dedos e língua...

Já chega!

Corremos em silêncio por cerca de quatro quadras.

— Você quer saber qual distância eu corro? — pergunto, satisfeita que mal estou ofegante.

— Não importa — ele responde. E também mal está ofegante.

Ah, que merda.

— Por quê?

— Porque eu vou correr tanto quanto você aguentar.

— Tudo bem. — Sorrio e pego o ritmo, meu corpo aquecido e agora pronto para acelerar. Ele facilmente combina com o meu ritmo.

Eu não admitiria para ele agora, mas é bom ter alguém ao meu lado enquanto corro. Ninguém jamais se interessou em correr comigo antes. Isso me faz sentir segura, mesmo que nós não estejamos nos falando, apenas respirando e correndo lado a lado.

— Você pode ouvir suas músicas, se quiser. — Ele sorri para mim.

— Está tudo bem. — Aceno e continuo correndo. Meio que gosto de ouvi-lo respirar.

— O que você estava ouvindo?

— Uma canção do Maroon 5. — Sorri para ele. O que há nesse cara que me deixa tão confortável?

— Fã do Maroon 5?

— Sim.

— Qual é a sua banda favorita? — pergunta com um sorriso curioso.

Nash.

Mas de jeito nenhum vou confessar a ele. Em vez disso, dou de ombros novamente e tento pensar em outra banda. Caramba, é difícil quando ele está tão perto que posso sentir seu cheiro.

Ele cheira fantasticamente bem.

— Gosto de todos os tipos de música. Sem amar uma banda em particular.

— Eu também. — Ouço o sorriso em sua voz. — Você estava certa, correr a esta hora da manhã é ótimo.

— Eu sei. É relativamente tranquilo, e eu nem sequer me importo com a garoa. Você está pronto para acelerar de novo?

— Claro, estou apenas seguindo a sua liderança.

Pego o ritmo novamente, e agora estamos correndo a uma velocidade maior. Minha respiração está rápida o suficiente para ficar mais difícil falar, e posso ouvir o mesmo acontecendo com ele, de modo que nos calamos e apenas desfrutamos da corrida, o barulho constante dos nossos pés batendo na calçada em perfeita sincronia. Não me importo com essa garoa leve, nem com minhas bochechas e a ponta do nariz mais geladas. Limpo meu nariz na manga do casaco e continuo.

Eu disse a mim mesma ontem à noite, enquanto estava na cama pensando sobre esta estrela sexy do rock e seus deliciosos beijos, que iria transformar essa corrida em uma feroz competição, mas, no final das contas, estou realmente me divertindo.

Cinco quilômetros depois, começo a desacelerar, sentindo a queimação em minhas coxas.

— Você está bem? — pergunta ele, com preocupação em seu rosto. Por que ele é tão legal?

— Estou bem, pensei que você poderia estar cansado — minto. Vou morrer antes de lhe dizer que minhas coxas estão queimando.

— Estou bem. — Ele franze a testa.

— Ok. — Dou de ombros como se eu estivesse bem e pego o ritmo novamente. Minhas coxas e panturrilhas gritam em protesto, mas mantenho meu rosto inexpressivo e me concentro em minha respiração e no som dos nossos passos.

Se ele pode fazer isso, eu também posso, e corro mais três quilômetros. Finalmente, solto um suspiro silencioso de alívio, quando começo a desacelerar. Minhas pernas estão um pouco moles. Costumo correr todas as manhãs, mas não treino para uma maratona há muito tempo, graças ao meu trabalho.

Meu ex-trabalho.

Meu corpo mostra a falta de treino.

Leo desacelera comigo e me leva para um parque com mesas de piquenique. Ele me guia até a mesa mais próxima.

— Sente-se em cima da mesa — fala, sua voz dura.

Sigo suas ordens e franzo a testa para ele.

— Por quê?

— Por que você fez isso? — Ele puxa minha perna direita em linha reta e começa a trabalhar com os polegares e dedos nos músculos da coxa. Mal seguro um gemido de prazer.

Meu Deus, ele tem mãos excelentes.

— Fazer o quê?

— Você, obviamente, foi mais longe do que está acostumada. Suas pernas estão tremendo.

— Estou bem. — Endureço meu queixo, e tento sair da sua pegada, mas ele se inclina e aperta a mão no meu quadril, com o rosto a poucos centímetros do meu.

— Nunca minta para mim, Raio de sol. Não quero nunca mais que você corra até que suas pernas fiquem trêmulas desse jeito. A única vez que suas pernas vão tremer assim será quando eu estiver dentro de você.

Minha boca abre, e meus olhos se arregalam. Ele me olha pelo tempo de um batimento cardíaco e, em seguida, retoma seu trabalho em minhas pernas, acariciando e massageando-as.

Quando foi a última vez que alguém quis cuidar de mim assim? Não me lembro.

Quando eu estiver dentro de você.

Porra.

Por mais tentador que pareça, isso não irá acontecer.

Ele esfrega minha outra perna, e, quando começo a me sentir melhor, eu me afasto dele e fico em pé.

— Obrigada, estou bem. — Não posso olhá-lo. É muito fácil gostar desse cara, querer me entregar ao seu toque e à sua bondade.

Ele é da família.

Ele é uma celebridade.

Não vou entrar nessa.

Ele caminha comigo de volta ao meu apartamento. Corremos em círculo, então a minha casa não é longe. Quando passamos pelo meu café favorito, Leo agarra meu cotovelo para me puxar para um descanso lá, e não posso evitar um pequeno vacilo, enquanto me afasto.

Seus olhos estão lânguidos, quando ele franze a testa para mim. Limpo minha garganta. Ele está me observando, como se quisesse me perguntar alguma coisa, mas apenas suspira.

— Vamos tomar café da manhã. — Ele aponta para o café e desfaz sua careta. Eu não deveria passar mais tempo com ele. Mas o pensamento de voltar para casa, sem um trabalho para ir e realmente nada planejado para hoje, não me empolga.

— Ok.

Ele me leva a uma cabine, e nos sentamos um em frente ao outro.

— Café? — a garçonete pergunta, assim que se aproxima.

— Claro — responde Leo. Ela o serve.

— Não, obrigada — murmuro, e pego o cardápio. — Apenas um suco de laranja.

— Não quer café? — Leo pergunta, quando a garçonete se afasta.

— Não. — Franzo o nariz em desgosto quando leio o cardápio, sem saber o que quero. — Odeio café.

— Você já notou que vive em Seattle, certo? — Ele ri e toma um gole de café preto. — Acho que apreciar um café é lei.

— Não chame a polícia do café. Infelizmente, não consegui aprender a gostar. Amo este lugar. — Fecho o cardápio e me encosto na cadeira, sem conseguir mais evitar olhá-lo.

Minhas entranhas dão um salto duplo. Deveria ser ilegal alguém ter essa aparência. Seu cabelo está molhado, mas o estilo é um moicano meio bagunçado, então está muito bem. Ele está casual com suas roupas de corrida, as mãos tatuadas ao redor da caneca, e é fácil esquecer que ele é uma celebridade.

Ele é apenas um cara.

A garçonete traz meu suco e anota nossos pedidos, deixando-nos sozinhos novamente.

— Então. — Ele se encosta, apoiando um cotovelo na parte de trás da pequena cabine. — Por que você não está trabalhando hoje?

— Como você sabe que eu não estou?

— Você disse ontem à noite que não estava mais trabalhando. Por que não? — Seus olhos estreitam um pouco, e ele está me observando de perto.

Sem mentiras.

— Fui demitida — respondo, e tomo um gole de suco, tentando limpar o mau gosto que a palavra deixou na minha boca.

Demitida.

Suas sobrancelhas sobem até a testa, com surpresa.

— Por quê?

Dou de ombros e olho para o meu suco. Não quero lhe contar isso.

Ele se inclina e pega a minha mão na sua, e não consigo evitar o salto instintivo que dou quando sou tocada.

O que há de errado comigo?

— Por que você se afasta toda vez que eu te toco? — questiona, com uma voz baixa e firme.

— Não sei — sussurro.

— Olhe para mim. — Sua voz não deixa espaço para discussão, então olho para seus olhos cinzentos irritados. — Me responda.

Dou de ombros novamente e balanço a cabeça.

— É uma coisa estúpida. Não sou nenhuma vítima, Leo. Você não me conhece muito bem, mas acho que me conhece bem o suficiente para saber que não levo desaforo de ninguém.

— Tudo bem, vá em frente. — Ele continua segurando a minha mão e esfrega o polegar sobre a palma.

Nossa, é uma sensação muito boa.

— Não quero falar sobre isso. — E essa é a verdade.

— Tudo bem, é justo. Vamos esquecer isso por enquanto. — Ele sorri tranquilizador, mas não solta a minha mão.

Onde está a nossa comida?

Não que eu esteja com fome, mas realmente gostaria de ter minha mão de volta. Ele passa o polegar sobre os nós dos meus dedos de novo, enviando um formigamento por todo o meu corpo. Tiro a mão da sua e seguro o suco. Minha mão está fria, não apenas por causa da bebida, mas pela perda de contato.

Ele sorri suavemente, e me pego sorrindo de volta.

— Você é bonita quando sorri, Sam.

— Hum, obrigada.

— Me fale sobre o seu trabalho — ele diz, e se recosta quando a comida é servida.

— Fui editora da revista Seattle por oito anos. — Jogo pimenta na minha omelete e dou uma garfada.

— É bastante tempo.

— Sim, e eu gostava. Era muito boa.

— Então, o que aconteceu?

— Cerca de um ano atrás, meu chefe me pediu para fazer uma reportagem com Luke. Ele achou, pelo nosso parentesco, que eu conseguiria uma exclusiva com ele e sua nova esposa, o que aumentaria as vendas.

— Mas você não é repórter — Leo me interrompe com uma careta.

— Não, mas ele queria que eu abrisse uma exceção, já que sabia que eu não permitiria que ninguém pegasse a matéria. — Abaixo o garfo e tomei um gole de suco. — Respondi que não faria isso de jeito nenhum. — Balanço minha cabeça, ao lembrar da raiva no rosto do meu chefe, quando eu lhe disse que não faria a reportagem.

— O que te fez dizer não?

— Luke preza demais por sua privacidade. Eu nunca faria uma reportagem com ele apenas para aumentar as vendas da revista. Além disso, é um insulto me pedir para escrever um artigo sobre a minha família, e, quando nego, ficar bravo. — Faço uma careta, chateada mais uma vez.

— Ok, então, o que isso tem a ver com ser demitida agora? — questiona, e come suas panquecas.

— Como você consegue comer panquecas e continuar magro? — pergunto sem pensar.

Ele sorri, e o piercing prende meu olhar.

— Genética.

— Sortudo — murmuro, ganhando uma gargalhada dele, e todo o meu corpo fica estático.

Caramba, ele fica incrível quando ri.

— Enfim — continuo, me forçando a focar. — Na semana passada, meu chefe me procurou novamente, brigando porque não contei que Will Montgomery estava ligado à minha família.

— Porra!

— Ele queria que eu desse um jeitinho e conseguisse uma exclusiva para a revista, porém, mais uma vez, recusei. — Balanço a cabeça e empurro meu prato, zangada demais para comer. — Leo, eles são minha família. Eu jamais os usaria para manter o meu emprego. Nunca faria isso.

— O que ele falou pra você? — pergunta baixinho. Seus dedos agarram a caneca de café com força, a raiva clara em seu rosto.

— Ele gritou, me chamou de menininha, de forma pejorativa. — Sorrio quando Leo segura minha mão novamente. — Eu falei: “Sim, Bob, eu *tenho* uma vagina. Mas entendo se isso te choca”.

— Ponto pra você. — Leo ri. — Aposto que ele não gostou nada disso.

— Não, não mesmo. — Suspiro e distraidamente traço algumas letras nos dedos de Leo. — Ele respondeu que, se eu não vestia a camisa do time e não estava disposta a fazer isso pelo bem da revista, então talvez não tivesse mais lugar para mim na empresa.

Mordo meu lábio, traçando sua tatuagem da mão agora.

— Talvez ele esteja certo — sussurro. — Mas eu amava aquele trabalho estúpido.

— O que sua família falou?

Meu olhar foca no seu, e meu estômago se retorce dolorosamente.

— Eles não sabem. Por favor, não diga nada.

— Por que não sabem? — Ele franze a testa.

— Porque eles não têm que se preocupar comigo, e não quero que se sintam obrigados a me ajudar. Estou bem. Vou resolver tudo. Tenho ofertas de trabalho em outras cidades, mas não quero ficar longe da minha família. Idiota, não é?

Ele vira minha mão, agarrando-a com força.

— Não é idiota. Aqui é a sua casa. Também senti falta daqui.

— Por que você voltou? — pergunto, apreciando sua companhia.

Ele é tão fácil de conversar. Talvez, fácil demais. Eu provavelmente não deveria me abrir tanto, mas não posso falar com a minha família sobre isso.

Me assusta demais.

— Senti saudade da Meg. Fiquei cansado da estrada. Precisava de um descanso.

— Há quanto tempo você não descansa? — pergunto, e tomo um gole de suco.

Ele ri sem graça.

— Estamos sem pausa há cinco anos. As três últimas turnês foram consecutivas por três anos.

— Três anos na estrada?

— Isso mesmo.

— Não é à toa que você esteja cansado.

Ele balança a cabeça e sorri, mas seus olhos, de repente, parecem completamente exaustos.

— Você está pronta?

Não muito.

— Claro.

Ele me puxa da cabine, paga a conta e me leva pela calçada até minha casa.

— Como estão suas pernas? — pergunta casualmente enquanto caminhamos pela calçada movimentada. A cidade está acordando.

— Estão bem melhor, obrigada.

— Falei muito sério, não faça isso de novo.

— Eu faço o que eu quiser — retruco.

— Teimosa — resmunga, e franze o olhar para mim. Não posso deixar de rir.

— Puxa, eu nunca ouvi isso antes. Estou impressionada. — Pisco meus cílios para ele, brincando.

— Espertinha.

Nós nos aproximamos da porta da frente do meu prédio.

Isso pode ser constrangedor.

Ele me puxa para um abraço, envolve os braços fortes no meu corpo e me encosta em seu peito, me balançando levemente por um momento. Eu o sinto beijar minha cabeça e faço uma careta.

O que foi isso?

— Te vejo amanhã de manhã — ele sussurra, e se afasta, seus olhos cinza suaves e com um sorriso nos lábios. — Tem certeza de que não tem uma banda favorita? — pergunta, enquanto caminha em direção ao seu carro.

Sorrio e balanço a cabeça.

— É... Matchbox Twenty. Eles são muito bons.

— Você me mata. — Ele leva as duas mãos ao coração.

— Vá pra casa — digo, com um sorriso, e abro a porta, entrando no lobby acolhedor. Olho para trás quando ele se abaixa em seu carro. Leo pisca e acena, antes de dar partida.

Estou bem encrencada.

Capítulo Três

Leo

— Quais são seus planos para o fim de semana? — pergunto a Sam, enquanto corremos por sua rua.

É sexta-feira, e corremos juntos todas as manhãs desta semana. A segunda-feira criou uma rotina. Nós corremos, tomamos café da manhã, eu a levo para casa e vou embora.

Jesus, eu quero beijá-la novamente.

No entanto, acho que ela precisa de um amigo mais do que qualquer coisa, e, caramba, eu gosto muito dela. Quando se esquece de erguer aqueles muros altos ao seu redor e se solta um pouco, ela é divertida pra caralho, e é um prazer conversar com ela.

E certamente não tenho problema nenhum em vê-la correr com sua legging apertada e camiseta. Seu corpo é magro e forte.

Me pergunto como me sentiria com aquelas pernas rodeando a minha cintura.

— Cada dia é um fim de semana, Leo — ela responde secamente, me tirando da minha fantasia. — Mas acho que vou me encontrar amanhã com a Nat e Jules para um café.

— Você não toma café.

Ela ri, seus grandes olhos azuis brilhando, e ela franze aquele nariz adorável para mim.

— Você claramente não compreende a definição de garotas tomando café.

— Me esclareça. — Estamos mais ofegantes agora. Quando começamos na segunda-feira, eu tinha certeza de que nossas pequenas corridas não me desafiariam, mas Sam é uma corredora forte.

— Nos encontramos em um café, tomamos algo e fofocamos por algumas horas.

— O que vocês conversam? — pergunto, embora realmente não me importe. Só quero continuar a ouvir sua voz rouca sexy.

— Não posso te contar. É uma coisa de garota.

— Ah, vamos lá, não vou contar pra ninguém. Juro. — Cruzo os dedos sobre o coração e sorrio para ela.

— Não. — Ela balança a cabeça e sorri um pouco mais.

— É assim? Então não vou contar a minha fofoca. — Dou de ombros com indiferença e sorrio.

— Que fofoca?

— Não posso dizer.

— Tudo bem. — Ela encolhe os ombros e me olha de canto de olho, tentando segurar um sorriso. Finalmente, ri e me empurra no ombro. — Você não tem nenhuma fofoca, seu idiota.

Antes que eu possa responder, meu dedo do pé bate em uma parte elevada da calçada, e me sinto ser lançado para a frente, de cara na calçada.

— Merda!

Meu joelho sofre a maior parte do impacto da queda, e rolo de lado, me levantando em seguida.

— Você está bem? — Sam agarra meus braços com suas pequenas e fortes mãos. Seus olhos estão arregalados e preocupados, perscrutando o meu rosto, ofegando.

Porra, ela é linda.

— Estou bem. Não foi nada demais. — Seus olhos checam meu corpo, e ela engasga quando vê meu joelho.

— Não, não está! Você está sangrando.

— É apenas um arranhão, Sam.

— Você está sangrando — repete, e se agacha à minha frente, examinando o pequeno arranhão. Nem sabia que o tinha sofrido até que ela falou.

— Não está doendo. Vamos lá, vamos continuar correndo.

— De jeito nenhum, vou te levar para casa e fazer um curativo. Sinto muito, não tive a intenção de empurrá-lo tão forte. — Ela levanta, e seus olhos encontram os meus novamente, suas sobrancelhas unidas em uma careta.

Rio e passo o polegar sobre suas linhas de expressão, ignorando seu pequeno recuo.

— Estou bem.

— Vamos. Você se machucou. — Ela pega minha mão e nos leva de volta para seu apartamento, andando rapidamente.

Ela poderia ser mais adorável?

Chegamos ao seu prédio, e, pela primeira vez nesta semana, ela me leva para dentro, acenando para o porteiro e me puxando para o elevador.

— É um belo edifício — comento, observando seu rosto. Nunca me canso daquele rosto.

— Sim, eu gosto daqui.

Ela, de repente, enfia a mão dentro da camiseta e pega a chave do seu top justo de ginástica.

— Adoro o seu sistema de armazenamento. — E quero enfiar minha mão ali.

Sam sorri e me guia para dentro do apartamento, mas não estou preparado para o que vejo. O espaço é aberto e surpreendentemente grande. Iluminado. Há grandes janelas, por onde entra uma abundância de luz solar.

Sorrio sozinho. Apropriado.

Mas, em vez do apartamento moderno, elegante e frio que eu estava esperando, me vejo olhando para grandes móveis convidativos em vermelho e azul, plantas, flores e revistas de moda na mesa de café, seu laptop fechado no sofá. Há uma lareira a gás no canto e cortinas brancas diáfanas nas janelas. Um piano encostado na parede oposta.

Ela toca?

— Venha comigo. Vamos ao meu banheiro, que é onde guardo meu kit de primeiros socorros. — Ela sorri e joga a chave em uma tigela junto à porta.

— É um belo apartamento.

Seu sorriso é largo e tão convidativo como sua casa.

— Obrigada.

— Foi você mesma quem decorou? — É muito feminino e doce.

Como ela.

— Sim, fiz tudo sozinha. — Ela ri e me olha. Ela pega minha mão na sua e me leva por um corredor, até seu quarto, cheio de almofadas macias e roupa de cama em vermelho, cinza e branco.

Seu banheiro é a mesma coisa. Suave e bonito, mas sem tantos detalhes. É confortável.

— Sente na borda da banheira, vou pegar minhas coisas. — Ela vira de costas para mim, tirando sua camiseta com capuz rosa, ficando apenas com uma regata fina sobre a legging.

Cerro as mãos ao lado do quadril. Porra, quero tocá-la, agarrar sua bunda, empurrar meu rosto entre suas pernas. Ela vira com as mãos cheias de suprimentos.

— Ok, isso pode doer um pouco. — Ela morde o lábio inferior e me olha, enquanto se agacha a poucos centímetros de mim. — Sinto muito.

— Sam, estou bem. Não está doendo. Já até parou de sangrar.

— Não quero que infeccione. Vou limpá-lo. — Ela começa a esfregar suavemente com um pano quente, limpando o sangue que já começou a secar.

Sua cabeça doce loira está inclinada sobre mim, se concentrando na tarefa. E meu pau está mexendo a cada pequeno toque daqueles dedos incríveis, com a unha pintada de branco. Ela agarra minha perna firmemente para se firmar, e eu recuo, imaginando-a segurando meu pau da mesma forma.

— Te machuquei? — Ela se afasta, os olhos arregalados, e me olha com preocupação.

— Não, não foi nada.

— Não acho que você precise de um curativo ou qualquer coisa assim.

— Não, não preciso de nada assim — murmuro, e dou uma risada. — Está vendo? Não foi nada.

— Me desculpe, eu te empurrei — ela murmura.

— Sam, estou bem. Já sofri coisa muito pior, acredite em mim. — Ela coloca o pano de lado, e eu a seguro perto de mim, antes que ela possa ficar de pé e se afastar. Gosto de tê-la tão perto.

Ela cheira bem pra caralho.

— Por que você se afasta quando te toco? — murmuro, e inclino seu queixo para ela me olhar nos olhos. Ela franze o cenho, e sua bochecha fica imediatamente rosa. Passo os dedos por seu rosto e traço seu lábio inferior com o polegar. — Me diga. Eu gosto de tocar em você.

Ela engole em seco e franze a testa de novo brevemente.

— Acho que não estou acostumada com isso.

— O que você quer dizer?

— Passo a maior parte do meu tempo sozinha, Leo. A menos que eu esteja perto da minha família, o que não é tantas vezes assim, não sou muito tocada. — Ela encolhe os ombros e olha para baixo. — Não sou uma pessoa melosa.

— Tudo bem. — Deus, ela quebra meu coração e me faz querer pegá-la e mantê-la em meus braços o tempo todo.

Coisa que ela não iria aceitar muito bem, essa mulher teimosa e independente.

— Aposto que você é tocado o tempo todo. — Ela sorri.

— Por quê? — Nós ainda estamos cara a cara, a centímetros de distância. Não quero me mover.

— Fãs. Tem também as *groupies* que acompanham todos os shows. Mulheres que querem um pedaço de você.

— Os fãs são ótimos, e sim, pode haver algumas *groupies*. — Dou um sorriso. — Não presto atenção às *groupies* há muito tempo.

Seus olhos arregalados encontram os meus novamente. Será que ela pensa que tento foder toda mulher que dá em cima de mim?

Ok, eu costumava fazer, mas eu era um moleque.

— Sério?

Passo meus dedos por sua bochecha novamente e sorrio para ela.

— Eu as deixo se divertirem com os funcionários nos bastidores.

— Benefícios do trabalho — respondeu com uma risada.

— Eles não se queixam — concordo. — Você tem um cheiro bom — sussurro.

Seu perfume doce domina tudo à minha volta. Ela tem cheiro de baunilha com um toque de limão.

Ela é como um raio de sol.

Sua respiração fica ofegante, seus olhos caem até os meus lábios, e sei que estou perdido.

— Vou te beijar, Samantha — sussurro.

Samantha

— Graças a Deus — murmuro, observando aqueles lábios, aquele piercing. Ele me tocou durante toda a semana, um leve toque aqui, um abraço ali, mas não me beijou desde o dia na varanda dos meus pais.

Nunca imaginei que poderia desejar tanto um beijo assim.

Ele sorri, seus olhos felizes e quentes, enquanto passa os dedos calejados pelas minhas bochechas e inclina minha cabeça para trás.

Seguro-me na banheira, próximo ao seu quadril, enquanto ele se inclina para baixo, e, leve e suavemente, toca seus lábios nos meus. Ele morde delicadamente o canto da minha boca, e então move sua mão em meu rabo de cavalo, apertando com força para manter minha cabeça inclinada para trás, a outra mão envolvendo meu pescoço e rosto. Ele me beija como nunca fui beijada antes.

Como se ele ainda não estivesse perto o suficiente.

O sentimento era totalmente recíproco.

Envolvo os braços ao redor do seu pescoço e seguro forte, mudando de posição e me inclinando sobre ele. Juro que alguém aumentou a temperatura do meu apartamento. Estou quente e me sentindo incomodada, literalmente.

Ele move a mão do meu cabelo e desce pelas minhas costas, até segurar minha bunda.

Ele se afasta, respirando com dificuldade, os olhos brilhando com luxúria.

— Você está saindo com alguém?

Nego com a cabeça e me inclino para beijá-lo novamente, mas ele se afasta, o rosto ainda com uma expressão grave.

— Fodendo alguém?

— Brandon se mudou.

— Quem é Brandon?

— Um ex-amigo de foda. — *Por que estamos falando sobre isso?*

— Quanto tempo? — pergunta, os olhos apertados, me observando.

— Há alguns meses. — Seguro seu rosto e olho-o com uma careta. — Que história é essa?

— Não quero me meter em território de outro homem, e eu não compartilho.

Uau.

— Estou solteira. — Franzo a testa novamente. — Mas nós não estamos...

— Ah, eu acho que nós estamos — ele me interrompe, seu olhar me questionando. Leo agarra minha bunda mais forte e aperta, facilmente me arrastando pelos meus pés. — Não vou te soltar — sussurra.

— Você tem que me soltar — murmuro, e tento me afastar, mas ele franze a testa e aperta meus braços. — Me solte — repito, mais forte.

Ele suspira e me solta, dando um passo para trás. Seu rosto está sombrio. Seu corpo alto e magro ainda está com a camiseta e seu habitual short preto de corrida, mas o short formou um volume.

Mordo meu lábio e, em seguida, lhe dou um pequeno sorriso antes de puxar a minha regata e meu top de ginástica pela cabeça, jogando-os no chão de ladrilhos.

Ouço sua respiração se tornar ofegante, mas continuo, arrancando a legging e atirando-a no chão, junto com a camiseta.

Ele está congelado no lugar, seus olhos tempestuosos, arregalados e sua boca, aberta, me saboreando mentalmente. Suas mãos estão em punhos abrindo e fechando, como se quisesse me tocar, mas estivesse tentando se conter.

— Você tem um piercing no umbigo — ele sussurra quase para si mesmo, e eu sorrio.

— Sim. — Olho para o diamante em meu umbigo e sorrio. — Foi meu primeiro ato rebelde, quando estava no colégio. *Cryin'*, do Aerosmith, tinha acabado de lançar, e a maioria das garotas só queria ter um piercing no umbigo.

— É muito sexy.

— Tire sua roupa. — Vou em direção a ele, que me segura, com os olhos presos aos meus.

— Você tem certeza?

— Leo, não convido muitos homens para a minha casa. E certamente não convido muitos homens a ficarem nus. Acho que deixei isso claro.

Ele olha o meu rosto por um longo momento e, em seguida, em vez de tirar suas roupas como pedi, acelera em minha direção, me agarra e me senta na pia, me beijando como um louco.

Este homem com certeza pode foder apenas beijando.

Puxo seu piercing com os dentes, fazendo-o rir.

— Você gosta bruto, Raio de sol?

— Sim, na verdade, eu gosto.

— Que bom, você vai ter o que quer. Mas as coisas serão um pouco suaves também. — Ele traça minha orelha com a língua, provocando arrepios na minha espinha.

— Bruto é ótimo para mim.

Ele morde minha orelha, com força, me fazendo gritar, em seguida, me acalma com a língua.

— Vou te dar um pouco dos dois: bruto e suave. — Agarra meu rosto com as mãos e me olha, seu nariz tocando o meu. — Vou foder você completamente.

Ah, nossa, sim!

— E vou também fazer amor com você, até que esteja tremendo e não se lembre mais quem você é.

Suas grandes mãos deslizam até meus braços e, em seguida, nos meus seios suavemente, os polegares apertando meus mamilos, tornando-os ainda mais duros do que eles estavam, e eu não achava que isso fosse possível.

Ele percorre uma linha direta para minha boceta, e eu me contorço. Passo as mãos sob sua camiseta e sinto a pele quente e o músculo liso.

— Quero te ver — murmuro, mordiscando seu lábio inferior, ao lado do piercing.

Ele recua e coloca um braço por cima da cabeça, puxando a camiseta pelo ombro e tirando-a pela cabeça daquela maneira sexy que os homens fazem. Ele arranca seu short de corrida, sai dos seus tênis, e lá está ele.

Completamente nu.

Leo dá um passo mais perto, se encaixando entre meus joelhos, descansando sua ereção dura contra meu corpo e me beijando um pouco mais. Não acho que já fui tão beijada em toda a minha vida.

Eu gosto disso.

— Porra, você é linda — ele murmura. Vejo-o olhando minhas costas no espelho e sorrio.

— Como você.

— Eu sou homem.

— E?

— Não sou lindo. — Ele me dá um sorriso largo e, em seguida, se abaixa para chupar meu mamilo.

— Sua tatuagem é — respondo sem fôlego, e entrelaço meus dedos em seu cabelo. — Eu tenho uma cama, sabia?

— Boa ideia.

Antes que eu possa descer da pia, ele me pega facilmente e me leva para a cama, afasta as cobertas, e sobe nela, ainda me carregando em seu colo, meus braços e pernas rodeando seu corpo.

Ele me deita, chupando novamente meu mamilo, com as mãos deslizando sobre o meu peito, meus braços... *em todos os lugares.*

De repente, ele me vira.

— Boa ideia — murmuro, e tento levantar minha bunda, mas ele ri e me empurra de volta para baixo.

— Ainda não, docinho, estou gostando disso.

— Vamos lá. Estou pronta. — Me contorço debaixo dele, pronta para senti-lo dentro de mim, mas ele me cobre com seu corpo magro, me enchendo de beijos no ombro e mordendo minha orelha.

— Relaxe.

— Só me foda, Leo.

Ele levanta de cima de mim e me vira de costas novamente, com o rosto sério.

— Não. Não vou *só te foder.*

— Ok. — Tento rolar para longe, mas ele me segura firme.

— Vou apreciá-la também, caramba! — Ele me beija com força, exigente, solta meu cabelo do elástico e mergulha os dedos nele, enquanto faz amor com a minha boca. Não posso evitar de passar minhas mãos por seus braços e ombros, acariciando a pele lisa, apesar da profusão de cores das tatuagens que a cobrem quase toda.

— Aprecie isso, Sam — sussurra, e me beija suavemente, completamente diferentes do seu beijo anterior, me enviando em uma espiral de emoções.

Apenas quando acho que finalmente está pronto, ele muda completamente a posição.

Não posso ter relações sexuais com ele nesta posição.

Ele beija meus seios, mordiscando e chupando, e depois desce para o meu umbigo.

— Adoro isto — fala, e o beija castamente.

— Fico feliz. — Sorrio para ele.

Ele sorri de volta, beijando-me novamente, e então se move mais para o sul.

— Rosa — sussurra.

— O quê?

— Sua boceta é rosa. Me pergunto se a sua boceta é tão rosa quanto seus lábios desde o dia em que te conheci.

— O quê? — Me ergo em meus cotovelos, e olho para ele, boquiaberta.

— É, sim — me assegura, e sente o local com o seu nariz, e depois abre mais minhas coxas e me lambe das dobras até o meu clitóris, em um só longo movimento.

— Ah, porra. — Solto um gemido e me deito, jogando um braço sobre o rosto. Sexo oral sempre me deixa nervosa.

É muito íntimo.

Mas não quero lhe dizer para parar. Ele é muito, muito bom nisso.

Ele puxa meus *lábios* em sua boca e chupa com pequenos impulsos, colocando as mãos debaixo da minha bunda para levantar minha pélvis para ele e mergulhando a deliciosa língua dentro de mim.

Grito e prendo os lençóis em meus punhos, me retorcendo contra o seu rosto. Ele suaviza seus golpes e, em seguida, fecha a boca e esfrega o metal contra meus *lábios* e sobre o clitóris, envolvendo-o em uma espiral, e então puxa minha protuberância em sua boca e chupa.

Com força.

Planto meus pés nas suas costas e abro mais as pernas, empurrando a pélvis para cima e lhe pedindo para nunca parar.

Porra, esse piercing vai me matar.

Ele libera o meu clitóris e beija-o suavemente, e, quando volto do êxtase, ele gentilmente beija e massageia minha boceta com os dedos, sussurrando para mim, mas não consigo entender as palavras.

Finalmente, Leo sobe de volta no meu corpo, deixando beijos molhados em seu rastro, e se instala entre as minhas pernas. Ele afasta o meu cabelo do rosto e me beija suavemente.

Posso sentir meu gosto, e isso me excita de novo.

— Meu gosto é bom nos seus lábios — sussurro. Seus olhos enlouquecem com luxúria.

— Você é incrível, Raio de sol.

— Por que você me chama assim? — pergunto, e lentamente tamborilo meus dedos em suas costas. Parece que ele está pensando nisso, uma marca se forma entre as sobrancelhas, mas ele sorri para mim.

— Por causa do seu cabelo loiro bonito.

— Hum. — Giro os quadris, e sinto sua ereção contra o meu núcleo.

— É preciso cobrir esse garoto, meu amigo. Há preservativos na mesa de cabeceira. — *E eu preciso de você de volta aqui rápido.*

— Pensei que você não convidasse homens para sua casa. — Ele se afasta de mim e abre a gaveta, pegando a camisinha e a colocando no seu pau.

— Eu *raramente* convido homens para vir aqui, mas é bom estar preparada. — Antes que ele possa ficar novamente em cima de mim, me engancho em seu colo, joelhos plantados nas laterais do seu quadril, e envolvo meus braços em volta do seu pescoço. Suas mãos imediatamente vagam por todo meu corpo, e solto um gemido baixinho.

É tão bom ser tocada!

Ele agarra meu quadril e me levanta suavemente, até que a cabeça do seu pau está prestes a afundar dentro de mim.

— Pronta? — pergunta contra os meus lábios.

Eu o beijo, e desço lentamente, gemendo com ele, enquanto ele percorre todo o caminho até o meu colo.

— Caralho, essa sensação é muito boa, Raio de sol.

— Hummm — concordo, e começo a me mover ao redor dele, montando-o.

— Puta que pariu — sussurra novamente, e olha para baixo. — Isso é sexy.

Ele se inclina para trás em seus cotovelos, dobra os joelhos e começa a empurrar para dentro e para fora de mim com força.

É a coisa mais intensa que já senti.

— Porra, Leo — gemo, e me perco nele, montando-o com tanta força que minhas pernas começam a tremer. Ele continua e acaricia meu clitóris com o polegar, e eu grito.

— É isso aí, goza pra mim. — Ele estoca com mais força e acelera os movimentos com o dedo, e me desfaço totalmente, gritando seu nome.

Ele senta novamente e aperta meu quadril com firmeza, intensificando os movimentos, e me segue com seu próprio orgasmo, rosnando, enquanto se derrama dentro de mim.

— Porra — ele sussurra, e empurra meu cabelo atrás das orelhas. — Você é incrível. — Ele beija meus seios, minha clavícula, e depois meu queixo.

— Você não é nada amador... — murmuro, e sorrio, quando ele morde meu pescoço de brincadeira.

— Me deixe ficar? — sussurra, seus olhos felizes perdendo-se nos meus. Não consigo resistir.

Concordo, feliz, e entrelaço meus braços ao redor do seu pescoço.

— Fique.

Capítulo Quatro

Acordo com o meu quarto escuro, sombrio e uma cama fria. Nós caímos no sono depois de uma rodada particularmente vigorosa de sexo selvagem, mas eu não pretendia dormir tanto tempo. Sento e olho ao redor do quarto, vendo a camisa do Leo ainda no chão do banheiro, e, de repente, sinto cheiro de bacon.

Bacon à noite?

Saio da cama, visto um robe de seda preto e sigo o cheiro. Meus pés param bruscamente na entrada da cozinha, e estou hipnotizada.

Leo Nash, astro do rock, está fazendo comida na minha cozinha.

Seminu.

Ele está de jeans — não sei de onde tirou *a calça* —, mas ela está solta, como se ele não tivesse abotoado, e claramente não está usando cueca. Ele tem as covinhas mais surpreendentes acima da bunda.

Seus ombros são largos, mas magros, como o resto do corpo. Ele é musculoso, mas não como os Montgomerys. Ele tem o corpo de um corredor.

Seu cabelo está uma bagunça dos meus dedos, e quero enterrar minhas mãos lá novamente.

Ele olha para mim com um meio-sorriso, e meu estômago revira.

Merda, eu estou muito ferrada.

— Oi, dorminhoca.

— Oi. — Vou até ele, envolvo os braços em volta da sua cintura e beijo suas costas, entre as omoplatas. Ele é tão alto ao meu lado. Ou eu sou muito baixa. — Você cozinha também?

— Um pouco. Você tinha coisas para o café da manhã, então fiquei à vontade. Espero que esteja tudo bem.

— Humm, eu estou morrendo de fome.

Não se acostume com isso, Sam.

Miauu.

— Ei, pequenino. — Sorrio e pego meu gato branco macio nos braços, acariciando seu rosto.

— Você tem um gato. — Ele olha para mim, uma sobrancelha levantada, enquanto quebra os ovos.

— Tenho. Leo, conheça Levine.

— Olá. — Ele faz uma pausa e sorri. — Levine como Avril ou como Adam?

— Ele é um garoto, Leo.

— Por que escolheu esse nome? — pergunta com uma risada, colocando os ovos nos pratos.

— Acho que tenho uma coisa com estrelas do rock tatuadas. — Sorrio e dou de ombros.

— O que há de errado com Nash? — pergunta com uma falsa careta.

— Ah, nada. Eles são bons, eu acho.

— Vou machucá-la mais tarde. — Ele ri e balança a cabeça.

— O que foi? — questiono, e coloco o gato no chão.

— Nunca te imaginei dona de um gato.

— É um gato. Não sou a velha louca dos gatos ou algo assim. — Pulo no balcão ao lado do fogão e assisto suas mãos tatuadas, enquanto ele habilmente faz a refeição, e o meu gato passeia por entre as pernas de Leo, ronronando.

— Bem, o júri ainda não se pronunciou sobre a parte louca. — Ele pisca para mim, e dou um tapa em seu braço.

— Não seja idiota. E eu aqui pensando em fazer sexo com você de novo.

Leo dá risada e serve os pratos, me entregando o meu.

— Quer se sentar à mesa? — pergunto.

— Estou bem aqui. — Ele se inclina contra a ilha à minha frente, cruza as pernas com seu jeans rasgado e começa a comer. Ele está me observando enquanto como, mas não falamos nada, apenas nos olhamos com um sorriso de satisfação nos lábios.

— No que você está pensando?

— Como você conseguiu essa cicatriz? — pergunto, e aponto para seu abdômen com o garfo. Ele tem estrelas tatuadas no quadril, sobre as linhas do V incrivelmente sexy, e uma cicatriz cirúrgica logo acima, à direita.

— Apendicectomia. — Dá de ombros. — Não é uma história muito emocionante.

— Aposto que doeu.

— Isso quase me matou.

— O quê? — Meus olhos encontram os seus, e paro de comer. — O que você quer dizer?

— Eu era adolescente, morava em um lar adotivo. Disse à senhora de onde eu morava que estava com dor de estômago, mas ela me disse para ir me deitar. — Ele dá de ombros novamente e dá uma mordida grande no bacon. — Quando comecei a vomitar e minha temperatura passou de quarenta, ela me levou para o pronto-socorro. Tive que fazer uma cirurgia de emergência.

Ele está se concentrando em seu prato, não me olhando nos olhos, tentando falar casualmente, como se não fosse grande coisa, mas posso ver que foi algo grande.

Claro que foi.

Coloco o meu prato quase vazio na pia e salto do balcão, tirando o dele e o colocando sobre a ilha atrás, envolvendo meus braços na sua cintura, descansando o rosto em seu peito e apertando-o com força.

Além de Olivia, nunca senti a necessidade de abraçar alguém na minha vida.

Ele envolve os braços nos meus ombros e me abraça apertado, encostando os lábios no topo da minha cabeça e respirando fundo.

— Sinto muito — sussurro, e beijo seu peito. Me inclino um pouco para trás, para que possa ver suas tatuagens de perto, enquanto não estamos envolvidos em nossos rompantes de paixão.

Quem tem tempo para examinar tatuagens quando ele está dentro de você?

Eu não.

Há uma tatuagem com uma frase que diz: *o que te queima, não te mata*, dentro de um coração, com duas mãos em chamas. É totalmente rockstar, mas acho que significa mais do que isso. Talvez eu pergunte a ele sobre isso mais tarde.

Meus olhos percorrem seu peito, seu abdômen esculpido, suas estrelas, e, caramba, quero lambê-lo inteiro.

Olho para seu rosto, vendo-o pacientemente me olhar com aqueles olhos cinzentos tempestuosos. Seus dentes estão cerrados, com pequenos espasmos musculares na mandíbula, mas seu corpo está completamente calmo e tranquilo, me permitindo explorá-lo.

Neste momento, me esqueço que ele é Leo Nash, o deus do rock, e é apenas um homem de pé, na minha cozinha, comigo.

Coloco as mãos em sua cintura, roçando na parte superior da calça jeans, e sigo o contorno das estrelas com meus polegares.

Ele suga a respiração entre os dentes cerrados e contrai o estômago. Sorrio para mim mesma, antes de ficar de joelhos, permitindo que seu quadril e a ereção apertando contra sua sexy calça jeans rasgada estejam no nível dos meus olhos.

— Sam... — ele começa, mas as palavras travam na sua garganta, quando me inclino e começo a lamber a estrela do lado direito, seguindo o caminho que os meus polegares fizeram momentos atrás, e, em seguida, beijo a cicatriz da cirurgia. — Porra — sussurra.

Dou pequenos beijos sobre a tinta azul e vermelha, e sobre a cicatriz branca da incisão, como se eu estivesse lavando a sua dor com meus beijos. Continuo beijando o seu baixo ventre e virilha, e mudo de lado, dando igual atenção à outra estrela, aproveitando, no caminho, a linha de músculo do seu quadril.

Uma mulher que diga que o V nos quadris de um homem não é sexy está mentindo.

Leo coloca suavemente meu cabelo atrás das orelhas, enquanto passo as mãos sobre suas coxas, até o zíper da calça, e desço lentamente, permitindo que seu jeans caia do seu quadril até os tornozelos, e sua impressionante ereção salte livre.

Ele afasta o meu robe, e eu o deixo cair pelos meus ombros até o chão.

Agarro seu pênis, começo a massagear para cima e para baixo, adorando como ele continua a endurecer na minha mão e me inclino para lamber uma gota que surge na ponta.

— Samantha — ele sussurra, e enterra suas mãos no meu cabelo, segurando os fios com as mãos fortes, como se precisasse de algo para se apoiar.

Olho para cima, enquanto me aproximo dele, levando todo seu comprimento até o fundo da garganta, e depois apertando-o firmemente com os lábios, sem deixar de sugar enquanto percorro todo o caminho até a ponta outra vez.

Seus olhos estão em chamas, me observando atentamente, ofegante como se tivesse acabado de correr cinco quilômetros. Sorrio para ele, e repito o movimento, para cima e para baixo sobre seu pau, provocando-o com a língua e as pontas dos meus dentes, e depois chupando vigorosamente.

— Caralho, Samantha. — Ele me puxa de pé e me carrega nos braços, correndo para fora da cozinha.

— Para onde estamos indo? — pergunto com uma risada, enquanto envolvo os braços em volta do seu pescoço, acariciando-o lá.

— Quarto. Vou ter que estocar cada ambiente do seu apartamento com preservativos — resmunga, me colocando na cama, puxando uma embalagem da gaveta e fazendo um trabalho rápido em se cobrir, enquanto rasteja na cama ao meu lado.

Me jogo sobre ele, passando as mãos por seus braços para entrelaçar nossos dedos, mantendo os braços apoiados na cama ao lado da sua cabeça, levantando meu quadril e me empalando com sua ereção.

— Porra, você está tão molhada.

— Você meio que me excita — falo, com um sorriso petulante.

— Estou muito feliz em ouvir isso, Raio de sol — responde com sarcasmo e ri, mas geme quando aperto meus músculos em torno do seu pau, puxando e empurrando, enquanto começo a montá-lo, rebolando o quadril, esfregando meu clitóris contra ele, e sinto a pressão começar a aumentar, meu estômago aperta e começo a suar.

— Droga, você me deixa muito quente — sussurro, e me movo mais rápido, perseguindo o orgasmo que está quase ao meu alcance.

— Solte as minhas mãos, Sam.

Obedeço, e ele agarra meu peito com uma mão, enquanto desce a outra, e com seu polegar talentoso encontra o meu clitóris, me guiando para um orgasmo impressionante. Antes que eu possa voltar completamente a mim, ele me tira de cima dele e me vira de bruços, puxa a minha bunda para cima e me penetra com força.

— Ah, porra, sim! — gemo, e seguro a cabeceira da cama, me balançando de volta para ele. Ele agarra meu quadril e me fode com força, rosnando e ofegando, da forma mais deliciosamente selvagem que já experimentei.

— Porra, Porra, Porra — repete, enquanto estoca com força, até se esvaziar dentro de mim.

Não acho que já gozei com tanta intensidade na minha vida.

Jesus, o que ele está fazendo comigo?

Ele cai em cima de mim, me empurrando no colchão, e não me importo se não posso respirar. Acho que ele pode ter me matado.

E seria uma bela forma de morrer.

Ele lentamente sai de mim, rolando para o lado, e levanta para jogar fora o preservativo, então, rasteja de volta em cima da cama, nos cobrindo com as cobertas, me colocando ao seu lado, com a minha cabeça encostada em seu peito.

— Miaaau. — Levine salta em cima da cama, olhando para Leo por um segundo e, em seguida, tocando na mão dele com a cabeça.

— Ele gosta de você — sussurro, e dou um sorriso ao ver que Leo mexe com a cabeça até dos animais.

— Você está bem?

— Fantástica, obrigada. E você?

Leo ri e coloca o gato de lado, que depois vira o rabo para ele e se deita em uma bola no final da cama, começando a se lamber.

— Fantástico é uma boa descrição. — Ele beija minha testa levemente.

— Você vai embora agora? — pergunto, pronta para colocar alguma distância entre nós, mas ainda esperando que ele fale que quer ficar.

Ele se cala por um momento, e então segura meu queixo, me fazendo olhar em seus olhos.

— Você quer que eu vá embora?

— Você pode ficar. — Dou de ombros. — Eu poderia fazer um bom uso de você pela manhã.

Ele abaixa o rosto para o meu e beija meus lábios suavemente, em seguida, esfrega o nariz no meu.

— Quero ficar.

— Tudo bem. — Ele está passando os dedos para cima e para baixo nas minhas costas, me deixando sonolenta.

— Você não tem nenhuma tatuagem — sussurra quando está quase dormindo.

— Não.

— Não tem vontade?

— Não.

— Nossa, você é tão falante. — Ele ri. — Por que não?

— Não sei, acho que nunca encontrei nada que quisesse em mim para sempre. — Dou de ombros e traço com meu dedo mais uma vez suas estrelas. — Gosto das suas. Eu as vi apenas em fotos, é claro, mas são ainda melhores pessoalmente.

— Obrigado.

— Você vai querer mais?

— Talvez. — Ele encolhe os ombros. — Provavelmente.

— Elas ficam bem nas fotos.

— Foi o que me disseram há pouco. — Ele ri e beija minha testa novamente.

— Você está começando a sentir falta? — pergunto, e ele nem sequer finge que não sabe do que estou falando.

— Às vezes, mas estou gostando desse descanso. Estou escrevendo músicas, e falo com a maior parte da banda quase todos os dias.

— Você é bem próximo deles. — Não é uma pergunta.

— Sim, eles são meus irmãos. — Ele me vira de lado, assim estamos nos encarando, envolve seu braço ao redor da minha lombar e me mantém perto. — Passamos muito tempo juntos.

— Algum deles é casado? — pergunto, apesar de já saber essa resposta. Nash é minha banda favorita. Já li várias entrevistas.

— Sim, dois deles. Não é fácil ficarem longe de suas famílias por longos períodos. Estamos todos curtindo o descanso.

— Não podem levar suas famílias nas turnês?

— Eles levam na maior parte das vezes.

Concordo com a cabeça e contorno sua mandíbula com o meu dedo.

— Como você conseguiu ficar solteiro? — pergunto. — Você é a estrela do rock mais cobiçada dos EUA agora.

Ele franze a testa e depois ri para mim.

— Seja lá o que isso signifique.

— Você é. — Empurro seu ombro, e sorrio para ele. — Conta.

— Não quero me casar. Nunca — responde, com os olhos sérios, o que me surpreende.

— Nunca?

Ele balança a cabeça, me observando de perto.

— Você não tem que se casar para estar comprometido com alguém — eu o lembro.

— Meu trabalho é muito duro para manter relacionamentos, Sam. A confiança é difícil de manter, em ambos os lados. Estou sempre viajando. — Ele encolhe os ombros e parece triste por um segundo, mas encobre com um sorriso. — Por que você está solteira?

Eu tinha que começar esse assunto, não é?

— Nunca estive nem perto de me casar, e não pretendo. — Afasto-me automaticamente, erguendo meus muros e mantendo uma expressão agradável no rosto.

Isso o irrita pra caralho.

— Você está mentindo. — Seus olhos cinzentos estão ardentes.

— Não, não estou. — Mantenho o foco no traçado que estou fazendo nas letras do seu peito.

— Por que você acabou de se distanciar? — pergunta, me observando de perto. Continuo a traçar a tatuagem em seu peito, e ele me acalma, segurando minha mão.

— Me desculpe, eu não devia ter perguntado.

— Sam, estamos apenas tendo uma conversa. — Balanço minha cabeça, mas ele se inclina, me beijando suavemente, e eu relaxo instintivamente.

Ele me acalma, e isso me deixa nervosa.

— Eu estava em um relacionamento, que terminou muito mal — sussurro. — Não confio nas pessoas com facilidade, e não me vejo jamais confiando em alguém o suficiente para me comprometer dessa maneira.

— Olhe para mim.

Em vez disso, me inclino e descanso a cabeça em seu peito.

— Olhe para mim, Raio de sol. — Sua voz é quase brilhante, e arrisco uma espiada.

Ele está sorrindo.

— Eu sou engraçada? — questiono, lhe dando um olhar zombeteiro.

— Na verdade, sim, você é uma pessoa muito divertida. — Ele continua a sorrir, e só quero me inclinar, agarrar aquele piercing nos meus dentes e puxar.

— Isso pode soar egoísta, mas estou contente que não deu certo com esse cara, porque, se tivesse, eu não estaria aqui com você, e nunca me diverti tanto.

Sinto meu queixo cair e meus olhos se arregalarem. Essa foi a melhor coisa que alguém já me disse.

Quão patética eu sou?

— Mas também quero bater nele por machucá-la assim.

— Talvez eu o tenha machucado — respondo com um sorriso.

Ele me observa de perto e, em seguida, solta o ar, enquanto balança a cabeça.

— Não, ele te machucou. — Leo me puxa e envolve seus braços em volta de mim com força. — Alguma vez ele te bateu? — Sua voz é apenas um sussurro.

— Não — respondo imediatamente. — E não quero falar sobre isso.

— Ok.

— Então, qual é a sua banda favorita? — pergunta, me fazendo rir.

— Qual é a *sua* banda favorita?

— Perguntei primeiro.

Reviro os olhos, como se fosse uma pergunta muito difícil.

— U2.

— Você vai pagar caro por isso. — Ele me ataca com cócegas, e grito de tanto rir. Depois, solto um gemido de prazer, enquanto suas mãos percorrem o meu corpo.

— Acho que gosto deste sistema de pagamento que você criou.

— Estou apenas começando, Raio de sol.

Capítulo Cinco

Sou uma idiota. Que porra eu estava pensando? Desde quando deixo minha vagina tomar decisões?

Porque isso foi exatamente o que aconteceu ontem de manhã. E ontem à noite.

E mais uma vez esta manhã.

Me mexo desconfortavelmente no banco do carro, a dor entre as minhas pernas me lembrando exatamente onde Leo passou a maior parte nas últimas vinte e quatro horas.

O homem é maravilhoso no sexo.

Tanto cuidado para não me envolver... Eu estava indo tão bem durante toda a semana, mantendo-o à distância. E então ele tinha que parecer tão certo no meu apartamento, e eu simplesmente não conseguia manter as mãos longe dele.

Mas não iria acontecer novamente. Não, pelo bem da minha sanidade e para minha família se manter relativamente sem dramas, a noite passada foi dose única.

Vou encontrar outro amigo de foda, brincar com ele de vez em quando, e as coisas vão voltar ao normal.

Então, por que só esse pensamento já me deixava enjoada?

Estaciono em frente ao café, perto da praia de Alki, a oeste de Seattle. Decidimos nos encontrar próximo da casa de Nat e Luke, o que é supertranquilo para mim. A vista daqui é incrível, mesmo em um dia escuro e sombrio como hoje.

Envolvo minha echarpe preta em volta do pescoço e caminho rapidamente, enfrentando o vento e a chuva até o café, onde encontro Nat, Jules e Meg imediatamente, em uma mesa nos fundos.

— Oi! — Aceno, peço um *chai* e depois me junto a elas.

— Como vai? — Jules pergunta, e toma um gole do seu café com leite.

— Bem. Como vocês estão? — questiono, e me sento.

— Bem, estamos falando da grande mudança de Nat e Luke — responde Meg, e aponta para Natalie.

— Grande mudança? — pergunto, e tomo um gole do meu *chai*.

— Estamos nos mudando — Natalie esclarece, e morde o lábio.

— O quê? — *Que porra é essa?* — Para onde? Se disser L.A., vou chutar o seu traseiro.

— Não. — Ela acena, dispensando a ideia, e balança a cabeça, com um sorriso largo. — Apenas vamos para uma casa maior.

— Quando? — Jules pergunta, e dá uma mordida em seu bolinho.

Como ela pode comer assim e ficar magra? Acho que a odeio.

— Começamos a procurar agora, então não sei. — Nat dá de ombros. — Espero que seja antes do bebê chegar, porque não vou querer lidar com isso depois que ele nascer.

Nós todas acenamos em acordo e tomamos nossas bebidas.

— Vou ajudá-la a procurar, se você quiser — ofereço. — Gosto de comprar coisas.

— Eu também! — Jules concorda alegremente.

— Eu não. — Meg balança a cabeça. — Amo vocês, mas odeio procurar casas. É como comprar um carro. Chato pra cacete.

— Vou avisar quando e se houver alguma coisa para olhar. Até agora, Luke não encontrou nada que goste, então ele está insistindo em querer construir alguma coisa.

— É bem a cara do meu irmão mesmo — murmuro com uma risada. — Ele vai construir para vocês algo fabuloso.

— Sim, mas quero me mudar nos próximos seis meses, por isso vamos ver como vai se desenrolar. — Nat se remexe na cadeira e afasta o bolinho sem prová-lo. — Chega de falar sobre esse assunto que me deixa nervosa. Meg, como Leo está se adaptando de volta? Luke mencionou que ele está na sua antiga casa.

Ótimo, minha vez de ficar nervosa.

Tomo um gole de *chai* e mantenho meu rosto impassível. É por isso que não vou contar para elas que fiquei com Leo.

De jeito nenhum.

— Ele está bem — Meg responde e, em seguida, franze a testa. — Mas anda muito mal-humorado nesta última semana.

— Saudades da música? — Jules pergunta com uma piscadela.

— Acho que não. — Meg encolhe os ombros. — Ele geralmente age assim quando está pensando em uma garota. Mas ainda está mais mal-humorado do que o habitual. Se está saindo com alguém, e eu a conhecer, vou chutar sua bunda por deixá-lo tão ranzinza.

Engasgo com a bebida, cuspindo e tossindo, e Nat se inclina para bater nas minhas costas.

— Você está bem?

— Sim. — Sufoco e tomo outro gole. — Desculpe, apenas desceu errado.

— Então, você acha que ele está saindo com alguém? — Nat pergunta a Meg.

Deus! Por favor, mudem de assunto!

— Não sei, ele não vai me contar. Então, eu lhe disse para parar de ser um idiota mal-humorado. — Meg sorri presunçosamente.

— Acho que você deve ser a única pessoa no planeta que pode dizer para Leo Nash parar de ser idiota — Jules observa.

— Ele é meu irmão. Sam consegue se identificar com essa situação. — Ela sorri para mim, e eu aceno com a cabeça, tentando afastar a culpa.

Porra, por que me sinto culpada?

Ok, talvez seja porque deixei seu irmão me foder à exaustão e não vou contar a ela.

Isso só confirma que não ver Leo é a melhor decisão para todos.

— É diferente quando ele é seu irmão — Meg explica.

— Você já disse a Luke para deixar de ser idiota? — Nat me pergunta, seus olhos verdes risonhos.

— O tempo todo. — Brindo com o meu copo, tomando um gole, e

todas rimos.

— Quanto tempo ele vai ficar na cidade? — Jules pergunta.

— Por um tempo. — Meg encolhe os ombros e sorri. — Gosto de tê-lo aqui novamente. Ele está hospedado na minha casa agora. Na verdade, começamos a trabalhar juntos em uma música na semana passada.

— Que incrível, estou muito feliz por você. — Nat dá alguns tapinhas no ombro de Meg.

— Jules, como está Nate? — pergunto, efetivamente mudando de assunto.

— Sexy — ela responde, e joga seu cabelo loiro por cima do ombro.

— Isso nós já sabemos. — Meg revira os olhos.

— Nós estamos bem. Trabalhando muito. — Jules encolhe os ombros. — Nada realmente a contar.

Durante a próxima hora, a fofoca gira em torno dos nossos amigos em comum, e nos provocamos um pouco. Fiquei aliviada que a conversa não voltou mais para Leo.

Não gosto de mentir para as minhas amigas, e ocultar as coisas sobre Leo faz de mim uma mentirosa. Não me sinto bem assim.

— Sam, como está o seu trabalho? — Meg pergunta.

Ah, bem, outra mentira para me sentir culpada.

— Tudo bem. O de sempre. — Dou de ombros com indiferença e um sorriso.

Vou para o inferno por mentir para a minha família.

— Oi, amor, vocês se divertiram? — Luke pergunta à Nat, quando entramos, e nos cumprimenta com um beijo, com Livie em seu quadril. Livie guincha de prazer e pede colo à mãe, e não posso deixar de sorrir quando olho para sua pequena família.

Eles são adoráveis.

Nat enche a filha de beijos, e depois me entrega, enquanto Luke a mergulha em seus braços, lhe dando um beijo cinematográfico.

Entendo a compulsão de Jules em reclamar desses dois.

— Eca, não olhe, Livie. Você é muito jovem. — Eu a levo para a cozinha, a coloco em sua cadeira e ela imediatamente alcança seus cereais matinais espalhados pela bandeja.

— Humm. — Ela sorri enquanto enfia um cereal na boca.

— Humm — concordo.

Deus, ela é adorável.

— Foi você que colocou essa linda tiara rosa em seu cabelo? — pergunto a Luke com um sorriso.

— Ah, não.

— Eu que coloquei antes de sair. — Nat ri e beija seu bebê na cabeça enquanto passa. — Vocês dois se divertiram?

— Sempre. — Luke sorri. É bom vê-lo sorrir assim.

Ele não sorriu desse jeito por muito tempo.

— Nat me convidou para jantar. — Pulo em uma cadeira ao lado de Olivia e recolho o cereal em sua bandeja.

— Legal. Nós vamos ter fígado acebolado hoje.

— Vou embora. — Coloco a mão na mesa para me levantar, e Natalie beija Luke no braço.

— Se for isso, vou com ela.

— O que você vai cozinhar? — pergunto novamente, arregalando meus olhos azuis, aos quais ele não consegue resistir.

— Acho que Alfredo. — Ele suspira, sabendo que é o meu favorito.

— Eu sabia! — Levanto o punho no ar e ofereço à Olivia uma mão aberta para bater, mas ela apenas ri de mim.

— Então, o que você sabia? — ele me pergunta como sempre faz, e se inclina sobre os cotovelos na bancada.

— Que você é um pé no saco — respondo com um sorriso.

— Por que você a convidou? — Ele se dirige a Natalie.

— Eu gosto dela. — Nat encolhe os ombros e pisca para mim.

— Ela gosta de mim mais do que de você — digo a ele presunçosamente.

— Não, garanto que não é verdade, não é, amor? — Luke a agarra por trás, enfia o nariz em seu pescoço e empurra sua pélvis contra a bunda dela, e, desta vez, eu entendo Jules.

— Putz, pare com isso. Há um bebê presente. — Balanço a cabeça. — Você é nojento.

— Ele não pode manter as mãos longe de mim. — Natalie dá uma risada e aponta para a barriga ainda plana. — Foi assim que foi feito o bebê número dois.

— Você sabe que não são as mãos que fazem isso, certo?

— O quê? — Luke pergunta inocentemente.

— Não vou ter essa conversa com você. — Tremo violentamente. — É nojento.

Ele ri, e nos acomodamos, felizes, para uma noite relaxante com ótima comida e boa conversa. Amo meu irmão mais do que qualquer outra pessoa no mundo. Confio nele. Posso ser eu mesma em sua presença, e ele me ama do mesmo jeito.

E passei a sentir o mesmo por Nat.

Eu precisava disso hoje à noite.

Quando o jantar acaba e tudo está limpo, Nat leva Olivia para o banho e, depois, para dormir, e Luke me dá uma taça de vinho branco. Estamos sentados no balcão de sua cozinha realmente impressionante.

Ele é tão mimado.

— Então, o que há com você?

— Nada. — Tomo um gole do vinho doce.

— O que há com você?

Não consigo enganá-lo. Ele olha para mim por apenas um minuto e, em seguida, toma um gole de vinho. Luke passa a mão pelo cabelo loiro sempre bagunçado e coça a cabeça.

— Não quer falar sobre isso?

Odeio como ele pode ver através de mim.

Droga de irmão sabe-tudo.

Quero tanto lhe contar sobre o meu trabalho e sobre Leo, porque sei que ele vai entender e ouvir, mas simplesmente não consigo.

— Não tenho nada para falar.

— Você precisa de ajuda? — pergunta baixinho, os olhos azuis, iguais aos meus, sérios e preocupados.

— Não — repito, e balanço a cabeça.

— Você me preocupa, sabe.

— Pensei que eu fosse a irmã mais velha. — Franzo o nariz para ele e acaricio suas costas. — Estou bem.

— Ok. Estou aqui, se você precisar. — Ele suspira e puxa minha orelha e, em seguida, toma mais um gole de vinho.

— Eu sei. — Estou mortificada ao sentir as lágrimas ardendo nos cantos dos meus olhos, então eu rapidamente mudo de assunto. — Então, vocês estão se mudando?

— Sim, se eu conseguir encontrar um lugar que não seja uma droga.

— O que significa se você conseguir encontrar um lugar que ame mais do que aqui — respondo com um sorriso. — Eu sei que você ama esta casa.

— Amo, sim. — Ele balança a cabeça, pensativo, e então seus olhos vão para o topo das escadas. — Mas as amo mais, e, em breve, nós vamos crescer demais para esta casa.

— Não vou ajudar vocês a se mudarem. Você está muito mal-acostumado. — Termino o meu vinho e dou risada da sua careta.

— Bem, é uma boa notícia que eu posso pagar uma empresa de mudanças.

— Ótima notícia — concordo, e sorrio presunçosamente. — Mas posso ficar de babá.

— Você só está me usando para ficar com a minha filha. — Ele ri e serve mais um pouco de vinho em sua taça. — Quer mais?

— Não, eu tenho que ir.

— Você já vai? — Nat pergunta, enquanto desce correndo as escadas.

— Sim, seu marido está me entediando. — Pisco para ela e pego meu casaco e echarpe.

— Você é tão encantadora — Luke murmura.

— Eu sei.

Abraço os dois e vou para o meu carro, sentindo o celular vibrar no meu bolso.

Meu coração para quando vejo uma mensagem de Leo, e tenho que me lembrar de que não posso ficar com ele.

Ele não é meu.

Entro no carro, ligo o motor e afivelo o cinto, antes de verificar a mensagem, só para provar a mim mesma que não estou desesperada de vontade de vê-lo novamente.

Porque eu estou.

Onde você está, Raio de sol?

Nossa, adoro quando ele me chama de Raio de sol.

Na rua.

Talvez, se eu for menos calorosa e amigável, ele vá embora.

Posso te ver hoje à noite?

Ou não.

Não quero ser má com ele, mas não posso vê-lo novamente. Quanto mais tempo eu deixar essa relação física progredir, mais difícil será parar de vê-lo depois.

Não sei quanto tempo vou ficar na rua.
Talvez não volte para casa esta noite. Você sabe como é.

Respiro fundo e começo a dirigir pela estrada, seguindo em direção à minha casa. Como pude seriamente pensar em insinuar que estava com outro homem, quando ainda posso sentir os efeitos de tê-lo dentro de mim cada vez que ando?

Quando eu ainda posso praticamente sentir o cheiro dele?

Não sou esse tipo de garota.

Meu celular toca com outra mensagem, e pego-o na minha mão trêmula.

Vou esperar.

Ele vai esperar?

Ok, se ele quer uma briga, é isso que vai ter. Quem ele pensa que é, afinal?

Me sinto bem melhor com a minha raiva fervendo, e faço a viagem até minha casa em tempo recorde. Paro na minha vaga no prédio e pego o elevador, encontrando Leo encostado na parede ao lado da porta, com as pernas cruzadas na altura dos tornozelos, lendo algo em seu celular.

Ele tem um saco plástico com alguma comida para viagem.

— Há quanto tempo você está aqui? — pergunto, enquanto passo por ele e destranco a porta.

— Não muito tempo — responde, sua voz calma. Me recuso a olhar em seu rosto.

— *Por que* você está aqui? — Odeio o tom frio na minha voz.

— Pensei em lhe trazer o jantar. — Ele me segue para dentro e fecha a porta, colocando a sacola da comida na mesa, e se vira para mim, enfiando as mãos nos bolsos e se endireitando em seus calcanhares.

— Você deveria ter me ligado mais cedo. Já jantei. — Engulo em seco, olhando para todos os lugares, menos para ele, e meu estômago revira.

— Olhe para mim.

— Leo...

— Olhe para mim, porra! — Meus olhos encontram os seus, e meus joelhos quase se dobram com a dor em seu olhar cinza tempestuoso.

Merda.

— O que você quer de mim? — pergunto, e coloco as mãos na cintura.

— Não me lembro de prometer nada na noite passada.

— O que está acontecendo para esta cena de rainha do gelo? — Sua voz é dura agora. A raiva é boa. Eu posso trabalhar com a raiva.

— Isso é quem eu sou, Leo. — Sorrio e me viro. Ele caminha atrás de mim.

Só vá embora!

— Mentira. — Ele agarra meu braço e me gira para encará-lo. — Fale comigo.

— O que há para dizer? — Puxo meu braço e dou um passo para trás, me afastando dele. Quanto maior a distância, melhor. — A noite passada não vai se repetir, Leo.

— O quê? — Ele franze a testa para mim, não acreditando no que estou dizendo.

— Você acha que nós estávamos começando um relacionamento? — Sorrio. — Você não entra em relacionamentos, lembra-se?

— Você está me irritando, Samantha. — Suas mãos estão apertadas em punhos, caídas ao lado do seu corpo, e seus olhos estão atirando punhais em mim. Tenho que obrigar mentalmente meus ombros a ficarem firmes, para não me afundar no chão.

— Não sei o que dizer. — Aceno despreocupadamente para ele, como se não me importasse. — Você sabia como seria. Foi apenas sexo. Sexo muito bom, admito, mas apenas sexo. Eu finalmente fodi uma estrela do rock. Obrigada.

Pisquei para ele, e rapidamente me afastei para que ele não pudesse ver o quanto dói falar assim e machucar aqueles olhos cinzentos surpreendentes. Pego uma garrafa de vinho da geladeira e puxo a rolha, mas, de repente, ele me vira para encará-lo. Seus olhos estão selvagens, sua respiração, ofegante, e as suas mãos estão segurando meus ombros firmemente.

— Você quer foder uma estrela do rock, docinho? — Antes que eu possa reagir, ele mergulha os dedos no meu cabelo e me puxa para ele.

Ele me beija com força, exigindo que eu abra meus lábios e aceite sua língua. Ele lambe e suga minha boca, morde os lábios, e aperto seu peito, tentando empurrá-lo, mas ele resiste. Suas mãos deslizam para baixo, segurando o meu rosto, e ele encosta minhas costas na geladeira.

— Não te fodi na noite passada — ele rosna. — Mas vou com certeza te foder agora.

Ele ataca minha boca com mais violência do que antes, arranca os botões da minha camisa, que caem no chão, e se espalham ao redor da sala, puxa-a do meu corpo e a joga no chão. Ele abre o meu jeans e o abaixa até os joelhos, me carrega em seus braços até a cozinha, me inclinando sobre a ilha, e suspira quando vê minha calcinha.

Estou usando uma calcinha de renda preta com babados na bunda, e ele habilmente a rasga em dois pedaços, jogando de lado.

— Que porra é essa? Ela era nova!

— Não dou a mínima. Ela estava no meu caminho.

— É melhor você ter um preservativo, não sei onde seu pau andou — rosno, tentando machucá-lo de propósito. Sei que atingi meu objetivo quando ele prende a respiração.

Eu o ouço rasgar um pacote de camisinha, e a próxima coisa que sei é que ele está agarrando meus cabelos com o punho e empurrando meu rosto no balcão, batendo na minha bunda e mergulhando dentro de mim profundamente.

Ele me bate mais uma vez e, em seguida, aperta meu quadril, me deixando com hematomas, e faz exatamente o que prometeu. Ele me fode.

Com força.

Zangado.

Doloroso.

Me odeio por amar o jeito que o sinto dentro de mim. Por estar tão molhada e pronta para ele, e, se não o tivesse ferido antes, não estaria me sentido tão machucada agora.

Mas, ah, Deus, dói o que estou fazendo com ele.

Ele solta o meu cabelo para segurar meu quadril e ajudar a bombear dentro de mim, rosnando, quando ele goza, e estremecendo atrás de mim.

Ele sai, puxando a camisinha e a jogando no lixo, e fica atrás de mim, ofegante.

Não posso olhar para ele. Estou tão envergonhada, e só quero que ele *vá embora.*

— Agora que já fodeu uma estrela do rock, como você se sente?

— Como todo mundo que você fodeu. Usada e pronta para você partir — respondo sem olhá-lo.

— Jesus — ele sussurra, e o ouço esfregar as mãos sobre o rosto. — Levante-se.

— Vá embora, Leo.

— Sam...

— Vá embora — murmuro, e apoio a testa na bancada. Não vou olhar para ele. Não vou falar com ele.

Se o fizer, vou lhe pedir para ficar e me perdoar, e vai ser melhor se ele simplesmente me odiar.

Depois de um longo minuto, ele suspira e caminha até a porta. Não olho para cima quando ouço a porta abrir, nem por alguns longos minutos depois que ele fecha.

Fico apenas aqui, encostada no balcão, e deixo que as lágrimas caiam.

Capítulo Seis

Leo

Não deveria tê-la deixado.

Não deveria tê-la fodido contra a bancada da cozinha, como um idiota arrogante completo.

Ela não deveria ter sido tratada como uma vadia. Como alguém que parece tão doce pode se transformar em uma vaca maldosa tão rápido? Quem diabos ela pensa que é?

Nenhuma mulher merece passar por essa merda.

Estou sentado em casa há dois dias. Não posso escrever. Não consigo dormir.

Estou me sentindo doente pra caralho.

Então, entrei no meu Camaro e estou dirigindo ao redor da cidade, as janelas abaixadas, o som do metal pesado do *The End of Grace* tocando nos alto-falantes, sem nenhum destino em mente.

Só preciso dirigir.

Viro a esquina, entro com o carro em um portão aberto, sigo até a garagem e paro, desligando o motor. O som é abruptamente cortado junto com ele, e fico apenas olhando para a frente por alguns minutos.

Jesus, não posso nem pensar direito.

Pisco e olho em volta, notando que dirigi até a casa de Meg, e ela está em pé na porta, encostada no batente, os braços cruzados sobre o peito, me olhando preocupada.

Merda. Ela vai explodir minhas bolas. Mas preciso falar com alguém, e ela é a única que confio para isso.

Os caras da banda me sacaneariam pelo resto da minha vida se soubessem que estou fodido desse jeito por causa de uma mulher.

O que há de errado comigo?

Saio do carro e bato a porta.

— Por que o seu portão está aberto?

— Por que você parece um lixo?

— Porra. — Passo a mão pelo meu cabelo e olho ferozmente para ela, que apenas sorri.

— Você não me assusta. — Ela perde o sorriso, e estende a mão para mim. — Vamos lá.

Pego sua mão e a sigo. Ela foi morar com Will Montgomery na semana passada. Estou feliz que esteja feliz. Ela merece ser feliz mais do que qualquer outra pessoa, depois de passar por toda aquela merda em sua vida.

Mas, se ele a machucar, eu vou matá-lo com minhas próprias mãos.

— Você está com fome?

— Não, mãe — respondo com sarcasmo, e ela dá língua para mim.

— Café?

— Sim.

Ela serve duas canecas de café preto, e nós nos sentamos nos banquinhos do balcão da cozinha.

— Vai me dizer quem é ela?

Merda, ela é perspicaz. Sempre foi. Eu tinha esquecido o quanto senti falta disso ao longo dos últimos anos.

Balanço a cabeça e olho para baixo, para o meu café. Não foi por isso que vim para cá?

— Eu tenho encontrado com a Sam — murmuro, e tomo um gole de café, ignorando seu olhar de choque.

— Samantha Williams?

— Essa é a única Sam que conheço.

— Mas eu a vi no sábado.

Dou de ombros para ela. Eu também, e passou da completa felicidade de manhã para a maior bagunça do caralho naquela noite.

— Então qual é o problema? — Meg pergunta.

— Nós dois estamos muito fodidos — respondo, e rio sem graça. — Mais do que o habitual.

— Preciso de mais informações. Comece pelo começo. Não me poupe nem da parte do sexo. — Ela puxa os pés sob seu corpo e se acomoda para ouvir a história.

— Não vou falar para você sobre minha vida sexual.

— Tudo bem, me diga o resto.

— Fui correr com ela todas as manhãs — começo, e ela acena com a cabeça, pensativa.

— Isso parece bom.

— Foi ótimo. E então nós meio que caímos na cama, e agora ela não fala mais comigo. — Cerro os punhos quando a frustração retorna com força total.

— Pelos comentários das *groupies* antigamente, eu achava que você fosse melhor do que isso. — Meg dá uma gargalhada, e sei que ela está tentando ser engraçada, mas é como um tapa na minha cara mais uma vez.

— Não fodo *groupies*, Megan.

Ela recua com minha voz dura, e eu xingo sob minha respiração.

— Sinto muito.

Respiro fundo.

— Não me diga que Sam acha que você dorme com todas as *groupies* que batem à sua porta.

— Não sei. — Dou de ombros.

Não sei onde seu pau andou.

— Ela te irritou — Meg comenta sobriamente, e está certa. Ela me irritou pra caralho.

— Sam parece que tem a porra de uma vara enfiada na bunda. — Não posso mais ficar parado, então, começo a andar em torno da cozinha. —

Tivemos uma boa semana, e ela foi se soltando, e eu gostava de ficar com ela. Ela é engraçada pra caralho, e pode ser doce, e, porra, ela é muito sexy. — Passo as mãos pelo cabelo novamente.

— O que aconteceu, então? — Meg pergunta com uma careta.

— Fui embora na manhã de sábado, e, quando a vi novamente naquela noite, ela ergueu as malditas paredes de volta e me disse que não queria mais me ver. Ambos tentamos machucar um ao outro, e funcionou.

Não posso tirar da minha cabeça a imagem do seu choro na bancada. Inclinada, a calça na altura dos joelhos, os braços cruzados sob o corpo, tremendo.

Porra, eu sou um idiota.

— Não preciso aguentar essa merda...

O celular de Meg toca, e ela franze a testa para o visor, então levanta o dedo para eu esperar um minuto e atende à chamada.

— Alô?

Me inclino contra o granito e ouço suas respostas.

— Parece que você está com gripe. Qual é a sua temperatura?

Alguém está sempre ligando para ela pedindo conselho médico. Estou muito orgulhoso da minha irmãzinha. Ela é excelente em seu trabalho.

— Você precisa tomar muito líquido e descansar. É um vírus, mas tome Tylenol e meça sempre a temperatura. — Seus olhos deslizam para mim, e ela encolhe os ombros, em seguida, termina a chamada.

— Sinto muito.

— Está tudo bem. — Dou de ombros.

— Então, você não precisa aguentar essa merda?

— Não, não preciso. Não sei qual é a porra do problema dela, mas não preciso disso.

— Então, você não irá procurá-la novamente.

Assim tão fácil? O pensamento de não a ouvir rir, não afundar em seu corpo macio, apenas... dói.

E isso me irrita pra caralho.

— Não tenho relacionamentos — recordo à Meg, e ela balança a cabeça, desgostosa.

— Você gosta dela.

— Quando ela não está sendo uma cadela fria, sim, eu gosto dela.

— Acho que ela tem problemas de confiança, Leo. — Meg olha para o seu café, pensativa.

— Nós todos não temos? — pergunto sarcasticamente.

— Suponho que sim. — Ela encolhe os ombros. — Lembre-se, o irmão dela é superfamoso, e ela teve que lidar com isso. Provavelmente não é fácil ser parente de alguém assim. — Ela levanta uma sobrancelha para mim. — Aposto que um monte de gente já a usou como uma forma de se aproximar dele.

— As pessoas te usaram para chegar até mim? — pergunto, bravo de novo.

— Não. — Ela acena, dispensando minhas palavras. — Até recentemente, a maioria das pessoas nem sabia da nossa ligação. Mas ela e Luke são muito próximos, e as pessoas são idiotas.

— Mas eu não tenho nenhuma razão para usá-la para chegar até Luke. Conheci Luke antes de conhecê-la.

— Só estou dizendo que pode ser por isso que ela é tão difícil de se abrir e não é rápida em fazer amigos.

Cruzo os braços sobre o peito e faço uma careta.

— Não acho que ela tenha muitos amigos — Meg murmura, e silenciosamente concordo.

— Não preciso aguentar essa merda — afirmo mais uma vez, com firmeza.

— Ok, então, por que você está tão triste? — pergunta. — Você normalmente é um pássaro, apenas planando pela vida.

— Não sei.

— Não minta para mim, Leo. — Os olhos de Meg são tão suaves como sua voz, ela sorri suavemente para mim, e sei que não posso enganá-la.

— Ela é diferente — murmuro, um pouco irritado.

— Vá se desculpar.

— Será necessário mais do que isso.

— Leo, se quer algo mais sério com ela, você está pronto para lhe contar tudo antes? — Meu estômago revira só de pensar nisso.

Porra. Como se ela fosse se importar.

Mas me lembro da reação dela com a história da minha cirurgia, como ela apenas me abraçou, a primeira pessoa a fazer isso, desde que minha mãe morreu, e meu peito, de repente, fica pesado.

— Ainda não, mas é a primeira pessoa desde você que penso em revelar isso.

Os olhos de Meg se arregalam, e, para o meu horror, se enchem de lágrimas. Ela pisca rapidamente.

— Tudo bem.

— Não me faça me arrepender de te contar isso...

Samantha

Estou morrendo. Deus está finalmente me punindo por ser uma vaca, e está me matando lentamente.

Eu mereço.

Meu estômago mostra sinais de vida novamente, e não tenho certeza se é porque estou gripada, ou se porque não posso parar de pensar sobre as coisas horríveis que eu disse ao Leo na outra noite. As coisas horríveis que falamos um para o outro.

Claramente será melhor se não nos encontrarmos novamente.

Qualquer relação entre nós seria tóxica.

Sou uma idiota.

Não, não seria tóxica, porque ele não é realmente um idiota, e não sou de verdade uma vaca, somos apenas duas pessoas com bagagem e não confiamos em ninguém.

Não iria funcionar.

Jesus, o que mais tenho para colocar para fora? Não comi nada desde o jantar na casa de Luke, no sábado. Não há nada em mim, exceto os meus órgãos internos.

Embora, eu tenha certeza de que já vomitei um rim.

Lavo o rosto, enxáguo a boca pela quadragésima vez e pego uma camiseta de dormir limpa. Durmo sempre com camisetas de shows. Elas são macias, grandes e me confortam. E hoje eu preciso de uma camisa de Nash.

Posso nunca mais vê-lo, mas quero que ele me envolva.

Pego uma camiseta grande cinza e a visto. A imagem da banda está na frente, Leo no centro. Ela já foi lavada um milhão de vezes desde que a comprei, na sua primeira grande turnê, e é a minha favorita.

Visto outra calcinha e subo na cama, quando alguém começa a bater na porta.

Tá de sacanagem comigo?

Me arrasto pelo apartamento até a porta da frente, abro-a sem olhar pelo olho mágico e quase desmaio ao ver Leo.

Leo.

— O que você está fazendo aqui? — pergunto na mesma hora em que meu estômago revira.

— Você está doente — murmura, e sorri, hesitante, como se não soubesse como vou reagir, e então seus olhos descem para minha camiseta, e seu sorriso se alarga.

É bom pra caralho vê-lo, mas, antes que eu possa dizer algo, meu estômago se agita novamente. Coloco a mão sobre a boca e corro para o banheiro.

Lá se vai o outro rim.

Ouço um barulho na cozinha e depois no meu corredor, e me pergunto brevemente o que ele está fazendo, mas preciso vomitar um pouco mais.

Finalmente, o barulho para, e sinto Leo se mover atrás de mim, segurando meu cabelo e prendendo-o em um elástico. Ele coloca um pano frio no meu pescoço e esfrega sua grande mão nas minhas costas, afagando.

— Você está bem? — pergunta baixinho.

— Preciso parar de vomitar — sussurro. — Preciso da minha cama.

— Vamos lá, eu te ajudo. — Ele pega minha mão para me ajudar a levantar, ficando de olho enquanto lavo a boca novamente, e então me pega em seus braços e me leva até a cama.

— Você não deveria estar aqui, Leo. Estou uma bagunça e não posso falar com você quando estou assim.

Descanso a cabeça no seu ombro, encostada na sua camiseta de algodão, e desfruto dos seus braços fortes e quentes em torno de mim. Ele beija minha testa e franze a sua para mim.

— Sua temperatura ainda está alta. Você tomou Tylenol?

— Não tenho — sussurro, meus olhos se fechando. Estou tão fraca que não posso nem manter os olhos abertos.

— Eu trouxe. — Ele me coloca na cama e vai até a sala, retornando rapidamente com um copo de água e os comprimidos. — Tome isso, e então quero medir a sua temperatura.

Obedeço, fraca demais para discutir. Queria chutar a bunda dele, mas estou muito fraca para isso também.

Ele pega o copo e enfia o termômetro na minha boca, sentado encostado no meu quadril na cama. Seus dedos passam pelo meu rosto e, em seguida, pelo meu pescoço, suavemente, docemente. Ele vai me colocar para dormir.

Deus, eu só quero dormir.

— 38,9°C — resmunga, e expira profundamente. — Muito alta, Raio de sol. O Tylenol deve funcionar. Durma um pouco. Te acordo em algumas horas para tomar mais um comprimido e medir sua temperatura de novo.

— Não precisa ficar — sussurro. — Não quero que você me veja assim.

— Não vou embora, e você está fraca demais para me mandar sair, apenas aceite isso, docinho. — Sinto seus lábios na minha testa novamente, e então mais nada, quando o sono finalmente me embala.

— Acorde. Sam, acorde. — Um pano frio está sendo esfregado na minha testa, e a voz suave de Leo me chama. — Sam, preciso que você acorde para tomar o remédio. Acorde.

Abro os olhos, e lá está ele. Então não foi um sonho. Seus olhos parecem preocupados, e seu cabelo está mais bagunçado do que o habitual.

Ele parece cansado.

— Que horas são? — pergunto, minha voz rouca.

— Quase duas da manhã. Aqui, tome isso. — Ele me entrega duas pequenas pílulas brancas e água e depois mede minha temperatura. — 37,8°C. Está começando a baixar.

— Estou um trapo suado — murmuro com nojo.

— Quer tomar um banho?

— Sim.

— Vamos lá. — Ele afasta as cobertas e me ajuda a levantar, mas vacilo, desequilibrada pela fraqueza.

Merda, odeio me sentir assim.

— Um banho saindo. — Ele sorri para mim e me leva em seus braços.

— Achei que tivesse sonhado que você estava aqui — sussurro, e enterro o nariz em seu pescoço.

— Isso explica por que você ficava repetindo que alguém era sexy, talentoso e maravilhoso em seu sono. — Ele pisca para mim, e não posso evitar o pequeno sorriso que se abre nos meus lábios.

— Isso explica tudo — concordo. Leo me coloca suavemente no banheiro, enquanto liga a água quente na banheira, tirando a camiseta molhada sobre a minha cabeça, me ajudando a sair da calcinha e me levando nos braços para que possa me abaixar na água.

— Está frio. — Franzo a testa para ele.

— Não posso te dar um banho muito quente, querida. Estou tentando baixar a febre. — Ele pega minhas roupas sujas e joga no cesto. — Onde você guarda o seu pijama?

— As camisetas de dormir estão na primeira gaveta da cômoda. Calcinhas estão na segunda.

Ele balança a cabeça e sai do banheiro, e coloco as mãos na água, vendo-a bater em meus joelhos. Ele é muito bom nisso, cuidar das coisas, de alguém.

— Onde você aprendeu a cuidar tão bem de uma pessoa?

— Cuidei de Meg por muito tempo. — Ele encolhe os ombros e sorri para mim docemente, seu piercing prendendo minha atenção, e não posso evitar de me lembrar das coisas que ele pode fazer com aquele pequeno metal. Leo ergue outra camiseta da Nash. — O que são todas essas camisetas de bandas?

— Vou em muitos shows. — Olho para baixo na água, envergonhada que ele tenha visto todas as minhas camisetas da Nash. — Sempre compro uma camiseta e uso para dormir.

— Você tem uma verdadeira coleção da Nash.

— É a minha banda favorita — sussurro, meus olhos fechando novamente. — Feliz agora?

— Quase — sussurra, e beija minha testa. — Vamos lá, vamos voltar para a cama. — Ele me pega na banheira, e engasgo com o ar frio, que parece ainda mais frio na minha pele superaquecida.

— Muito frio. — Eu o assisto enrolar uma toalha em torno de mim, quando começo a tremer. — Sinto muito.

— Por que está pedindo desculpas?

— Por você ter que tomar conta de mim.

— Não sinto muito sobre isso. — Ele me seca rapidamente e desliza a camiseta de algodão sobre a minha cabeça, me levantando em seus braços novamente e me levando até o quarto. — Mas *realmente* sinto muito pela outra noite, Samantha. Jesus, desculpe. Eu nunca quis fazer aquilo.

— Eu sei. Lamento muito também. Sou má quando estou com medo — sussurro, e me aconchego na cama. Ele passa os dedos pelo meu cabelo, ritmicamente, me olhando suavemente.

— Vou dormir no quarto de hóspedes — Leo fala, e começa a se levantar, mas seguro seu pulso para mantê-lo perto de mim.

— Não tenho quarto de hóspedes.

— Este é um apartamento de dois quartos. — Ele franze a testa para mim, e lhe dou um pequeno sorriso.

— Transformei o outro em um closet. Não tem cama lá. Durma aqui. — Bocejo, me encolhendo para dormir. — Onde está meu gato?

— Está me seguindo. Já dei comida para ele. Durma. — Sinto a cama afundar, quando ele deita atrás de mim, me puxando contra ele, seus braços em volta de mim, completamente vestido, e deixo o sono me levar.

A luz do sol bate no meu rosto quando acordo, e olho pelo quarto. Estou na cama sozinha novamente, além de Levine, enrolado em meus pés, roncando.

Me sinto melhor. Não me sinto preparada para uma festa, mas acho que a minha febre baixou, e não sinto que estou prestes a vomitar.

É um progresso.

Posso ouvir alguém tocando no piano e sorrio. Leo ainda está aqui.

Uso o banheiro, escovo os dentes e jogo um cobertor nos ombros, antes de sair, encontrando-o sentado na sala, com a mesma camiseta preta e jeans de ontem à noite. Seus pés estão descalços e há uma caneta presa em seus dentes.

Seu cabelo está em pé, firme nos seus dedos.

Leo está aqui.

Cruzo a sala ao seu encontro e beijo sua cabeça. Ele se desloca para o lado, abrindo espaço para mim no banco, e me junto a ele.

— Oi.

— Oi. Como está se sentindo? — Ele se inclina e beija minha testa duas vezes, verificando se estou com febre, e deve ter ficado feliz com o que sentiu, porque se afasta e sorri para mim.

— Melhor. Não quero mais ficar na cama. — Olho para aquelas longas mãos, os dedos repousando sobre as teclas do piano.

— Ok, fique aqui comigo.

— O que você está tocando?

— Algo novo. — Ele franze a testa, enquanto se concentra nas teclas, tocando uma melodia suave que eu nunca tinha ouvido antes.

Nossa, ele é tão talentoso.

— Não sabia que você tocava piano — murmuro.

— Não muito bem, mas não tenho o meu violão aqui.

— Você não precisava ficar — sussurro, e inclino a cabeça em seu ombro enquanto ele toca.

— Sim, precisava. Pensei em levá-la ao pronto-socorro por um momento. — Olho em seus olhos cinzentos tempestuosos, surpresa. — Mas você melhorou.

— Obrigada.

— Foi um prazer.

Ficamos sentados ali em um silêncio confortável, enquanto ele toca a melodia. De vez em quando, ele para e escreve algo, ou muda as notas.

É fascinante.

— Não consigo pegar o gancho — resmunga, mexendo novamente na melodia. Ele para, retrocede e tenta reproduzi-la novamente, mas não consegue.

Mas eu sim.

Começo a cantarolar, e seus olhos me encaram, surpresos.

— Você pegou! — diz, e afasta as mãos das teclas.

Continuo de onde ele parou, tocando o que ouço na minha cabeça como gancho da música.

— Sua vez — murmuro, e inclino a cabeça em seu ombro, enquanto ele imita o que acabei de tocar e sorri para mim.

— Você nunca para de me surpreender. — Leo beija minha cabeça e continua tocando, cantarolando.

Estou completamente confortável aqui, sentada no banco do piano, com este homem complicado e temperamental. Quando a música chega ao fim, ele descansa as mãos no colo e inclina o rosto na minha cabeça.

— Você escreveu a coisa toda enquanto eu dormia?

— Sim.

— Leo?

— Sim, Raio de sol.

— Então não é uma coisa de uma noite — sussurro.

Ele ri baixinho e envolve um braço em volta do meu corpo, me puxando para mais perto.

— Estou feliz que você tenha entendido.

Capítulo Sete

— Qual você escolheu? — pergunto, quando entro na sala. Acabei de sair do banho, finalmente me sentindo normal novamente, com roupas frescas, cabelo lavado e barriga cheia de sopa do meu restaurante favorito, na mesma quadra da minha casa, que Leo foi buscar para o jantar.

E não vomitei mais.

Se não tivesse vindo, eu nunca saberia como ele pode cuidar tão bem de mim.

Os créditos de um filme estão congelados na TV.

— O novo do James Bond. — Ele sorri para mim do sofá, e pulo ao lado dele. — Você se sente melhor?

— Muito, muito melhor, obrigada.

— Nada de camiseta da Nash? — pergunta, com uma sobrancelha levantada.

Olho da minha camisa para ele com um sorriso petulante.

— Goo-Goo Dolls são minha banda favorita.

— Certo. Não foi isso que você disse na noite passada. — Ele aperta o play no controle remoto, e Adele começa a cantar a música de abertura do filme.

Amo Adele.

— Eu estava delirando com a febre — murmuro, e me encosto ao lado dele, apoiando a cabeça em seu ombro.

— Mentirosa — sussurra com uma risada, e beija minha testa.

Gosto de tê-lo aqui, no meu espaço, entre as minhas coisas. Nunca pensei que pudesse ficar tão confortável com alguém por tanto tempo. As pessoas costumam me irritar muito.

Merda, às vezes, *eu* mesma me incomodo.

Leo e eu ficamos bem juntos. As conversas são interessantes. Os silêncios não são desconfortáveis.

E ele gosta de me ter perto dele, o que é um conforto para mim, não só porque eu estava doente.

Entrelaço meus dedos nos dele e esfrego o polegar sobre a tinta em sua pele. Amo suas tatuagens. Não consigo parar de olhar para elas. Me pergunto o que as das suas mãos significam para ele.

Será que ele me diria se eu perguntasse?

Leo limpa a garganta, e percebo que estava perdida em pensamentos. Olho em seus olhos cinza sorridentes.

— O que foi?

— O filme não está te prendendo?

— Desculpe — murmuro, e finjo assistir ao filme.

— Você não gosta de James Bond?

— Claro que gosto.

— Por que não está assistindo, então?

Subo em seu colo, e meus braços envolvem seu pescoço.

— Sabe... — começo, e beijo seu queixo. — Não dou uns amassos durante um filme desde que Ethan Middleton me levou para ver Toy Story, no ensino médio.

— Que tipo de idiota leva uma garota para ver Toy Story? — Leo indaga, envolvendo os braços em volta do meu corpo.

— Eu era apaixonada pelo Ethan — respondo com um sorriso, e dou um beijo no seu rosto. — Não me importei nem um pouco com a sua escolha de filme.

— Ele se deu bem? — Leo pergunta, seus olhos felizes e risonhos.

— Claro que não, mas chegou à segunda base. Jogue suas cartas direito, e vou deixar você marcar um ponto, homem sexy.

— Onde está Ethan agora?

— Não tenho a menor ideia. — Me mexo, montando nele, meus joelhos apoiados no sofá. — O ponto é que acho que devemos dar uns amassos aqui.

— Você *ainda* está melhorando. — Ele beija meu nariz e depois me levanta do seu colo e me coloca no sofá ao lado dele. — Assista ao filme.

— Eu quero fazer isso. — Fico amuada e cruzo os braços sobre o peito, ganhando uma gargalhada de Leo. Meu estômago aperta com o som.

Até sua risada soa musical. Porra, eu poderia comê-lo com uma colher.

— Você quer dar uns amassos, querida? — ele pergunta, e vem em minha direção, me empurrando deitada no sofá.

— Bem. — Dou de ombros com indiferença. — Assim, se você quiser...

— Você é tão petulante — ele resmunga, e olha para os meus lábios. — Vou te dar uns amassos, se você quiser.

— Ah, bom, eu estava com medo de ter que rastrear Ethan.

— Sou o único homem para este trabalho, Raio de sol.

Ele firma os cotovelos no sofá ao lado da minha cabeça, descansando a parte inferior do corpo contra o meu, e dá pequenos beijos no meu queixo, depois desliza o nariz no meu pescoço, me fazendo tremer e me contorcer.

— Você tem ótimos lábios — sussurro, e o sinto sorrir contra a minha orelha. Desço as mãos em seu corpo e puxo sua camiseta, para que eu possa sentir sua pele quente nas minhas mãos.

— As roupas ficam — ele sussurra, e continua com os pequenos beijos doces.

— Por quê? — pergunto, e suspiro quando ele morde minha orelha.

— Estamos apenas dando uns beijinhos.

— Por enquanto.

Ele se afasta, se apoiando nas mãos, e me olha com brilhantes olhos cinzentos.

— Não, vamos apenas dar uns amassos. Talvez a gente chegue à segunda base.

— Ah, Leo, Meg é a única com a regra dos três encontros, não eu. Lembra-se?

Seu rosto se divide em um largo sorriso, e me vejo sorrindo de volta para ele.

— Ela tem a regra dos três encontros?

— Sim, ela quase matou o Will.

— Essa é minha garota! — Ele ri com orgulho. — E acredito que você me fez esperar até o quinto encontro.

— Correr não é um encontro. — Santa Maria Mãe de Deus, se ele lamber meu pescoço daquele jeito de novo, vou rasgar sua camiseta e atacá-lo.

— Eu te paguei uma refeição depois de cada corrida. Era um encontro — sussurra, e se move para o outro lado do meu pescoço, para fazer o mesmo estrago na pele sensível abaixo da orelha.

— Leo?

— Hummm?

— Me beije, por favor.

— Eu vou.

Aperto sua bunda, e ele morde minha orelha, me olhando feroz.

— Por favor.

Meus olhos pousam em seus lábios, no piercing prateado em seu lábio inferior, e eu nunca quis que alguém me beijasse tanto quanto quero que ele o faça agora.

Ele enrola algumas mechas do meu cabelo nos dedos, inclina a cabeça e coloca gentilmente seus lábios sobre os meus. Aperto as mãos em suas costas, segurando-o com força contra mim, e suspiro profundamente quando ele começa a mover aqueles lábios talentosos. Ele morde e suga, começando de um canto da minha boca para o outro, não deixando nenhum pedaço da pele intacta.

Minhas mãos começam a percorrer todo o comprimento das suas costas, seus braços, até seu rosto, lenta e suavemente, explorando-o, até que estou tão consumida por ele que não ouço o filme ao fundo, ou sinto o sofá debaixo de mim. Tudo o que vejo é Leo.

Grudo minhas coxas em volta do seu quadril, não sendo capaz de chegar perto o suficiente, e rebolo contra sua ereção, mas ele solta os meus lábios e desliza para o meu ouvido.

— Samantha, não vou fazer amor com você esta noite. Mas vou te beijar pra caralho.

Meus lábios encontram novamente os seus com um gemido, e, desta vez, ele aprofunda o beijo, provocando meus lábios e a ponta da minha língua com a sua.

Nunca fui beijada tão completamente em toda a minha vida.

Uma de suas mãos deixa meu cabelo e viaja pelo meu rosto, meu ombro, e, quando acho que vai para o meu seio, ele desliza a mão até o meu quadril, e apenas a deixa lá.

Ele está seriamente pensando em só me beijar.

Solto outro gemido e corro os dedos por seu rosto com uma leve barba. Apesar dela, sua pele é lisa e ele cheira muito bem.

Ele retarda o beijo, mordiscando meus lábios novamente, e então passa o nariz no meu.

— Você me faz esquecer de como respirar — ele sussurra.

— Amo o jeito que você me beija — sussurro de volta.

— Que bom — ele murmura, e me dá um meio-sorriso, seus olhos tempestuosos estão preguiçosos e com as pálpebras pesadas. — Porque pretendo te beijar muito.

— Ok — concordo timidamente.

Por que ele me deixa tão tímida?

De repente, ele se levanta e me puxa em seus braços, me segurando contra ele, e me leva para o quarto.

— A TV ainda está ligada — eu o lembro.

— Vou desligá-la mais tarde.

Leo

Ela é linda quando dorme.

Ela é linda o tempo todo. Mesmo quando estava vomitando e suada com febre, ela ainda era um espetáculo.

Estou em apuros.

Dormimos até mais tarde esta manhã, mas nenhum de nós tem compromisso, então estou deitado ao lado dela, apenas apreciando a vista.

Eu nunca tinha beijado uma mulher sem fazer amor depois. Eu raramente beijo as mulheres durante a transa. Sexo é ótimo, mas ficar beijando leva a todos os tipos de complementos e sentimentos, e simplesmente o melhor é nem ir por esse caminho, especialmente levando em conta que as mulheres com quem fiquei nos últimos dez anos eram apenas trepadas rápidas. E certamente não as beijei do jeito que beijei Sam na noite passada.

Queria me afundar nela e fazer amor a noite toda, mas ela ficou muito doente.

Talvez eu esteja me transformando em um molenga depois de velho.

Não sei o que está acontecendo comigo, mas não dou a mínima.

Sam se mexe e boceja, abre os olhos azul-safira e sorri suavemente para mim.

— Bom dia. — Beijo sua bochecha macia e desfruto do seu gemido sonolento.

— Humm... Bom dia. — Porra! Amo aquela voz rouca dela. É mais sexy quando ela acaba de acordar ou está prestes a gozar.

— O que você quer fazer hoje? — pergunto, e afasto uma mecha de cabelo do seu rosto.

— Quero cupcakes.

— Cupcakes? — pergunto com uma risada. — São dez da manhã, doçura. Não é um pouco cedo para cupcakes?

— Claramente você passou muito tempo longe, com essas suas viagens ao exterior. — Ela empurra a mão pelo meu cabelo bagunçado e lhe dá um puxão, o que imediatamente faz meu pau se agitar. — Cupcakes são apropriados a qualquer hora do dia.

— Posso tomar um café junto com o meu?

— Claro.

— Ok, vou levá-la para comer cupcakes.

— Isso foi fácil. — Ela sorri.

Dou de ombros. Foda-se, agora eu lhe daria qualquer coisa que ela quisesse.

— Vamos lá.

— Vamos ter que correr antes? — ela pergunta com uma careta.

— Você não está pronta para correr ainda. Estava doente há vinte e quatro horas — lembro-a, e saio da cama.

— Então talvez eu não deva comer um cupcake.

— Samantha, vamos pegar esses malditos cupcakes ou qualquer outra coisa que você queira. — Faço uma careta para ela e cerro os punhos para não a agarrar, e me jogar de volta na cama, quando ela me dá um sorriso largo.

— Então vai ser cupcakes.

Nós nos vestimos rapidamente, e coloco seu casaco preto em seus braços, antes de colocar o meu e deslizar o gorro na minha cabeça.

— Não coloque o gorro. — Ela está sorrindo para mim. — Gosto de tocar seu cabelo.

— Fica mais fácil se eu o usar. — Beijo sua testa e abro a porta para ela sair.

— Então, é o seu disfarce? — ela pergunta com sarcasmo. — Puxar o gorro sobre esse cabelo sexy, esconder o piercing na sobrancelha e cobrir suas tatuagens, rezando para ninguém te reconhecer?

Ela pode estar brincando, mas posso ouvir o desconforto em sua voz. Ser reconhecido a incomoda tanto quando a mim.

Aperto o botão do elevador e a puxo em meus braços durante a descida.

— Não sou reconhecido com frequência, docinho.

Ela relaxa contra mim e suspira, e não posso deixar de sorrir. A diferença nela, desde que começamos a correr juntos e agora, é incrível. Ela está acostumada que eu a toque agora, o que é bom, porque não posso manter minhas mãos longe do seu pequeno corpo sexy.

— Onde é o lugar dos cupcakes? — pergunto, à medida que saímos do elevador e atravessamos o lobby.

— Apenas alguns quarteirões daqui. Podemos caminhar até lá.

— Você está se sentindo bem o suficiente para isso? — pergunto, franzindo a testa, mas ela só me cutuca com o cotovelo.

— Estou bem. Poucos quarteirões não vão me matar.

— Então lidere o caminho.

O céu em Seattle hoje está azul brilhante, um raro dia de inverno ensolarado. Entrelaço meus dedos aos de Sam, beijando-os, antes de seguirmos até uma pequena loja chamada Doces Suculentos. Tem cheiro de café e açúcar, e os olhos azuis de Sam acendem à medida que recaem na vitrine cheia de guloseimas assadas.

Porra, ela é uma gracinha.

— O que você quer?

— Chocolate, é claro. — Ela ri, e meu estômago se retorce. Adoro sua risada.

Ela pede um cupcake de chocolate e um chá quente. Faço o meu pedido, e a danadinha ousa pegar sua carteira.

— O que você está fazendo?

— Comprando um cupcake.

— Certo, porque eu vou deixar uma mulher pagar o meu café da manhã. — Reviro os olhos e a afasto para o lado, puxando minha carteira do bolso de trás.

Os olhares da atendente ruiva vão para mim casualmente, e depois ela olha com mais atenção.

— Puta merda, você é Leo Nash? — ela pergunta, e faço uma careta para ela como se fosse maluca.

— Sou confundido com ele o tempo todo. — Dou uma risada. — Não,

não sou ele. Essa banda é uma merda.

— Eu gosto deles. — A ruiva dá de ombros, e eu instantaneamente gosto dela. — Mas sim, desculpe, posso ver agora que você não é ele.

— Sou muito mais bonito, certo? — Pisco para ela, e ela ri, me entregando nosso pedido, enquanto Sam encontra uma mesa.

Sam está rindo, se segurando para não rir muito alto.

— O que foi?

— É sério que é assim que você afasta qualquer reconhecimento indesejável? Desrespeitando a sua própria banda?

— Funcionou. — Sorrio, e dou uma mordida. — Droga, isso é bom.

— Você pegou o de limão! Posso dar uma mordida? É o meu segundo favorito.

Levo o bolo até seus lábios, e ela dá uma pequena mordida, fechando os olhos enquanto geme de felicidade, e tenho que me arrumar na cadeira.

Jesus, sou como um adolescente excitado quando estou com ela.

Pensei que tinha um melhor controle sobre o meu pau do que isso.

— Posso dar uma mordida no seu?

— Claro que não, coma o seu. — Ela puxa seu cupcake para mais perto dela e franze a testa para mim.

— Pirralha egoísta. Eu compartilhei o meu.

— Otário. — Ela sorri e continua comendo.

Olho para outro lado da rua e sorrio.

— Você sabe o que é aquele prédio do outro lado da rua?

Ela segue o meu olhar e encolhe os ombros.

— Apenas um edifício de tijolo vermelho.

Não há nenhuma sinalização no local.

— Não, é um estúdio de gravação. Pertence a uma dupla feminina famosa de Seattle. Elas são donas desde o início dos anos oitenta. — Animado, eu me inclino para a frente, com minha xícara de café nas mãos. — Sam, Johnny Cash gravou lá. Nirvana, Sound Garden, Pearl Jam. Deus, gente demais para contar. — Olho para o prédio novamente, uma ideia se formando na minha cabeça.

— Você gravou lá? — ela pergunta, olhando para o prédio.

— Não. — Balanço minha cabeça. — Mas já estive lá, apesar de nunca ter gravado. Quando me mudei para Seattle, ganhei um concurso em uma rádio, e assisti lá a um show particular do Pearl Jam. Havia apenas doze pessoas na plateia, todas sentadas em um semicírculo. Foi a coisa mais legal que já fiz.

— Uau, que incrível. Vocês deveriam fazer isso.

Concordo com a cabeça, a ideia tomando forma.

— Me pergunto se poderíamos gravar o próximo álbum lá — murmuro, e os olhos de Sam se arregalam.

— Sério?

— Sim, não vejo por que não daria certo. Não sei quando a agenda do estúdio terá uma data livre, mas, se fizer isso, eu não teria que voltar para Los Angeles para gravar. A maior parte da banda vive por aqui, de qualquer maneira.

Sorrio para ela, animado em começar a fazer as ligações, e ela sorri de volta.

— Posso assistir?

— Claro. A qualquer hora. — O pensamento de ter Sam no estúdio com a gente, enquanto estamos gravando, faz meu estômago apertar.

O pensamento de transar com ela no estúdio é ainda melhor. Nunca fiz isso antes, porque trabalho e merdas da vida pessoal sempre foram bem separadas para mim, mas, porra, eu já mudei tanta coisa por causa dela, por que isto também não?

— Quantas canções você escreveu? — ela pergunta, e lambe o garfo.

— Escrevi sozinho três, e duas com Meg. Alguns dos caras também escreveram algumas. Estou trabalhando em mais uma agora. Temos uma lista suficiente de músicas que o estúdio exige. Acho que vamos começar a gravar em algumas semanas.

Seus grandes olhos estão me fitando, ouvindo atentamente. Me deixa orgulhoso que ela esteja tão interessada. E ela faz perguntas inteligentes, e não as típicas dos fãs.

Ela é definitivamente uma fã da banda, e isso é só mais uma coisa que me atrai nela.

Claro, eu também estaria atraído, mesmo se ela odiasse a banda, mas nada a longo prazo poderia acontecer se fosse assim. Minha banda é minha família.

— Você tem açúcar em seu lábio — murmuro.

Ela lambe o lado errado e sorri maliciosamente.

— Consegui?

— Não, é do outro lado.

Ela lambe novamente, a língua rosa correndo ao longo dos seus lábios, e meu pau fica instantaneamente acordado.

— E agora?

Estendo a mão e limpo o açúcar com o meu dedo, mas, antes que eu possa me afastar, ela agarra meu pulso e puxa o dedo em sua boca, sugando o açúcar e mordiscando levemente minha pele.

Puta que pariu!

— Precisamos dar o fora daqui — rosno, ouvindo a necessidade na minha voz, e seus olhos se dilatam com a luxúria.

— Não acabei o meu chá — ela murmura, e seus olhos caem até meu piercing.

— Sim, você acabou. Vamos.

Capítulo Oito

Samantha

Bem, acho que, no final das contas, vou conseguir queimar as calorias daquele cupcake.

Leo me puxa para dentro do elevador, depois de praticamente me arrastar por dois quarteirões até em casa, e soca o botão do meu andar.

Assim que as portas se fecham, ele está em cima de mim. Ele me levanta contra a parede, me segurando no lugar com nossas pélvis pressionadas, minhas pernas em volta da sua cintura, e ele está me beijando como um louco.

Arranco seu gorro e enfio os dedos em seu cabelo, segurando, enquanto ele assalta a minha boca, mordendo e chupando, e depois saqueando um pouco mais.

Nossa, ele beija bem.

O toque sinalizando que chegamos ao meu andar soa, e ele, de repente, sai, me puxando junto.

Meus dedos estão tentando destrancar a porta, enquanto ele se agarra em mim por trás, beijando meu pescoço, seus polegares apertando meus mamilos duros.

— Não consigo abrir a porta — murmuro, e suspiro quando ele suga a pele macia debaixo da minha orelha.

— Me dê as chaves.

Ele faz um trabalho rápido na porta, me levando para dentro. Fecha e tranca, antes de me arrastar até o quarto.

— O sofá está mais perto — eu o lembro, e ele se acalma, olhando para o meu rosto, os olhos cinzentos queimando e a respiração ofegante. Ele dá um passo mais perto de mim e segura meu rosto, mantendo meus olhos firmes nos seus.

— Não entro em você há dias.

— Sábad...

— Sábado não foi nada mais do que uma tentativa de nos ferir. Não conta. Não estou com você, dentro de você, há alguns dias. Não vou te foder no sofá. Quero te espalhar em sua cama e nos enlouquecer. Quero te ver tremendo e molhada.

Puta merda.

— Não posso discutir com isso. — Sorrio para ele e, de repente, estou presa em seus braços novamente. Arranco seu casaco, descendo pelos braços, e tiro sua camiseta pela cabeça. Nós rapidamente tiramos a roupa um do outro, deixando um rastro pela sala, no corredor e no meu quarto.

Quando estamos em pé ao lado da cama, ele completamente nu e delicioso, Leo recua e passa os olhos pelo meu corpo, do meu sutiã rosa até a calcinha tipo short combinando.

— Jesus, você sempre usa calcinhas assim?

Sorrio presunçosamente.

— Gosto de lingeries bonitas.

— Você usa roupas íntimas assim todos os dias e camisetas velhas de shows para dormir?

— Não ofenda as minhas camisetas. Eu as amo.

E, de repente, estou no meio da cama, e Leo está abaixando minha calcinha. Ele a joga por cima do ombro e planta um beijo na minha barriga, logo acima do piercing.

— Amo esse piercing — declara, e me beija novamente.

— É apenas um piercing no umbigo, querido. — Dou uma risada, e solto um gemido quando ele lambe da barriga até meu centro, passando pelo clitóris.

— Não menospreze meu gosto — ele murmura, e lambe ainda mais baixo nas minhas dobras.

— Porra, você é bom nisso. — Meu quadril instintivamente se ergue, mas ele me segura firmemente contra o colchão.

— Você tem um gosto incrível. — Ele chupa meu clitóris e empurra dois dedos dentro de mim. Não consigo segurar, eu desmorono, quebrando e estremecendo, empurrando minha boceta contra seu rosto, segurando os lençóis ao meu lado.

Ele beija a parte interna das minhas coxas, o vinco onde minhas pernas encontram o meu centro, e, com os dedos ainda dentro de mim, beija o caminho até os meus seios. Ele gira a língua em torno de um mamilo, mordendo levemente, dando a mesma atenção ao outro, enquanto continua movendo os dedos, todos os quatro, em um movimento rítmico, fazendo cócegas e me fazendo rir.

— Isso faz cócegas.

— Hummm. — Ele sorri e beija a minha boca suavemente, brincando. Aperto seu piercing nos dentes, puxando delicadamente, e ele sorri um pouco mais, movendo os dedos mais rapidamente.

Solto um gemido e começo a me contorcer debaixo dele, suspirando quando ele pressiona o polegar no meu clitóris.

— Não sou uma guitarra, sabe — eu o lembro, quando ele continua a atormentar meu centro com aqueles dedos talentosos.

— Ah, mas os sons que você faz, Raio de sol... — ele sussurra, e enterra o rosto no meu pescoço. Envolvo os braços em torno dele. Leo está pressionado contra mim, do quadril até o ombro, seus dedos me tocando como um instrumento, e, para minha surpresa, eu gozo de novo, violentamente.

Ele vai me matar.

— Leo. — Seguro seu rosto e olho para ele, e, pela primeira vez em toda a minha vida, a ideia de fazer sexo, com ele em cima de mim, não me assusta. — Nunca fiz isso.

— Sei que não é verdade, Raio de sol, você já fez isso comigo. — Ele sorri para mim, mas balanço a minha cabeça.

— Nunca nesta posição, apenas de costas.

— O quê? — Ele franze a testa para mim e tira sua mão das minhas pernas, se erguendo sobre o meu corpo. — O que você quer dizer?

Fecho meus olhos, lamentando as minhas palavras, e respiro fundo.

— Exatamente o que pareceu — sussurro.

— Olhe para mim — ele murmura.

Meus olhos encontram os seus, enquanto ele lentamente se desloca entre as minhas pernas, me cobrindo com seu corpo magro, e adoro a sensação do seu peso sobre mim. Ele só descansa ali, me permitindo ajustar a ele, seu pau duro pressionando o meu centro, suas pernas entre as minhas, e eu o envolvendo em torno da sua cintura. Ele deixa cair a testa contra a minha e puxa uma respiração ofegante.

— Você está bem?

— Sim. — Suspiro.

— Por quê? — Seus olhos estão presos nos meus, e ele parece preocupado e feliz ao mesmo tempo.

— Não podia suportar a ideia de dar a alguém esse controle sobre mim. — Minha voz é suave, e movo meu quadril, deslizando seu pênis contra mim. — Nossa, você me faz sentir tão bem.

— Você tem que parar de fazer isso, Raio de sol, estou tentando ir devagar.

— Quem disse que precisa ser lento? — pergunto, e acaricio seu rosto. — Você pode me foder com força assim.

— Não tem que ser sempre com força para ser bom, Sam.

Não vou chorar. Engulo em seco e fecho os olhos. Jesus, o que ele está fazendo comigo? Ele me viu doente, brava, e agora está me vendo no meu momento mais vulnerável.

— Raio de sol — ele sussurra, e gentilmente me beija. — Estou aqui com você.

Ele se move entre nós, rolando um preservativo em sua ereção, e aperta uma das minhas mãos, puxando-a perto de nossos corações, e, lentamente, ah, tão lentamente, afunda dentro de mim.

Minha respiração trava quando olho em seus olhos. Ao olhar ali, vejo algo que não estou pronta para rotular ainda, e apenas o seguro firme, quando ele começa a se mover, seu pau forte e profundo dentro de mim, o osso pélvico empurrando contra o meu clitóris a cada impulso suave.

Nunca na minha vida tive um homem que fizesse amor comigo assim, doce e lentamente, e é esse homem temperamental e surpreendente que faz isso comigo.

— Porra, Sam — ele sussurra. — Você é tão apertada.

Suas palavras, o tom de sua voz macia e a forma como o seu corpo está me cobrindo são a minha perdição, e sinto um novo orgasmo se construir na base da minha espinha. Me agarro a ele, quando chego ao limite, gritando seu nome.

— Sim — ele resmunga contra os meus lábios, e seu corpo fica trêmulo, enquanto ele estoca mais duas vezes e goza dentro de mim. — Não chore — sussurra, e beija uma lágrima no meu rosto. — Te machuquei?

Apenas consigo balançar a cabeça e piscar os olhos.

— Não.

— O que é, então? — Sua voz é suave.

— É que isso é novo para mim — respondo, e lhe dou um sorriso suave. — Mas é bom.

— Eu estava buscando um muito bom.

— Você tem uma boa pontaria.

Ele sorri com orgulho, e meu celular começa a tocar a música tema da Twentieth Century Fox.

— É o Luke.

— Ele pode esperar.

Leo beija meu nariz, minha testa e minha bochecha antes de parar em meus lábios novamente, pincelando com a língua para frente e para trás.

E o celular começa a tocar novamente.

— Algo pode ter acontecido — sussurro. — Tenho que atender.

Ele, infelizmente, se retira de dentro de mim e me observa sair da cama para encontrar o celular, que ainda está no bolso do meu jeans.

— Alô? — atendo, olhando para Leo deitado de bruços, o rosto apoiado sobre os braços cruzados, sorrindo para mim. Dou língua para ele.

— Mas que merda, Sam? — Luke está irritado.

— O que foi?

— Você deveria ficar com Liv hoje, enquanto eu ia com Nat ao médico.

— Oh, merda! Me desculpe, esqueci. Eu estava doente. — Leo faz uma careta para mim e se senta, e viro de costas para ele.

— Você está bem?

— Sim, estou me sentindo melhor.

— Bem, espero que esteja em casa, porque estamos levando-a aí, já que o consultório não é muito longe da sua casa. Estou estacionando agora, e vamos subir.

Ele desliga, e entro em pânico imediatamente.

— Merda!

— O que foi? — Leo está em pé atrás de mim, com o rosto preocupado, e meu pânico aumenta.

— Luke e Nat estão subindo com Olivia. Tenho que ficar com ela, e eu esqueci. — Olho para seu corpo quente nu, e depois começo a caçar as nossas roupas, jogando-lhe as dele enquanto corro. — Vista-se! Droga, droga, droga!

Leo começa a rir, não ajudando muito na situação.

— Você tem que se esconder no armário. — Visto a blusa e a calça jeans, me virando para encontrá-lo olhando para mim.

— Não tenho dezesseis anos, Sam. Não vou me esconder de ninguém. — Ele caminha ao meu encontro e me puxa em seus braços, beijando minha testa. — Nós já conversamos que isso não é uma coisa de uma noite.

— Certo.

— Nossas famílias obrigatoriamente vão saber algum dia.

Engulo em seco. *Merda.*

— Certo — sussurro.

— Não se preocupe. — Ele sorri, me tranquilizando, assim que a campainha toca.

— Vista sua calça. — Suspiro diante do seu rosto sorridente, e começo a tremer quando Luke bate na porta. Leo veste a calça jeans e abotoa, e não posso esperar mais até ele vestir uma camiseta.

Abro a porta para uma Livie sorridente e um Luke carrancudo.

— Puxa, finalmente, obrigado — ele murmura sarcasticamente, e me entrega o bebê, entrando na sala de estar.

Natalie o segue, feliz, sorrindo para mim, quando ela vê Leo na cozinha lavando as mãos. Luke fica mudo.

— Oi, Leo. — Nat acena e sorri para ele.

— Ei, Nat. Como você está se sentindo? — Leo pergunta, e beija sua bochecha, secando as mãos em uma toalha.

— Se você vai tocar a minha esposa, é melhor colocar uma camisa. Cara, o que diabos você está fazendo com a minha irmã?

Os olhos de Livie se enchem de lágrimas com a voz áspera do pai.

Beijo sua testa e a ajeito nos meus braços.

— Luke, relaxe. — Eu o encaro, mas ele não se importa.

— Nós vamos chegar atrasados — Nat o lembra, e me dá um sorriso simpático.

— Nós vamos conversar sobre isso. — Luke beija Liv e se inclina para sussurrar no meu ouvido: — Tenha cuidado.

— Não vamos demorar muito — Nat diz. — Há lanches, fraldas e brinquedos na bolsa. Ela acabou de acordar do cochilo, então deve ficar bem até voltarmos.

— Nat, vai ficar tudo bem — garanto a ela, e os guio para fora. — Vão.

— Ela é uma gracinha — Leo murmura, e passa a mão pelo rosto rechonchudo de Liv. O bebê imediatamente agarra seu dedo e o enfia na boca.

— Aqui, pegue-a enquanto vou fazer o suco.

— Como assim pegá-la? — Ele dá um passo para trás, os olhos, de repente, assustados. É hilário.

— Ela é um bebê, Leo, não uma arma de destruição em massa. — Empurro o bebê em suas mãos, pego o copo com canudinho de Livie na bolsa e vou para a cozinha.

— Posso colocá-la no chão com os brinquedos?

— Claro, basta colocar um cobertor para ela rastejar.

Porra, ele é engraçado.

— Acho que o bebê está prestes a matar seu gato — Leo fala secamente, e corro de volta para a sala, enquanto tampo o copo, para encontrar Livie tentando colocar um punhado de pelo do gato na boca.

— Ou comê-lo — concordo, e dou uma risada, quando Leo tenta desenroscar a pequena e surpreendentemente forte Liv do meu pobre gato.

Nós nos sentamos com ela e a entretemos com seus brinquedos por um tempo, rindo do quão linda ela é.

— Isso não é muito difícil — digo a ele, e ele sorri para mim.

— Não, não é muito difícil. — Ele passa a mão pelo cabelo castanho suave e, em seguida, franze a testa. — Espere, você está sentindo esse cheiro?

— Não. — Paro o que estou fazendo e cheiro o ar. — O que é?

Leo faz uma careta e olha para baixo, para Liv, que está com um largo sorriso para ele, a baba escorrendo pelo queixo bonitinho.

— Acho que ela está cheia de merda.

— Pare de falar palavrões na frente dela.

— Minha boca suja não é o nosso maior problema agora.

Nós olhamos um para o outro por um minuto e, em seguida, ele procura na mochila o saco de fraldas, puxando uma e toalhinhas, e entrega-as para mim.

— Aqui.

— Por que eu tenho que fazer isso?

— Porque você é a tia. Dããã.

— Eu não limpo cocô. — Olho feio para a garotinha, como se ela tivesse feito isso comigo de propósito.

— O que você normalmente faz quando isso acontece, e você está cuidando dela?

— Minha mãe troca.

— Você nunca ficou sozinha com ela antes? — Agora ele está rindo; Liv está rindo com ele, aproveitando a piada; e eu estou de cara amarrada para os dois.

— Querido Deus, o que eles dão para ela comer? — Prendo meu nariz com os dedos. — Você não sabe trocar?

— Ela é uma garota. Não vou para a cadeia.

— Não seja idiota. Você não vai para a cadeia por trocar uma fralda. Você pode ir para a cadeia por *não* trocar uma fralda.

— Vamos lá, tia Sammie. — Ele pisca encantadoramente. — Você consegue fazer isso.

— Leo vai perder sua masculinidade se me chamar de Sammie de novo — digo a Liv, e ela ri. Então, de repente, como se ela percebesse que ainda está sentada, seu lindo rosto se desfaz e ela começa a chorar.

— Merda, é preciso trocá-la.

— Vou ligar para Meg. — Leo pega o celular e disca para Meg.

— Por quê?

— Ela é enfermeira. Lida com esse tipo de porcaria o tempo todo. Ei, eu estou na Sam. Há uma emergência, e preciso que você venha aqui o mais rápido possível. Aham. Não, sem ambulância, só precisamos da sua ajuda. Ok, obrigado. — Ele desliga e guarda o celular no bolso de trás. — Ela já está a caminho.

— Você mentiu para ela.

— Ela vai estar aqui em dez minutos.

Foram os mais longos dez minutos da minha vida.

Finalmente, a campainha toca. A única razão que ouço é porque Liv parou um momento para tomar fôlego, nos dando assim zero vírgula três segundos de silêncio.

— Graças a Deus. — Leo a puxa para dentro do apartamento, e ela franze a testa quando vê o bebê em meus braços.

— O que há de errado com ela?

— Ela tem uma fralda cheia de merda — Leo diz a ela.

— Então, troque-a.

— Leo tem medo de ser considerado um pedófilo, e eu não sei como.

Meg pega o bebê dos meus braços e olha para nós dois, com o rosto incrédulo.

— Estão brincando comigo? Você disse que era uma emergência. Trabalhei a noite toda, e você me acordou para isso?

— Você não sente esse cheiro? É uma emergência.

— Jesus, vocês dois são inúteis. — Meg pega as fraldas e toalhinhas, coloca o bebê no cobertor e começa a trabalhar. — Isso não é nada. Pelo menos, ela não explodiu a fralda.

— O que significa isso? — Não tenho certeza se realmente quero saber.

— Quando o cocô se espalha pelo corpo, cabelo, em todo lugar. Isso sim é nojento.

— Mas o ponto de uma fralda não é pegar o cocô? — Leo coloca as mãos nos quadris, franzindo a testa para Meg. — Quero dizer, se elas não fazem o seu trabalho, para que servem?

Meg ri e veste a roupa do bebê, todo limpo e feliz.

— Pronto, está feito.

Liv sorri e encosta a cabeça no ombro de Meg, enquanto ela a levanta do chão.

— Este é o nosso segredo — digo a ela. — Luke nunca vai me deixar viver se descobrir que não sei trocar a fralda.

— Está tudo bem. — Meg acena despreocupadamente e me entrega o bebê. — Você já a alimentou?

E, como se ouvisse sua sugestão, Liv arrota, colocando para fora tudo o que comeu no almoço.

— Estou muito feliz em não ter filhos — murmuro.

— Isso aí! — Leo concorda, e me oferece o punho para uma batida no ar.

Leo

— Obrigado novamente por ter vindo ajudar. — Me inclino sobre o Range Rover de Meg e lhe dou um sorriso.

— Você me trouxe aqui sob falsos pretextos. — Ela olha para mim e depois ri, sacudindo a cabeça. — Vocês dois são ridículos.

— Sim, talvez sem filhos para mim.

— Você seria um excelente pai. — Ela encolhe os ombros e sorri, sua covinha aparecendo. — Parece que as coisas estão bem melhores.

Apenas aceno e dou um passo atrás, passando a mão no meu cabelo.

— Sim, as coisas estão melhores.

— Que bom. Vou voltar para a cama.

— Tudo bem, durma um pouco.

Ela sorri mais largo, e tenho a sensação de que ela está prestes a dizer algo que eu realmente não quero saber.

— Will está em casa. Vou voltar para a cama, mas não para dormir.

— Pare de dizer essas merdas, Meg. E eu estou falando sério. — Ela ri e se afasta do meio-fio, acenando, enquanto entra no tráfego.

E agora estou com imagens na cabeça da minha irmã transando com Will Montgomery, e eu quero cutucar minha mente com alguma coisa afiada.

Volto para o edifício, ao mesmo tempo em que Luke e Natalie saem do estacionamento. Ao me aproximar deles, o olhar de Luke está em mim, e não é amigável. Sinto que uma conversa séria está a caminho.

— Ei, amor, vá subindo para pegar Livie. Diga a Sam que vou ligar mais tarde.

— Ok. Te vejo depois, Leo. — Ela acena e caminha até o prédio de Samantha. Luke olha-a até a porta de vidro se fechar atrás dela.

— Como ela está? — pergunto a ele.

— Ótima, o bebê está grande, agora vamos resolver isso aqui. Que porra é essa, cara? — Ele cruza os braços sobre o peito e faz uma careta para mim. Dou uma olhada ao nosso redor, atento para qualquer pessoa com uma câmera ou celular apontado nessa direção. A última coisa que precisamos é de fotos postadas na internet de Leo Nash e Luke Williams batendo boca no meio da rua em Seattle.

— Olha, Sam é maravil...

— Eu sei, sou irmão dela, filho da puta.

— Qual é o seu problema? — Isso é mais do que superproteção de irmão. — Você sabe que eu sou um cara legal.

— Você é uma celebridade. Sam já foi ferida por esta indústria o suficiente.

— Do que você está falando?

— Essa história é dela, e é ela que deve te contar. — Ele balança a cabeça em frustração e se afasta alguns passos. — Seu estilo de vida não é para ela.

— Sam é uma mulher adulta, Luke. Pode tomar suas próprias decisões. Você e eu sabemos quão inteligente ela é.

— Você vai machucá-la, e de jeito nenhum vou ficar apenas sentado assistindo. — Seu dedo indicador está apontando para mim, e ele está me irritando pra caralho.

— Vou protegê-la, Luke, os membros da minha banda têm esposas e famílias...

— É isso que você quer com ela? — pergunta sarcasticamente. — O mulherengo Leo Nash quer uma família?

Foda-se, seu idiota. Você não sabe o que eu quero.

— Sou louco por ela, cara. Se acha que vou fazer algo para machucá-la, você está louco.

— Você não pode protegê-la com o tipo de trabalho que tem, e sabe disso. Você deve deixá-la agora, antes que isso vá mais longe.

— Vou fazer de tudo para mantê-la segura — repito, meu queixo doendo de apertá-lo com tanta força. — Não vou parar de vê-la.

Luke me observa esfregando meu peito, onde a dor com o pensamento de não ver Sam já passou a residir, e apenas balança a cabeça e suspira.

— Não posso acreditar que ela está fazendo isso de novo — sussurra. Mas, antes que eu possa perguntar o que isso significa, ele continua: — Estou te avisando, quando você terminar, ela vai ficar um desastre. Levou anos para ela se recuperar da última vez, e não sei se pode fazer isso novamente.

Que porra aconteceu?

— Pronto? — Natalie pergunta quando sai do prédio, segurando Liv em seu quadril. O rosto do bebê se ilumina ao ver o pai.

— Sim — Luke responde, e me observa cuidadosamente, enquanto Natalie prende Olivia no assento do carro. — É melhor protegê-la, Nash, ou eu vou te matar.

— Vou protegê-la, eu não agiria de nenhuma outra forma.

Capítulo Nove

Samantha

— Srta. Williams, suas referências são impecáveis, e as suas credenciais, perfeitas. Nós adoraríamos que pudesse vir a Los Angeles para se encontrar conosco e os outros editores, para ver se seria uma boa opção para todos os envolvidos.

— Obrigada, Sr. Foss. — Sorrio para a webcam no meu Mac, e o homem bonito do outro lado retribui o sorriso. — Eu gostaria disso.

— Será que a próxima semana seria conveniente para você?

— Sim, acredito que minha agenda está livre na próxima semana. — Estou pulando por dentro, mas consigo manter a calma por fora.

— Vou solicitar ao meu assistente que envie um e-mail com os planos da viagem. Estou ansioso em conhecê-la pessoalmente. Tenha uma boa semana, Srta. Williams.

— Obrigada, para o senhor também.

A tela fica preta quando o Sr. Foss desliga o bate-papo no Skype, e encosto na cadeira, mordendo o lábio.

Preciso de roupas novas para a entrevista.

Compras me ajudam a pensar. Pode parecer estúpido, e meus irmãos me provocam incessantemente por isso, mas deslizar entre prateleiras e prateleiras de roupas e sapatos me ajuda a limpar a cabeça.

Então, eu visto um casaco, pego a minha bolsa e vou para a parte comercial da cidade, não muito longe de onde moro.

Uma das razões que escolhi comprar este apartamento foi a comodidade de estar no centro. Era perto do meu antigo emprego, das compras, do mercado, e adoro ficar no meio do burburinho da cidade.

Sou uma garota da cidade.

Entro na Nordstrom, e o calor no interior da loja é um profundo contraste com o clima frio do lado de fora. Vou direto para a minha seção favorita da loja, a de roupa íntima, e deixo minha mente vagar.

L.A. Quero me mudar para L.A.?

Não.

Mas preciso desesperadamente de um emprego. Tenho uma hipoteca, um carro e uma *vida* para pagar. Sou abençoada com uma poupança boa, mas ela não vai durar para sempre.

E vou morrer antes de pedir ajuda.

Mas deixar Seattle significa deixar a minha família.

Meus amigos.

Leo.

Ainda estou pensando sobre isso, quando pego uma calcinha preta com babados na bunda e sinto meu rosto corar. Ela é exatamente igual à que ele rasgou aquela noite na cozinha.

Eu posso muito bem substituí-la.

E comprar novos sutiãs bonitos, enquanto estou aqui.

Já faz mais de uma semana desde a nossa briga e que eu fiquei doente.

Desde que cuidamos de Olivia juntos.

Levo as lingeries até a seção feminina para escolher um novo terno para a entrevista da próxima semana, e acabo com três novos conjuntos, todos adequados para entrevistas.

Porque, mesmo se o trabalho em L.A. não der certo, vou ter outras entrevistas para ir.

Assim espero.

Quando volto para casa com as compras, minha mente vagueia de volta para o homem sexy e tatuado que entrou na minha vida. E agora parece tão natural tê-lo ao meu lado.

Ele é atento e cuidadoso. Ele é incrível na cama. Ele é engraçado.

E eu só quero lambê-lo.

Mas vai chegar um momento, em um futuro não muito distante, que ele vai ficar longe a maior parte do tempo. Ele e sua banda vão lançar um novo álbum, e todo o alvoroço que o acompanha vai começar: turnês, promoções, aparições na TV. Montes e montes de viagens.

Ele não tem sequer uma casa em Seattle. Está hospedado na antiga casa da Meg. Ele é dono de uma casa em L.A.

Ah, Deus, não quero que ele pense que estou considerando um emprego na Califórnia só porque ele mora lá. Seria humilhante.

O pensamento de Leo indo embora me deixa triste. Ok, isso me faz sentir como se meu coração estivesse sendo arrancado do meu corpo sangrando.

Mas vou sobreviver. E vou desfrutar dele nesse meio-tempo.

Eu o mandei embora do meu apartamento ontem e lhe disse para ir para casa por um dia. Um tempo separados é saudável. Nós não temos que ficar colados um no outro vinte e quatro horas por dia, sete dias por semana.

E não quero que ele fique enjoado de mim.

Ele relutantemente foi, mas depois me ligou às duas da manhã, reclamando que não conseguia dormir.

Eu não conseguia dormir também.

E tivemos o mais divertido e ardente sexo por telefone da minha vida.

Sim, eu gosto dele.

Coloco as compras no pufe do closet e suspiro feliz. Amo este quarto. Três paredes estão revestidas com roupas, separadas por ocasião: casual, trabalho, formal. A quarta parede abriga minhas bolsas e sapatos.

E, no centro do cômodo, há uma longa e deliciosa poltrona bege. Antes que eu possa começar a guardar minhas novas aquisições, meu celular toca.

Na tela, aparece apenas um nome: *Nash.*

Sorrio, enquanto atendo.

— Oi, ridiculamente sexy estrela do rock.

— Oi. O que você está fazendo? — Sua voz é calorosa, suave e profunda, e tenho que sentar no pufe, antes que meus joelhos se dobrem.

Deus, eu estou muito ferrada.

— Tive que ir às compras, por isso estou arrumando algumas coisas novas.

— Compras para alguma ocasião especial?

— Preciso de roupas novas para uma entrevista, e aproveitei para comprar algumas lingeries.

— Humm... Eu com certeza quero ver as lingeries.

Sorrio.

— Vou ver o que posso fazer.

— Você tem planos para o jantar hoje à noite? — *Por que ele parece inseguro?*

— Não, por quê?

— Meg nos convidou para jantar com ela e Will em sua casa. — Ele exala profundamente.

— Você não quer ir?

— Estou bem com isso, se você estiver.

— Ok, estou dentro.

— Ok. Vou buscá-la às seis. — Ele limpa a garganta, e ouço vozes ao fundo.

— O que você está fazendo? — pergunto, a minha curiosidade aguçada.

— Saí com alguns dos caras. Estamos escolhendo músicas para o novo álbum, e eles estão sendo estúpidos.

Ri, aninhando o celular entre a orelha e o ombro, enquanto começo a pendurar minhas roupas novas.

— O que eles estão fazendo?

— Jake está substituindo todas as palavras sujas por palavras normais nas canções. Juro que esses caras têm dez anos de idade.

— Você os ama — murmuro com um sorriso.

— Eles são todos loucos — resmunga em resposta. Ouço alguém começar a tocar violão, e desejo estar lá para ouvir. — Vou terminar aqui e te vejo às seis.

— Combinado. — Olho para baixo, as calcinhas pretas na minha mão, e penso no quão longe chegamos desde aquela noite horrível na minha cozinha.

— Que bom. E, Raio de sol?

— Sim?

— Você não vai dormir sozinha esta noite.

Ele desliga o celular, me deixando com um sorriso largo e a calcinha molhada.

Graças a Deus.

— Você está fantástica — Leo murmura, e me olha de cima a baixo com prazer, observando minha blusa vermelha e calça jeans preta. Meus saltos vermelhos aumentam minha altura em dez centímetros, mas ele ainda é muito mais alto do que eu.

— Assim como você. — Ele está fantástico, com sua calça jeans desbotada e camisa preta com as mangas arregaçadas, revelando as tatuagens quentes dos antebraços.

— Vamos lá, Meg vai nos matar se chegarmos atrasados, e, se eu entrar, não vamos chegar lá hoje.

Ele me acomoda em seu carro, e entra no tráfego, em direção à casa de Will.

— Então, você comprou roupas para uma entrevista. Suponho que isso significa que você tem uma entrevista. — Ele levanta uma sobrancelha para mim e me dá um meio-sorriso.

— Tenho. Na próxima semana. — Aperto as mãos no meu colo e rezo para que ele não me pergunte onde.

Não tenho tanta sorte.

— Onde?

— Em L.A.

Sua cabeça vira para olhar para mim, sua boca aberta, e então ele franze a testa, olhando de volta para a estrada, os nós dos dedos brancos no volante.

— Por que L.A.? — pergunta, sua voz enganosamente baixa.

— Porque foi onde me chamaram. — Dou de ombros e olho pela janela, sem prestar atenção à paisagem.

— Mas você não quer sair de Seattle.

— Leo, às vezes, o que queremos e o que temos são duas coisas diferentes. — Respiro profundamente e faço uma careta. — Qual é o problema?

— Você não deveria ter que se contentar com isso. — Ele olha para mim.

— Eu preciso de um emprego. — Digo as palavras devagar e claramente. — Estou ficando louca, Leo. Preciso trabalhar. Eu gosto de trabalhar. Ninguém em Seattle está me oferecendo emprego.

— Vou te ajudar a encontrar algo aqui.

Ele parece tão firme, e eu quero amolecer, apenas com o pensamento de ele querer me ajudar, mas isso não vai acontecer de jeito nenhum.

— Não preciso de ajuda.

— Samantha...

— Leo, não estou pensando em trabalhar em L.A. porque é lá que você tem sua base, se é isso que está te deixando nervoso. Nem sei realmente se vou trabalhar lá, mas eles me chamaram e querem que eu vá para lá na próxima semana, e eu vou.

— É isso que você acha?

— Eu só...

— Sam, apenas não quero que você aceite um trabalho que realmente não quer. Não há nenhuma razão para você fazer isso.

Balanço a cabeça e esfrego a testa com a ponta dos dedos.

— Não faço nada que não queira.

— Eu que o diga.

— Como eu disse, posso nem ser escolhida. Pelo menos é uma boa experiência em um processo de entrevista.

— Ei. — Ele pega a minha mão na sua e beija meus dedos. — Você é demais. Eles seriam estúpidos se não te oferecessem o emprego.

— Obrigada. — Eu lhe dou um pequeno sorriso. Ele ainda parece chateado, mas não com raiva. — Como foi com a banda hoje?

— Foi bom sair um pouco e falar de trabalho.

— Como eles estão?

— Bem. Desfrutando do tempo livre. — Ele para na frente da casa de Will e Meg, e desliga o motor.

— Por que você parecia tão nervoso em me trazer aqui hoje à noite? — pergunto, quando ele se vira para mim no carro escuro.

— Porque prefiro estar na sua casa, ou na minha, sozinho com você. — Ele passa a mão pelo meu rosto e o segura suavemente. — Senti sua falta na noite passada.

— Eu também — sussurro.

— Vamos acabar logo com isso, para que possamos sair e eu possa finalmente me perder em você por dez horas.

Porra, eu adoro quando ele diz coisas assim. Me sinto da mesma maneira quando estou com ele e me perco completamente.

— Posso lamber suas estrelas? — Solto uma risada, quando seus olhos se dilatam e sua respiração acelera.

— Porra, você pode lamber o que quiser.

— Vamos começar com as estrelas.

— Saia agora, ou vou levá-la de volta para casa.

Ele me acompanha até a porta, a mão na minha bunda, e enquanto esperamos nossos anfitriões atenderem a porta, ele se inclina e sussurra no meu ouvido.

— Assim que chegar em casa, vou foder você até que não possa mais andar.

Engulo em seco, mas sorrio maliciosamente.

— Promessas, promessas.

Ele esmaga minha bunda assim que a porta se abre, e abre os braços para Meg, lhe dando um grande abraço.

— Ei, Megzinha.

— Olá, idiota. — Ela se aconchega nele por um minuto, e depois se afasta e sorri para mim. — Algum problema com fraldas ultimamente?

— Não. — Tremo e a sigo para dentro. — Acho que vou deixar esse negócio de ser babá para a minha mãe.

— Você vai aprender. — Meg sorri.

— Ei, você veio! — Will está delicioso com seus jeans e camiseta de futebol.

Will fica delicioso em qualquer coisa.

— Obrigado por nos convidar — Leo responde, e estende a mão para cumprimentá-lo.

— Venham para a cozinha. — Meg se aproxima para nos levar até a linda cozinha. — O jantar está quase pronto.

Eu a ajudo a pôr a mesa e encher as taças de vinho.

— Cheira deliciosamente bem. — Ela está preparando salmão com arroz e salada, e meu estômago ronca. — Não comi nada hoje.

— Por que não? — Leo pergunta do outro lado da sala.

— Porque tive a reunião de manhã, e então fui fazer compras e acho que esqueci.

— Faço isso também — Meg confessa. — Fiz muita comida, por isso, coma à vontade.

— Pode deixar — aceito. Todos reivindicam um lugar à mesa e começam a se servir.

— Então, Meg. — Leo coloca um grande pedaço de salmão no meu prato e, em seguida, um para ele. — Quais são os planos para o seu aniversário?

— Os Montgomerys fazem uma festa de aniversário geral, para todos os membros da família aniversariantes do mês, então vamos participar. — Ela encolhe os ombros como se não fosse grande coisa, mas seus olhos estão felizes.

Ela adora o seu aniversário.

— Vou te comprar um carro novo, para finalmente substituir aquele pedaço de merda que quebrou meses atrás — Will fala, e Meg se mexe desconfortavelmente na cadeira.

Sinto Leo enrijecer ao meu lado.

— Por que você estava dirigindo um pedaço de merda, Megan? — ele pergunta, com a voz baixa.

— Porque era o que eu podia pagar. — Ela toma um gole de vinho, não enfrentando os olhos de ninguém. Will faz uma careta para ela.

— Mentira. — Leo a olha sério.

Will vira o olhar confuso para Leo.

— Não, não é.

Leo balança a cabeça e deixa cair seu garfo no prato.

— Meg, tenho certeza de que você poderia ter comprado qualquer coisa que quisesse. Me assegurei de que você recebesse o seu percentual de cinquenta por cento dos direitos autorais de todas as músicas nas quais foi coautora nos últimos dois álbuns.

Não posso evitar o suspiro que me escapa, enquanto meus olhos se arregalam e vejo o rosto de Meg ficar vermelho de vergonha.

— O quê? — Will pergunta.

— Onde está o dinheiro? — É a vez de Leo.

— Eu doei. — Ela dá de ombros e continua a olhar para o prato.

— Caralho!! — Leo murmura baixinho, e passa a mão pelo rosto. — Você quer me dizer que passei a maior parte dos últimos quinze anos da minha vida cuidando de você, e, quando vou embora por alguns anos, fazendo milhões para nós dois, você está vivendo da merda do seu salário? Que porra é essa, Megan?

— Não quero o dinheiro! — ela grita de volta para ele, e o encara do outro lado da mesa. — Só queria você, e você foi embora, e eu estava chateada!

— Então, você doou milhões de dólares? Um dinheiro que precisava?

— Eu não precisava. — Ela balança a cabeça teimosamente.

— Amor. — Will envolve o braço em torno dos seus ombros. — Por que você não me contou isso antes?

Ela apenas se encolhe novamente, e os olhos de Will ardem com a dor.

— Ok, chega, rapazes — interrompo, e três pares de olhos, cheios de dor e amor, focam em mim. — Está feito. Vocês não podem mudar o fato. — Pego a mão de Leo na minha e o encaro. — Ela te ama, e sentiu sua falta — sussurro.

Ele aperta os olhos fechados e, em seguida, olha para mim, os olhos cinzentos cheios de preocupação. Solta minha mão e envolve o braço em volta dos meus ombros, me puxando para perto, e planta aquela boca mágica na minha, me devorando, e eu esqueço que não estamos sozinhos.

— Isso parece uma boa ideia. — Ouço Will sussurrar e beijar Meg.

Leo se afasta e acaricia meu lábio inferior com o polegar.

— Obrigado.

Quando nos enfrentamos novamente à mesa, Will dá um beijo na testa de Meg, e seus lábios estão cheios e inchados de ser beijada, com os olhos vidrados de desejo e lágrimas não derramadas.

Seu olhar encontra o meu, e ela está com um sorriso bobo no rosto.

— O que foi? — pergunto.

— Nunca vi Leo beijar ninguém antes. — Sua voz é cheia de admiração, e seu olhar alterna entre Leo e mim.

— Não? — Franzo a testa para o homem sentado ao meu lado. Ele encara Meg.

— Não, ele sempre teve uma política rigorosa de não-beijo. — Seu sorriso se alarga, quando ela continua a provocá-lo.

— Cala a boca — ele sussurra.

— Interessante.

— Muito — ela concorda. — Ele sempre disse: sem beijo e sem sexo oral. Ele usava isso para irritar as garotas e dispensá-las.

— Cale a porra dessa boca, Megan. — Leo está puto mais uma vez, e eu fico muda quando me lembro da noite em meu sofá, quando ele me beijou por horas e me pegou no colo e me beijou à noite na minha cama. Às vezes que ele está se acabando em mim, como se não cansasse de mim.

Megan ri, e eu engulo em seco, quando Will pega meu olhar. Ele sorri de forma tranquilizadora e me dá uma piscadinha, e, por um momento, eu quero correr. Isso é demais. Estou cada vez mais dependente do afeto de um homem que nunca teve um relacionamento ou beija as mulheres.

Por que eu?

O que vou fazer quando acabar?

E então sinto a mão de Leo no meu ombro, seu aperto firme e quente. Olho em seus olhos suaves, doces e calmos. Me inclino e o beijo, puxando seu piercing com meus dentes, e sorrio.

— Ele me beija o tempo todo — digo à Meg presunçosamente.

— Ótimo. Já era hora.

— Sabe, pirralha, eu sei seus segredos, vários deles, e também posso contar — Leo a lembra, e Will pisca, atento.

— Conta.

— Não! — Meg balança a cabeça e ri. — Não é a hora de relembrar velhas histórias.

— Está tudo bem. — Will e Leo partilham um olhar. — Eventualmente, ele vai me contar tudo.

— Acho que vocês jamais poderão ficar juntos novamente — Meg decide. — Diga adeus agora, e vamos seguir nossos caminhos separados.

— Acho que não é assim que funciona. — Rio.

— Droga.

— Vamos lá. — Will levanta, e puxa Meg. — Vamos para a sala de estar comer a sobremesa.

Leo me puxa da cadeira também, mas inclina-se para sussurrar:

— Você é a sobremesa.

Acordo com um sobressalto, me sentando na cama, e faço uma careta quando vejo que estou sozinha. Meus olhos se acostumam à escuridão no quarto de Leo, mas não o vejo. Ele me trouxe aqui após o jantar na casa de Will e Meg, e eu estava animada em ver o que ele fez com a casa de Meg.

É pequena, bagunçada, a cara de um homem solteiro, portanto, é perfeita para ele.

Onde ele está?

Saio da cama e visto sua camisa preta, abotoando apenas os dois botões do meio e, por um capricho, guardo um preservativo no bolso do peito.

A casa ainda está silenciosa. Sem música.

Alguma coisa está errada.

Eu o encontro na sala escura, balançando discretamente em uma grande cadeira. Está muito escuro para ver seu rosto, mas sei que ele está acordado, porque a cadeira está se movendo ritmicamente.

— Leo? — pergunto baixinho.

— Venha aqui — ele sussurra.

Subo em seu colo, e seus braços fecham em torno do meu corpo com força, me puxando contra ele, e enterra seu nariz no meu cabelo, sugando uma respiração muito, muito profunda.

— O que foi? — pergunto.

— Não consegui dormir.

— Pensei que tinha te esgotado — respondo com um sorriso. Quando ele disse mais cedo que eu era a sobremesa e que ia me foder completamente, não estava brincando.

Senti-o sorrir contra o meu cabelo.

— Amo fazer amor com você.

— Ei. — O tom melancólico em sua voz me preocupa. Me inclino para trás e pego seu rosto, fazendo o olhar dentro dos meus olhos. — Fale comigo.

Ele emaranha os dedos no meu cabelo, e os observa próximo ao seu rosto. Seus dedos acariciam minha face. Ele me toca suavemente, e fica calado por tanto tempo que penso que vai falar nada, quando finalmente ele começa a falar, tão baixinho que, se eu não estivesse a poucos centímetros de sua boca, não sei se seria capaz de ouvi-lo.

— Quando conheci Meg, ela era magra. Muito abaixo do peso. Ela era só cabelo vermelho e ossos grandes. E estava tão assustada. — Ele fecha os olhos e encosta a testa contra a minha, se lembrando da garota que ele amava. — Eu estava fazendo coisas ruins. Andando com pessoas más. Então ela veio para o orfanato em que eu estava e se tornou minha.

Ele respira, engole em seco e continua a falar.

— Ela me seguia por toda parte, e eu não me importava. Se meus amigos não a queriam por perto, não eram meus amigos mais.

— É como se vocês se conhecessem de outras vidas — sussurro, e ele concorda.

— Sim, e eu sabia o que era ser jogado em um orfanato com a sua idade. Então, eu cuidava dela. Eu lhe ensinei a tocar guitarra. E quando fui levado para outro lugar, tive a certeza de sempre ter um trabalho, para que pudesse pagar um celular para ela.

Ele passa a mão pelo meu cabelo e meu rosto enquanto fala, seus olhos distantes, perdidos em outro momento.

— Nós sempre cuidamos um do outro. Mesmo quando as coisas estavam realmente uma merda, e elas ficaram muitas vezes assim, nós tínhamos um ao outro.

Ele engole em seco novamente e xinga baixinho, e sinto seus músculos ainda mais tensos em minhas mãos.

— E esta noite eu descubro que ela vem lutando há anos, e eu não estava aqui para cuidar dela.

— Leo, ela é adulta. Fez suas escolhas por uma razão.

— Sim, porque a machuquei. — Ele balança a cabeça e rosna em frustração. — Eu sabia que iria machucá-la deixá-la aqui, mas, porra, ela tinha acabado de começar sua carreira, e correr atrás dessa coisa de música pode ser imprevisível e brutal. Não queria isso para ela. — Ele beija minha testa, como se apenas precisasse do contato, e passa as mãos pelas minhas costas. — Me assegurei de que ela recebesse esse dinheiro dos direitos autorais e que eu não tivesse que me preocupar com sua situação financeira.

— Meg não se importa com dinheiro. Ela só se importa com as pessoas que ama — eu o lembro.

— Eu sei. — Ele suspira. — Amo essa garota mais do que qualquer coisa. E me mata saber que ela estava dirigindo um carro inseguro.

— Querido — sussurro, e o beijo suavemente, sentindo a necessidade de confortá-lo. — Ela está bem.

Seus braços apertam em volta do meu corpo de novo, e ele me puxa para um abraço, colocando meu rosto no seu pescoço.

— E agora eu tenho você. — Suas mãos continuam a afagar minhas costas. — Outra mulher teimosa.

Ele agarra meus ombros e me ergue, para que possa me olhar nos olhos novamente.

— Sei que você é forte e independente, e respeito isso, mas é como eu sou, Sam. Eu cuido do que é meu. Você é minha.

Ele espera eu me defender, mas não posso. Sinto as lágrimas arderem nos meus olhos e mordo meu lábio.

— Não chore — sussurra. — Deixe-me fazer o que faço melhor. Deixe-me cuidar de você.

— É difícil, para mim, deixar as pessoas entrarem, Leo.

— Já entrei — ele me lembra. — E não vou a lugar nenhum.

Ainda.

Suas mãos vagam sob a minha camisa, fazendo com que meu corpo desperte. Ele me levanta, ainda montada nua em seu colo, e desabotoa a camisa, arrancando-a dos meus braços para jogá-lo no chão, mas pego a camisa da sua mão, tirando o preservativo do bolso, e sorrio com sua sobrancelha erguida.

— Gosto de planejar as coisas.

— Posso ver que sim. — Ele puxa a camisa da minha mão e a joga ao chão.

— Assim é melhor — sussurra, e se inclina para a frente, para capturar um mamilo nos lábios.

— Porra. — Agarro seu cabelo castanho suave em meus dedos e seguro firme, enquanto ele causa estragos no meu corpo. Suas mãos seguram minha bunda, e seus lábios estão por todo meu peito e pescoço.

Finalmente, ele me levanta, coloca o preservativo e, lentamente, me preenche, me beijando suavemente.

— Você. É. Absolutamente. Incrível. — Seus lábios macios pincelam sobre os meus, e vão para trás, quando ele começa a se mover dentro de mim.

— Faça amor comigo.

E começamos a balançar na cadeira, de modo que a poltrona está fazendo todo o trabalho, empurrando seu pênis para dentro e fora de mim, nossos braços envolvendo um ao outro, nos agarrando, tocando nossos rostos da testa ao nariz, e apenas nos perdemos um no outro, até que não sei onde eu termino e ele começa.

— Tão perto — ele sussurra, e morde meu lábio inferior. Sinto o meu próprio clímax se aproximar, meu corpo aperta, as coxas começam a tremer.

— Eu também.

— Goza comigo — fala baixinho, e pega meus lábios nos seus, quando grito, meu orgasmo me consumindo.

Ele rosna baixo e me segue, ofegando e apertando as mãos na minha bunda.

— Não vou a lugar nenhum — ele sussurra.

Leo

— Você tomou café da manhã? — pergunto, enquanto tropeço com os olhos turvos na minha cozinha. Sam está usando minha camisa preta de novo, e parece totalmente comestível nela. Seu cabelo loiro-claro está puxado em um coque bagunçado no topo da cabeça, e seu rosto está sem maquiagem.

Meu pau acorda com visão dela, e concordo com ele. Ela é linda.

— Sim, não queria acordá-lo. — Ela sorri feliz, com uma travessa de torta de batata e ovos em um prato.

— Tenho certeza de que não tinha essas coisas na cozinha — murmuro, e beijo sua bochecha, antes de encher uma caneca com café quente. — Nossa, você fez até café.

— Fui ao supermercado. Você não tinha muita coisa, exceto caixas de cerveja e pizza.

— Você saiu assim? — Por uma questão de princípios, vou ter que matar todos os homens que ela encontrou hoje.

Ela revira os olhos e sorri arrogantemente.

— Não, idiota, eu estava de calça.

— Puxa, isso é reconfortante. — Tomo um gole de café para acordar para a vida e a observo arrumar a mesa.

Ela fica bem na minha cozinha.

Ela fica bem em qualquer lugar.

— Espero que goste de ovos mexidos — ela murmura, e tira o bacon do forno. — Não sei fazer omelete.

— Não sabe?

— Não, sempre faço ovos mexidos. — Ela encolhe os ombros, e se ajeita no banco.

— Parece ótimo, obrigado. — Me inclino e a beijo suave e cuidadosamente, e depois começo a comer.

— De nada. — Ela sorri suavemente. Deus, eu faria qualquer coisa para fazê-la sorrir para mim assim.

— Quais são seus planos para hoje? — pergunto, e coloco a batata na boca. Caramba, ela cozinha bem.

— Vou pra ioga. Não tenho treinado muito, desde que fiquei doente.

— Ok.

— E você? — questiona, e bebe um gole de suco de laranja.

— Tenho que fazer algumas ligações, trabalhar um pouco. — Ela se agita na cadeira e franze a testa por apenas um segundo, mas flagro. — Qual o problema?

Ela olha para cima, assustada.

— Nada.

— Você fez uma careta.

— Eu fiz?

— Fez.

Ela balança a cabeça e encolhe os ombros.

— Não foi conscientemente.

— Tem certeza?

— Sim.

Ela come o bacon e lambe os lábios, e, caramba, como eu quero pegá-la e levá-la de volta para a cama.

Limpamos nossos pratos, arrumo a mesa e levo tudo para a máquina. Meus olhos constantemente voltam para a bela mulher sentada à minha mesa, tomando suco de laranja.

— Notei, quando olhei a sua gaveta de camisetas, que você não tem a da nossa última turnê — menciono casualmente.

— Eu sei. Não pude ir ao show. Estávamos no Taiti para o casamento de Luke e Nat. — Então ela franze a testa e morde o lábio inferior em um beicinho. Não posso deixar de rir.

— É apenas um show, Raio de sol.

— Eu literalmente pensei por um momento em lhes dizer que não poderia ir para o Taiti, para que pudesse ir ao show. — Ela encolhe os ombros, o rosto ficando rosa de vergonha. Eu a puxo da cadeira e a arrasto pelas escadas.

— Bem, isso seria uma loucura.

— Eu queria ir.

Olho para ela, me seguindo nas escadas, e seus olhos estão na minha bunda.

— Além disso, o baterista é uma delícia.

Eu a fuzilo com um olhar, quando chegamos ao nosso destino.

— Como é que é?

— O baterista. Você sabe, o cara que fica atrás daquelas coisas grandes e redondas que fazem barulho?

— Sim, estou ciente do que é um baterista.

— Bem, o seu é uma delícia.

— Você gosta do Eric, não é?

— Ah, é esse o nome dele? — pergunta inocentemente. Pirralha.

— Você sabe que é — respondo, e a encurralo contra a parede. Sua respiração acelera, e seus olhos estreitam nos meus lábios, mais exatamente no piercing.

É engraçado como seu olhar sempre se fixa no piercing do meu lábio.

Deixo meus lábios caírem nos dela e a beijo, longa, lenta e completamente, pressionando o meu pau contra sua barriga, enquanto a levanto do chão. Ela geme e envolve os braços em volta do meu pescoço, afundando as mãos nos meus cabelos, e puxa meu piercing com os dentes.

Eu a abaixo e me afasto em direção ao quarto.

— Ei! — ela exclama.

— O que foi? — Olho para trás com uma sobrancelha levantada.

— O que foi isso?

— Isso foi por me provocar sobre a minha banda. Você nunca poderá conhecer Eric. Vou ter que matá-lo, e ele é muito bom para substituir.

Ela ri, aquela risada rouca e profunda, e me segue até o quarto.

— Então, voltando ao assunto original...

— Sim, de volta ao beijo.

— Não, querida, o assunto antes desse. — Dou uma risada. Deus, ela é engraçada. Tiro uma sacola de presente do meu armário e entrego para ela, nervoso.

Talvez esta seja uma ideia estúpida.

Seus olhos brilham como se fosse manhã de Natal ao ver a sacola vermelha de presente.

— Pra mim? — pergunta, e se anima.

Nota para mim mesmo: ela gosta de presentes.

— Não vejo mais ninguém aqui.

— Me dê. — Ela estende os braços, mexendo os dedos, seu rosto doce todo feliz e brilhante; parece uma criança.

Entrego-lhe a sacola e enfio as mãos nos bolsos do jeans que vesti antes de descer.

— Por que está nervoso? — Ela inclina a cabeça para o lado, me observando.

— Não estou.

Seus olhos estreitam, enquanto ela me observa.

— Aham. Claro.

Ela já me conhece muito bem.

— Abra.

Ela joga o papel de seda branco no chão e puxa a camiseta branca e macia para fora da sacola. Agarra-a e olha para mim, a boca escancarada.

— É uma camiseta da Nash! — sussurra, seus olhos passando pela minha foto e os caras na frente.

— Sim, você estava no Taiti. — Dou de ombros.

Ela imediatamente retira a minha camisa e veste a camiseta, olha-a e volta a me olhar com um sorriso largo.

— Amei o presente.

— Que bom, porque adoro ver o meu nome em você — sussurro.

Ela se joga em meus braços e me beija profundamente.

— É muito macia — murmura. — Você tem caneta para tecido?

— Provavelmente, por quê?

— Você pode assiná-la? — Ela está saltando de novo, como um fã louca obcecada, e isso me deixa tenso apenas por um momento.

Não preciso de um fã obcecada como minha namorada.

E então eu me lembro, esta é Sam. Ela não é uma fã louca obcecada.

— Por quê?

— No caso de eu querer vendê-la no eBay. — Ela pisca para mim, e minha barriga relaxa. Procuro na mochila do laptop e pego um marcador preto.

— Aonde quer que eu assine, espertinha?

— Dããã. — Ela revira os olhos. Está doida para levar uma palmada. — No meu peito!

— No seu peito! — Belisco a ponta do meu nariz e dou uma risada.

— Como se você nunca tivesse autografado um peito antes. — Ela sorri.

— Ah, eu tive a minha cota.

— Imaginei. Então, o meu pedido não deveria chocá-lo.

— Amo seus seios. — Me inclino e beijo sua bochecha. Ela tem ótimos seios.

— Então, assine. — Ela dá um passo para trás e empurra o peito para mim, e meu pau imediatamente endurece.

Lentamente, assino a camiseta, direto sobre o peito, meus olhos nos dela. Ela morde aquele lábio inferior suculento e prende a respiração, seus olhos dilatando.

Porra, ela vai ser a minha morte.

— Pronto.

— Obrigada — ela sussurra e, em seguida pisca, se afastando daquele transe sexy. Puxa a camiseta sobre a cabeça, dobra com cuidado e a coloca de volta na sacola, caminhando até suas roupas.

— Pare!

Ela olha para mim, surpresa.

— O quê?

— Venha aqui.

Ela franze a testa e está na minha frente novamente.

— Não terminei.

— Você autografou a camiseta.

— Sim. — Meus olhos seguem suas curvas, suas linhas, e os mamilos duros sob o meu olhar. — Mas eu gostaria de brincar um pouco.

— Com a caneta?

Dou de ombros.

— Quer desenhar no meu corpo?

— Você é uma linda tela em branco, Raio de sol.

Ela pisca para mim, ponderando a ideia, e então sorri lentamente.

— Ok, mas então quero uma coisa também.

— O que seria?

— Quero lamber suas estrelas.

— Você não precisa da minha permissão para fazer isso, sabe. — Meu estômago revira e minha mente escapa, só de pensar em seus lábios pequenos e sua língua tocando meu quadril.

Ela dá de ombros alegremente.

— É o que quero.

— Fechado. Venha ficar aqui na frente do espelho.

— Não posso deitar? — Ela faz beicinho.

— Claro que não, você tem que assistir. — Sorrio e a levo para o espelho de corpo inteiro pendurado na porta do banheiro, colocando-a de costas contra ele. Ela pode olhar por cima do ombro para assistir.

Tiro a tampa da caneta e começo nas omoplatas, desenhando nuvens e pássaros, um sol, e ela engasga, mordendo o lábio e olhando com fascinação.

— Você é bom.

— Gosto de pintar — murmuro, e mantenho o foco na tarefa em mãos. Uma vez que termino e começo a trabalhar em seus seios e estômago, vou perdendo a concentração.

Continuo a passar a tinta sobre sua pele, acrescentando um oceano, palmeiras, areia, estrelas do mar. Na parte superior da sua bunda, desenho uma barra musical e adiciono as notas de uma das minhas músicas favoritas que escrevi, chamada *Wrapped In You*. É uma balada, e ela deve conhecer. Tocamos em todos os shows.

— Você está escrevendo uma música?

— Já escrevi, estou apenas colocando a imagem embaixo.

Passo a caneta por suas pernas, fazendo longos redemoinhos e desenhando aleatoriamente em sua pele branca.

— Uau, você é bom. É você que desenha suas tatuagens?

— Algumas delas. Outras, desenharam para mim.

— O que significam as tatuagens das suas mãos? — Ela está olhando a minha mão de perto. Ela sempre traça a tatuagem com a ponta do dedo.

Dou de ombros.

— Isso é para me lembrar que devo desacelerar.

— Mas a palavra significa ir rápido. — Ela franze a testa.

— Exatamente.

— Quem imaginaria que você é tão profundo? — Ela sorri, e dou um tapa duro na sua bunda.

Ela grita e ri.

— Gosto de uns tapas na bunda, sabe.

— Eu sei. — Sorrio para ela e lhe dou outro tapa. — Ok, vire.

Ela obedece, e sorrio, aprovando. A frente vai ser um pouco diferente. Desenho mais uma barra musical diagonal, saindo do quadril esquerdo, por cima do esterno, até o ombro direito, mas baixo o suficiente para que a roupa esconda.

Adiciono as notas da música a partir de onde parei em suas costas.

Quando termino, começo a desenhar as flores.

Flores de cerejeira envolvem a música, até seu estômago e sobre as costelas.

Sam coloca as mãos nos meus ombros, seus olhos estão fixos no espelho sobre a minha cabeça, observando atentamente. Sua respiração é superficial, e posso sentir sua excitação.

Ela está muito excitada. Mal posso esperar para me afundar dentro dela.

Termino as pétalas que tecem em torno de sua vagina, e então, em seu quadril, e assino o meu nome.

Não é porque eu sou o artista, mas porque ela é minha.

Estou completamente apaixonado por ela. Só não sei como lhe dizer, porque tenho medo de que, assim como eu faria antes, ela vá correr a toda velocidade na direção oposta.

— Tudo pronto — murmuro, e dou um passo para trás, olhando-a girar em círculos, admirando os desenhos no espelho.

— Ficou lindo. Pensei que você fosse fazer alguns desenhos tolos com varetas estúpidas ou "Leo esteve aqui". — Ela ri, seu rosto ruborizando quando ela pega meu olhar no espelho.

— Quero você — digo a ela.

— Estou bem aqui.

Não consigo parar de olhá-la. Para as linhas pretas e austeras em sua pele branca e macia. Suas bochechas cor-de-rosa, avermelhadas pela luxúria. Seus olhos azuis quentes, passeando pelo meu peito nu. Seus olhos parando sobre as estrelas em meus quadris, e depois saltando de volta para os meus olhos, e não aguento mais.

Levanto-a em meus braços e a deito na cama, abaixando-a suavemente no colchão, e arranco minha calça jeans para me juntar a ela na cama macia.

— É a minha vez — ela sussurra.

Samantha

Empurro Leo de costas e beijo seu peito, ombros e abaixo das costelas. Acaricio seu umbigo com o nariz, apreciando a forma como os músculos se contraem ao meu toque. Agarrando seu quadril, eu me ajoelho entre suas pernas e desço os lábios para a estrela azul e vermelha em seu quadril esquerdo, beijando e lambendo, traçando as linhas.

— Amo demais essas estrelas — sussurro, e mudo de lado, prestando especial atenção à cicatriz acima da tatuagem, traçando a linha sexy do músculo que forma o V.

Leo agarra minha cabeça suavemente e xinga baixinho. Sorrio, enquanto desço beijos até seu pau duro.

Começo a lamber da base até a ponta, e chupo forte, apertando-o em meu punho e fodendo com minha boca. Ele tem um gosto delicioso, suave, mas duro ao mesmo tempo.

— Porra, Sam — ele rosna, e aperta meu cabelo em suas mãos, me guiando para cima e para baixo no seu glorioso pau.

Me afasto para lamber suas bolas e ganho outro grunhido. Ele aperta os olhos e joga a cabeça para trás, mas quero seus olhos nos meus.

— Assista — sussurro, e sorrio quando seus olhos encontram os meus. Beijo a parte inferior da ponta e depois começo a lamber, afundando sobre ele de novo, até que o sinto no fundo da minha garganta. Aperto os lábios em torno dele e começo a chupar, repetindo o movimento uma e outra vez, até que sinto suas bolas apertarem e levantarem, e suas pernas ficarem inquietas. Ele está ofegante.

Adoro o efeito que tenho sobre ele.

— Pare — sussurra. Eu o ignoro.

— Pare, Sam, não quero gozar na sua boca. — Ele agarra meus ombros e me puxa para cima dele, me beijando profundamente. — Sua boca atrevida vai me matar.

— Não seria uma morte dolorosa — murmuro, e belisco seu queixo. Ele escancara meu quadril sentado sobre ele, deslizando minha umidade sobre seu pênis, e geme. Ele está seguindo a música desenhada na minha barriga. — O que é?

— *Wrapped In You.* — Sorri timidamente, e suspiro. É a minha música favorita da banda.

— Você gosta dela?

Deixo meu rosto inexpressivo e dou de ombros.

— É uma música legal.

Antes que eu possa piscar, ele agarra minhas mãos e inverte nossas posições, me empurrando de costas, com uma mão segurando minha cabeça e sua virilha pressionando a minha.

— Admita! — ele sussurra.

— Admitir o quê?

— Que você gosta dela.

Sorrio e tento puxar minhas mãos, mas ele me aperta com mais força contra a cama.

— Vamos lá.

Com a mão livre, ele gentilmente afasta os fios soltos do meu cabelo para longe do rosto, abaixando seu peito até que seu rosto está a centímetros do meu, e baixinho, muito suavemente, começa a cantar.

You make me tremble

When I hold you like this

You skin glowing in the moonlight

You have me all wrapped in you...

Sua voz é incrível. Mesmo quando ele está falando, não consigo ter o suficiente dele, mas, quando ele canta, fico completamente perdida.

Ele libera minhas mãos. Acaricio seu rosto suavemente com a ponta dos dedos e pego seus lábios nos meus, derramando tudo o que sinto neste beijo, minhas mãos em seu rosto.

Estou envolvida nele.

Quando ele se afasta, dou um pequeno sorriso.

— Essa é a minha música favorita da Nash.

— Sério? — pergunta, sorridente.

— Juro. Você que escreveu?

Ele franze a testa por um momento e olha para os meus lábios, em seguida, de volta para os meus olhos.

— Não escrevi para ninguém. — Ele beija meu nariz. — Mas acho que se encaixa no que sinto por você. Nunca vou cantá-la de novo sem pensar em você.

— Você é maravilhoso comigo — sussurro.

— Você merece muito mais — ele sussurra de volta, e me beija novamente, mais profundo agora, e o sinto se aproximar mais da lateral da cama para pegar um preservativo.

— Quero você dentro de mim, querido.

— Isso eu posso fazer. — Ele sorri e empurra dentro de mim, até que esteja completamente enterrado, e para. — Está bom assim?

— Está ok. — Dou de ombros e mordo meu lábio inferior, provocando-o.

— Você acha que pode fazer melhor? — Ele levanta as sobrancelhas e, em seguida, tão rapidamente quanto me colocou nesta posição, nos reverte, então estou montada em seu colo e deitada sobre seu corpo magro. — Fique à vontade.

De bom grado, sento e começo a montá-lo, apertando ao redor dele a cada movimento que faço, empurrando e puxando, para cima e para baixo, me deleitando com suas mãos firmemente plantadas na minha bunda, me guiando. Seus olhos estão selvagens, presos aos meus.

— É tão bom — murmuro, e me inclino para a frente, apoiando as mãos em seus ombros, contraindo meus quadris, esfregando o clitóris em seu osso púbico. Sinto o aumento de energia no meu núcleo, pronta para disparar de dentro de mim.

— Você é tão linda, porra. — Suas mãos seguram meus seios e apertam meus mamilos duros, e então ele passa levemente os dedos calejados nos bico. De repente, ele se senta, seu rosto no nível do meu, e me beija duro, morde meu lábio e bate na minha nádega direita.

Me inclino para baixo e chupo seu pescoço, mordendo o músculo da parte superior do ombro, e enlouqueço quando ele me puxa com força, circulando seus quadris, e me faz chegar ao clímax, meu orgasmo rasgando meu corpo.

— É isso aí. — Ele lambe meu pescoço de cima a baixo, e, quando volto a mim, ele desliza a mão entre nós, esfregando meu clitóris com a ponta do polegar, e eu gozo de novo, fazendo-o gemer.

Sinto seu corpo apertar, seu agarre aumentar em torno de mim, e ele goza comigo, gritando o meu nome.

— Puta merda! — sussurro, e sorrio, quando tudo o que ele pode fazer é sorrir. — Acho que não preciso de uma aula de ioga hoje.

— Podemos sair para correr mais tarde. — Ele coloca uma mecha de cabelo atrás da minha orelha. — Sinto falta de correr com você.

— Ok. Vamos ficar aqui esta noite? Vou precisar de algumas roupas para correr.

— Quero ficar com você, na sua casa, se você não se importar.

— Não me importo. — Sorrio. — Vou mais cedo para casa, e você pode fazer suas ligações e as outras coisas que precisa, e me encontrar lá depois.

— Porra! Vou com você. Faço minhas ligações na sua casa mais tarde. — Ele beija minha testa e me ergue de cima dele.

Não estamos mais unidos com ele dentro de mim, e começo a lhe dizer que ficar separados por menos de uma hora não vai nos matar, mas, quando ele me deixa para jogar o preservativo no lixo, e o ar frio atinge minha pele quente, sei que não quero ficar sequer um segundo sem ele.

Gosto muito dele.

Até demais.

Capítulo Onze

Fico olhando para Leo, enquanto ele dirige no trânsito em Seattle na sexta-feira à tarde. Ele fica tão sexy dirigindo este carro. Leo puxou as mangas do blazer cinza até os antebraços, e vejo os músculos se contraírem e relaxarem sob a pele tatuada, enquanto dirige seu Camaro envenenado.

Fico molhada só de vê-lo dirigir.

Ele está lindo esta noite, com um blazer cinza sobre uma camiseta branca, jeans azul-escuro e tênis All Star preto. Ele ainda usa seu gorro habitual.

Vamos sair para jantar, e depois ir a um clube para assistir a uma banda que ele conhece.

Ou, como gosto de pensar, nosso primeiro encontro de verdade.

— Um Camaro? — Me viro para encará-lo.

— O que você quer dizer? — Ele muda de pista e sorri para mim.

— Você poderia ter qualquer carro no mundo. Por que escolheu um Camaro e não algo superior, como um Porsche ou um Bentley?

Ele ri e balança a cabeça.

— Eu queria um Camaro desde criança. Meu pai tinha um. — Ele franze a testa como se a lembrança cruzasse sua mente. — Você não gosta do meu carro?

— Adoro, só estava curiosa.

Seu celular toca, quando ele para em um sinal vermelho, e Leo aperta o botão do viva-voz no volante.

— Nash.

— Ei, é o Eric.

Leo sorri para mim por alguns instantes.

— E aí?

— Está ocupado? O gerente do estúdio que você ligou no outro dia acabou de me ligar, e eles têm um horário livre esta noite, se você puder. Jake e eu estamos livres.

Ele olha para mim, as sobrancelhas levantadas questionando, e aceno com a cabeça.

— Claro, pode confirmar. Estou com uma pessoa. Seja legal.

— Tranquilo. Acho que Rick vai também.

— Ok, te vejo em breve. — Ele desliga e faz uma careta.

— Sinto muito, querida. Não vamos demorar muito lá.

— Tudo bem. — Dou de ombros e, em seguida, não posso evitar de provocá-lo. — Mas pensei que você não quisesse que eu conhecesse a banda.

— Você vai flertar com eles? — pergunta, com um suspiro.

— Provavelmente.

— Merda — murmura, e dou uma risada, apreciando a brincadeira.

Ele para no meio-fio em frente ao prédio de tijolos vermelhos do outro lado da loja de cupcake. Eric e Jake estão saindo de um Jeep Wrangler preto e caminham em nossa direção.

— Ei, cara. — Todos fazem aquela coisa masculina de mão-aperto-abraço que sempre me confunde, e, em seguida, dois pares de olhos focam em mim, à espera de uma apresentação. Leo envolve um braço em volta do meu corpo e sorri.

— Esta é Samantha. Sam, estes são alguns dos idiotas da banda, Eric e Jake.

Jesus, Maria, José, eu vou conhecer a banda Nash.

— Oi, pessoal. — Sorrio, estendendo a mão para cumprimentá-los, mantendo meu rosto completamente neutro. Estou acostumada a celebridades. Sou irmã de uma.

Pelo amor de Deus, estou dormindo com uma.

Mas não posso deixar de fazer uma pequena dança feliz na minha mente.

— Vamos lá, vamos ver qual é. — Eric nos leva para dentro, onde um homem parcialmente careca, de meia-idade, com uma camisa xadrez e calça cáqui está conversando com um cara magro mais jovem, completamente no estilo skatista.

— Obrigado por ter vindo, Rick. — Leo olha para mim e acena para o cara careca. — Esta é Sam. Rick é nosso empresário — ele me informa com um sorriso. Aceno e dou um sorriso. Depois, todos somos apresentados ao Skip, o cara magricelo que administra o estúdio.

— Então, o que posso fazer por vocês? — Skip pergunta.

— Só queremos dar uma olhada no espaço do estúdio, falar com você sobre como agendar um horário para a gravação, coisas assim — Jake diz, com um sorriso. As fãs da banda adoram Jake. Ele é alto, musculoso e tem um sorriso matador. E sempre usa os mesmos óculos de sol.

— Sem problema. Não há ninguém aqui agora, então sintam-se à vontade para passear e me perguntem qualquer coisa que quiserem. — Rick vira para conversar com Skip, e os caras passeiam pelas cabines de som. Eric fica para trás e me encara, e imediatamente percebo que ele me acha atraente.

Isso pode ficar estranho.

— Então, você é de Seattle? — pergunta, com um sorriso. Ele é realmente bonito. Seus cabelos negros são longos, e sua sobrancelha tem um piercing. Ele é magro, com braços fortes. Deve malhar pelo menos duas horas por dia para ter esse corpo.

— Sim, nascida e criada. — Sorrio.

— Legal, eu também.

— Verdade? De qual parte? — pergunto, realmente interessada.

— Região de Bellevue.

— Eu também! — Coloco a mão no braço dele, sorrindo. — Que escola você frequentou?

— Com licença — Leo nos interrompe, e olho em seus olhos cinzentos irritados.

Que porra é essa?

— Skip, existe algum escritório que eu possa usar rapidamente? Preciso falar com você — ele murmura para mim.

— Claro, desça pelo corredor, à direita — Skip responde, e retorna à sua conversa com Rick.

Leo entrelaça os dedos nos meus e me puxa para o escritório de Skip, fechando e trancando a porta atrás de nós.

— Qual é o problema?

Ele não responde, apenas aperta meus braços e me beija com intensidade, voraz.

Estou imediatamente presa nele. Praticamente escalando-o, tentando me aproximar mais, sentir sua pele na minha.

Deus, é sempre assim. Um toque, e não posso ter o suficiente.

Ele me levanta contra a porta e esfrega o pênis no meu centro, me beijando para abafar meus gemidos. Suas mãos são ásperas, duras. Apressadas.

Isto é novo.

Agarro seu cabelo e afasto sua cabeça da minha. Ambos estamos ofegantes e sem fôlego.

— O que há de errado? — pergunto.

Ainda sem palavras, ele me gira em seus braços e me coloca sobre a mesa de Skip, sem se preocupar em tirar os papéis. Ele abre minha calça jeans, descendo-a até o meu quadril, e depois, liberando apenas uma perna, ele me solta e puxa uma camisinha do bolso.

— Você vai me foder aqui? — exalo, chocada. — Há pessoas a dez metros de distância!

— Pare de falar — ordena, seus olhos ferozes, o queixo cerrado, e, caramba, isso me deixa completamente excitada.

Já estou toda molhada.

Me inclino nos cotovelos, enquanto ele agarra meu quadril e me puxa contra ele, empurrando dentro da minha umidade.

— Ah, porra — sussurro, meu olhar preso no seu, enquanto ele empurra para dentro e para fora, duro, rápido, mais e mais.

— Minha — ele sussurra, e aperta os olhos fechados. — Minha.

— Droga, Leo. — Seguro seu rosto.

Ele me olha feroz novamente.

— Você. É. Minha.

E, com isso, eu desmorono, mordendo os lábios até que sinto o gosto de sangue, então contenho o gemido alto, tremendo em torno dele, e ele me segue, gozando forte e gemendo baixinho.

Ele fica ofegante e se inclina para sussurrar no meu ouvido:

— Você tem alguma ideia de como me deixa louco? Você é minha, porra!

— Leo — começo, mas ele se retira de dentro de mim e se ajeita, me olhando sem qualquer emoção.

Arrumo minhas roupas e limpo a garganta.

— Você estava tentando me marcar? — pergunto baixinho, tentando entender o que aconteceu.

— Não preciso te ver flertando com a minha banda, Samantha.

— Leo, eu estava sendo amigável.

— Você o tocou!

— E? — Olho-o, como se ele tivesse enlouquecido.

— Eric vai...

— Eric não é um problema — eu o interrompo, brava. — A menos que você o deixe se tornar um.

Ele levanta uma sobrancelha e depois ri.

— Leo, eu me dou bem com homens. Sempre me dei bem. Se você tem algum problema com isso, precisamos conversar agora.

Ele me olha por um minuto, e, murmurando um palavrão, esfrega as mãos sobre o rosto.

— Eu sou um idiota.

— Sim, mas você é quente, então vou esquecer isso agora. — Sorrio e inclino minha bunda contra a mesa, os braços cruzados sobre o peito.

— Não gostei — ele sussurra.

— Percebi. — Nos olhamos por mais um minuto, até que ele avança e envolve os braços em volta dos meus ombros, prendendo meus braços entre nós.

Ele beija minha testa com suavidade e sorri tristemente para mim.

— É assim que você se sente sobre as *groupies*?

— Provavelmente não — respondo, com uma careta. — Não dou a mínima para elas.

Suas sobrancelhas se erguem ao máximo.

— Você não liga?

— Não.

— Por que não? — Ele parece quase insultado, e não posso deixar de sorrir.

— Tenho algum motivo para me preocupar com essas *groupies*? — pergunto sarcasticamente. Sei que não tenho.

— Claro que não.

— É por isso que não dou a mínima para elas, querido. Elas não são nada. — Dou de ombros e beijo seu queixo. — Tenho visto fãs enlouquecidas há tempo demais para que elas me preocupem.

— Isso é verdade. — Ele sorri, compreendendo. — Aposto que Luke teve sua cota.

— Luke teve uma mulher que se matou na casa dele, Leo. Eu sei tudo sobre fãs malucas.

— Puta merda! — reage, horrorizado.

— Pois é. Não sou uma pessoa ciumenta. Nunca fui.

— Nunca fui ciumento, até você chegar. Te ver tocando o Eric me deixou louco.

— Então fale. Você poderia ter calmamente falado comigo sobre isso mais tarde, sabe.

— Gostei mais desse jeito. — Ele pisca e me beija, brincando, no momento em que uma batida soa na porta. — Vamos acabar logo com isso, para que possamos sair daqui.

Leo abre a porta para encontrar Eric em pé do outro lado, prestes a bater novamente.

— Nós vamos trabalhar ou transar? — ele pergunta com uma careta.

— Vai se foder — Leo murmura, e o empurra quando passa por ele. Eric sorri para mim sugestivamente.

— Eu poderia levá-la de volta para o escrit... — ele começa.

— Pare! — digo a ele, encarando-o. — Você e eu vamos ficar bem, assim que esclarecermos alguns pontos: eu gosto de você, mas não vou foder com você nem agora, nem nunca. Estou com Leo. Ele é seu amigo. Está claro?

Eric fica sério e enfia as mãos nos bolsos, se endireitando, em seguida, um lento sorriso se espalha pelo seu rosto.

— Gosto de você.

— Fico feliz em ouvir isso. Podem começar a trabalhar.

— Gosto dela — ele anuncia alegremente, quando vira no corredor.

— Eu também. — Os olhos de Leo estão dançando, me observando. Reviro os meus. — Você pode começar a trabalhar também.

— Você é muito mandona. — Ele sorri.

— Um pouco — admito.

— Vou dar um jeito nisso mais tarde. — Ele dá um tapa na minha bunda e me leva para junto dos outros, discutindo o espaço e o horário.

— Então, podemos começar aproximadamente em duas semanas. — Skip consulta seu iPad. — Vocês podem usar o estúdio três vezes por semana, quatro horas por dia.

— Vamos fechar. — Leo pega o celular no bolso para adicionar as datas ao seu calendário.

— Ótimo. Obrigado, pessoal. Estou ansioso para trabalhar com vocês. — Skip se despede de todos e nos acompanha até a saída.

— Você já conversou com Adam e Jason sobre a vinda de Los Angeles para gravar aqui? — Jake pergunta.

— Sim, eles concordaram. — Leo suspira. — Eles vão trazer as famílias e alugar casas.

— Ótimo — Eric concorda. — É bom escrever e gravar em casa novamente.

— É — Leo assente, e acena quando Jake e Eric vão embora.

— Quero falar com você — Rick começa quando restam apenas nós três.

— Ok. — Leo faz uma careta.

— À sós — Rick esclarece, apontando para mim.

— Vou esperar no carro. — Começo a sair, mas Leo me interrompe.

— Não. Fique aqui. — Ele encara Rick. — Tudo o que você tem a dizer pode ser dito na frente dela.

— Será que ela vai ser um problema? — Rick pergunta sem rodeios.

— Do que você está falando?

— Você não ficou nem cinco minutos aqui antes que tivesse que puxá-la para uma sala trancada para transar. Este álbum é um grande negócio. Só a sua parte é de dez milhões, e isso antes dos royalties.

Sinto meu rosto esquentar e minha boca abrir.

— Espere. — Leo levanta a mão, e meus olhos se arregalam encontrando os seus, antes que ele se vire para o idiota. — Você pode ter esquecido, mas para mim nunca foi sobre dinheiro, Rick. Apenas música. Os fãs amam a música. Se você tem um problema com a minha namorada, vou encontrar outro empresário.

— Estou com você desde que cantava em clubes pequenos barra pesada em Bothel — ele declara.

— Sim, e você ficou ganancioso. — Leo o encara. — Nunca desrespeite a minha garota novamente, Rick. Ela não é o problema.

— Você está me ameaçando?

— Não, estou te informando expressamente um fato, cara. Ela não é apenas uma em uma longa fila. Acostume-se a vê-la por perto.

Rick olha para mim e, em seguida, limpa a boca com as costas da mão.

— Tudo bem.

Leo entrelaça a mão na minha e me leva para o carro, me colocando no lado do passageiro, antes de sentar em seu lugar, acelerando para longe do estúdio.

— Sinto muito — murmuro quando encontro a minha voz.

— Por quê?

— Não quero causar nenhum problema para você.

Ele ri sem graça e balança a cabeça.

— Você não é um problema. Metade dos caras da banda são casados, Sam. Rick é apenas um idiota e não gosta de mudanças.

— Ok — sussurro, e aperto os dedos no meu colo. Ele está certo. Rick é um idiota. Mas eu realmente não quero ser a causa de problemas na banda. Em uma hora, consegui fazer Leo ter uma crise de ciúmes, colocar seu baterista na reta e chatear seu empresário.

Sou realmente encantadora.

— Pare com isso — ele murmura, e separa minhas mãos, entrelaçando minha mão na sua e beijando meus dedos. — Confie em mim, você não é um problema.

— Ok — respondo baixinho, e traço as tatuagens em suas mãos, quando ele repousa nossas mãos no meu colo. — Você está animado em voltar para o estúdio?

— Sim, vai ser divertido.

Concordo com a cabeça e olho para fora da janela. A escuridão se estabeleceu.

Escurece rapidamente no inverno, em Seattle.

— Então, não acho que vamos conseguir jantar antes de ir ao clube. — Leo me dá um sorriso de desculpas. — Mas vou te comprar comida no bar.

— Amo comida de bar! — Só o pensamento de comer aquelas coisas deliciosas faz meu estômago roncar. — Quero batata com cheddar e bacon, asinha de frango frita e nachos.

— Só isso? — ele pergunta com uma risada.

— E muçarela frita no palito. Mas vou dividir com você.

— Ok. — Ele encolhe os ombros e ri novamente.

— De onde você conhece a banda que vamos assistir?

— Conheci o vocalista quando tocava aqui em Seattle. Ele teve a oportunidade de ir para L.A., mas sua família mora aqui, e ele está contente em viver aqui. Não o vejo há anos.

— Legal. Eles são bons?

— Muito. Cantam principalmente covers, mas também músicas deles.

— Ele sabe que você vai hoje?

— Sim, liguei para ele. — Leo franze a testa e olha para mim.

— O que foi?

— Eu provavelmente vou ser reconhecido hoje à noite.

— Imaginei. Você não está com seu disfarce habitual. — Suspiro e beijo sua mão.

— Você está bem?

Amo que ele esteja preocupado comigo.

— Estou bem.

— Sério? — Ele parece surpreso.

— Não gosto da fama — eu o lembro. — Você sabe disso. Mas é uma parte de quem você é. Estou animada para ouvir a banda com você. Vou ficar bem.

— Obrigado.

Ele estaciona, puxa para baixo seu gorro, para que cubra a sobrancelha, e expira profundamente.

— Vamos lá, querida. Vamos pegar sua comida de bar.

— Não toque nos meus nachos.

Capítulo Doze

— Vou abrir sua porta. — Leo estreita seu olhar firme em minha direção. — Espere por mim.

Franzo a testa e o observo descer do carro e caminhar até a minha porta. Ele a abre e pega minha mão com firmeza, me puxando para ficar colada ao seu lado.

Dois homens altos e musculosos estão em pé na calçada, estoicamente, nos esperando.

— Estes são Stan e Henry. Eles são os seguranças para esta noite — Leo murmura, e se vira para os homens. — Vocês não podem deixá-la fora de vista em nenhum momento. Entenderam?

— Sim, senhor — Stan responde, e ambos acenam com a cabeça.

— Ah, Leo... — Olho para ele com uma careta. — Isso realmente é necessário?

— Sim — ele responde, e segura meu rosto. — A casa estará lotada, e não vou correr nenhum risco com a sua segurança.

Em seguida, me ocorre que... Jesus! Estou com Leo Nash. O vocalista e fundador da banda sensação mundial *Nash*. Não com Leo, meu namorado.

Minha nossa.

— Tudo bem. — Sorrio para ele de forma tranquilizadora e dou tapinhas no seu peito com a mão livre. — Lidere o caminho.

Ele acena para os seguranças. Um fica à nossa frente, e o outro logo atrás, enquanto entramos. A banda acabou de começar a tocar o cover de uma música do Nirvana. Ainda é cedo. A música nos atinge como uma parede, à medida que caminhamos pelo grande clube. O palco é grande e na parte de trás da casa. A maioria dos clientes está reunida ao redor dele, com bebidas na mão, dançando e curtindo a música.

Leo me leva até uma mesa próxima ao balcão do bar, com uma visão completa do palco, me ajudando a sentar, e depois se junta a mim, sentado ao meu lado, em vez de na minha frente. Os seguranças se sentam à uma mesa vazia ao nosso lado.

— O que posso trazer para vocês? — uma garçonete grita acima da música.

Leo levanta uma sobrancelha para mim.

— Vou tomar um dry martini.

Ele sorri e pede para a garçonete, bem como uma cerveja para ele e toda a comida de bar que eu queria. Ele agarra minha mão e beija meus dedos, sorrindo para mim.

— Você gosta de Nirvana?

— Eu vivo em Seattle? — respondo, e franzo o meu nariz para ele.

— Dããã.

Ele ri e se acomoda para assistir à banda e às pessoas dançando. Ninguém está prestando atenção em nós dois, e não posso evitar de pensar que contratar segurança foi um pouco exagerado.

Ninguém se importa conosco aqui.

Nossas bebidas e comidas chegam, e Leo se inclina para gritar no ouvido da garçonete. Ela sorri, acenando com a cabeça, e se afasta.

— O que você disse a ela? — pergunto alto, levando um pedaço da batata deliciosa com cheddar à boca.

— Você é tão elegante. — Ele ri e limpa um pedaço do cheddar do meu lábio.

— Eu sei. — Dou de ombros e continuo comendo.

— Eu disse a ela para avisar à banda que estamos aqui.

— Ah, legal. — Nós comemos e ouvimos o som, observando as pessoas. Olho para o Leo e vejo um rastro de gotas de suor descer em seu pescoço.

— Você está suando. — Franzo a testa. — Tire o gorro, querido.

Ele balança a cabeça e olha ao redor.

— Ainda não.

Ele está exagerando.

— Ninguém aqui sequer olhou para você duas vezes.

— Ainda não — ele diz novamente, e pega um queijo no palito.

— Devemos oferecer alguma comida a Coisa Um e Dois. — Ainda há uma tonelada de alimentos que nunca seremos capazes de terminar.

Ele sorri para mim e envolve o braço em volta dos meus ombros.

— Eles estão prestes a fazer por merecer seu pagamento.

Só então a banda termina uma música e começa a conversar com a plateia.

— Ei, Seattle, vocês estão se divertindo?

A multidão vai à loucura, gritando e aplaudindo, e eu sorrio. Amo shows.

— O que vocês diriam se eu dissesse que tenho uma surpresa para vocês? — o vocalista pergunta, tomando um longo gole de água. Mais aplausos. — Um velho amigo meu está aqui.

— Essa é a nossa deixa — Leo murmura para mim, e acena para os seguranças. — Vamos lá.

— Não vou subir no palco — protesto, e ele ri.

— Não, você vai ficar nos bastidores. Não te quero no meio dessa multidão. — Nós nos unimos aos nossos seguranças corpulentos. — Quero que a acompanhem até os bastidores. Eles estão esperando por vocês lá e irão lhes mostrar para onde devem ir.

Eles acenam, e começamos a atravessar no meio da multidão.

— Vocês já ouviram falar de uma pequena banda chamada *Nash*? — O público explode em aplausos e gritos. — E sobre aquele cara feio que os lidera, o Leo?

Somos levados até o lado direito do palco, e através de uma porta imediatamente à esquerda. Mandam que eu fique atrás de uma cortina preta. Estou olhando para o palco e posso ver toda a banda.

— Bem — o cantor continua —, eu soube que Leo está de volta, cantando novamente em Seattle. Ele está aqui e veio nos ver!

Ele tem que parar de falar porque os gritos são ensurdecedores. Não posso evitar de começar a pular nas pontas dos pés com a emoção, minha garganta aperta de alegria, e levo minhas mãos ao peito.

De repente, do outro lado do palco, Leo salta e se junta ao cantor, lhe dando um abraço forte e sussurrando em seu ouvido. Ele tirou o gorro, mostrando seu cabelo bagunçado e os piercings. Ainda está com o blazer, mas logo o tira e joga para alguém nos bastidores.

As garotas gritam um pouco mais alto agora que ele está lá apenas com a camiseta Levi's, as mangas envolvendo seus braços tatuados musculosos. Meu Senhor, ele é lindo.

E está completamente em seu ambiente.

Ele dá um sorriso largo, acenando e assentindo para a multidão, e pega o microfone que é oferecido a ele.

— Oi, Seattle!

Mais gritos, e bato palmas junto com a multidão. Leo vira a cabeça, me encontra atrás da cortina preta e pisca.

— Então, irmão, o que você quer cantar? — o vocalista lhe pergunta.

— Bem... eu não sei. — Ele franze a testa e olha para os fãs. — Vocês querem ouvir alguma coisa?

Bem, essa é uma pergunta estúpida. As garotas enlouquecem, e Leo ri.

— Você pode pegar a minha guitarra, cara.

— Nah. — Leo balança a cabeça e caminha até o piano. — Posso roubar seu piano?

— Qualquer coisa que você quiser, cara.

O pianista se levanta, fazendo uma pequena reverência para Leo, e toda a banda sai do palco, dizendo oi para mim enquanto passa. Leo fica sozinho no palco. Quem está trabalhando com as luzes aponta um foco de luz sobre ele, escurecendo o resto.

Não consigo desviar o olhar. Não posso piscar.

— Então, esta é uma nova canção — ele começa, ajustando o microfone no suporte e se sentando no banco diante do piano. — Gostariam de ouvir?

— Eu te amo, Leo! — uma garota bêbada grita na primeira fila.

— Obrigado, querida. — Ele pisca para ela, ri e começa a tocar algumas teclas, aquecendo as mãos. — Vou deixar as coisas mais lentas com essa música. Ela se chama *Raio de sol.*

Ele começa a tocar. Inicia doce e suave, e é familiar para mim.

E então ele canta.

Eu não quero ser apenas seu amigo

Porque já não consigo ficar sem você

Toda vez que vejo seus olhos azuis doces

Sei que preciso te fazer minha

E minhas paredes desmoronam... E desmoronam

Então tudo que vejo

É o meu verdadeiro eu

Estou atordoada. Sou eu. Ele está cantando sobre mim. E é a música que ele escreveu quando eu estava doente, quando estávamos sentados no piano juntos.

Ele pega o gancho, e meu coração incha a ponto de estourar.

Eu fiz essa melodia.

Não tinha ideia de que ele estava escrevendo uma música sobre mim. Ou que aquilo se transformaria em uma canção. Pensei que ele estava apenas brincando um pouco, enquanto estava entediado cuidando de mim.

Ele escreveu uma música linda pra caralho para mim.

Quando você sorri

Seu raio de sol me atinge

E as sombras em minha alma

Sumiram

Ah, quantas vezes

Eu olhei nos seus lábios

Desejando que pudesse senti-los em mim

Quando você fica tão perto

Baby, eu me esqueço de como respirar

Ele olha para mim com aqueles olhos cinzentos profundos afiados. Seu olhar é feroz e possessivo, e, em seguida, um canto de sua boca sobe e ele volta para o refrão.

Quando você sorri

Seu raio de sol me atinge

E as sombras em minha alma

Sumiram

Quando eu passo a minha mão

Sobre sua pele perfeita

Sei que você me vê

E não estou mais coberto de sombras

Minhas paredes desmoronam... E desmoronam

Então, tudo que vejo

É como preciso de você junto a mim

Sinto as lágrimas caírem pelo meu rosto, mas não posso me mover para afastá-las. Sua voz está ao meu redor, invadindo meu corpo com seu calor, a ternura das suas palavras e a doce melodia no piano.

Não é possível alguém tocar tão bem. Aposto que ele toca bem qualquer instrumento.

Finalmente, a música chega ao fim e ele respira fundo e sorri para a plateia. Ele se levanta e acena, faz uma pequena reverência e sai correndo do palco em minha direção, me pegando nos braços.

— Ah, meu Deus! — exclamo, e envolvo os braços ao redor do seu pescoço.

— Gostou? — ele pergunta, e se afasta para trás, olhando nos meus olhos.

— É fantástica. — Beijo-o profundamente.

— É para você.

— Espero que sim, ou eu teria que matar alguma vadia — eu imediatamente respondo, e ele solta uma gargalhada, me segurando perto. — É o melhor presente que alguém já me deu, muito obrigada — murmuro no ouvido dele, que sorri amplamente, orgulhoso.

— Vamos sair por trás do palco. — Ele me puxa, enquanto a banda retoma o seu lugar no palco para terminar o show. Nem percebi que os seguranças gêmeos estavam parados atrás de mim o tempo todo, e eles nos seguem agora. Um deles entrega a Leo o blazer.

Há um grupo até numeroso de pessoas atrás do palco, esperando a banda. Alguns em trajes de negócios, que suponho que são as pessoas da indústria. Alguns que parecem ser membros da família ou amigos da banda.

E há mais do que algumas *groupies.*

Leo me conduz, minha mão firmemente na sua, e começa a me apresentar às pessoas que ele conhece. Nunca vou conseguir lembrar seus nomes ou até mesmo seus rostos, mas o fato de ele me manter ao seu lado e me incluir em cada conversa diz muito sobre este homem.

Ele se preocupa comigo.

A banda entra em um rompante na sala, chegando já com cerveja na mão e batendo alto a mão um no outro, obviamente feliz com o show.

A sala brilha com a energia.

— Cara! — O vocalista chega perto de nós, e aperta Leo em um abraço. — Ótima música, cara. — Ele pisca para Leo e sorri para mim. — Eu sou Lance.

— Sam — respondo, e aperto sua mão.

— Vai ficar quanto tempo na cidade? — ele pergunta a Leo.

— Um tempo. Estamos gravando o próximo álbum aqui — Leo responde. — Eu gostaria que você tocasse em algumas faixas.

Os olhos de Lance faíscam com interesse e ele sorri.

— Fechado.

— Legal.

— Ótimo show, querido. — Uma ruiva bonita abraça Lance por trás, e ele se vira para puxá-la em seus braços.

— Obrigado, meu amor. Tash, estes são Leo e Sam. Leo, você se lembra da minha esposa?

— É claro, oi, Tash. — Leo se inclina e beija sua bochecha.

— Oi, é muito bom te conhecer. — Gosto dela imediatamente. Ela é alguém com quem eu sairia, é pé no chão e agradável, não tentando bajular *o* Leo Nash.

O feliz casal se vira para se misturar com os outros convidados após o show, e Leo sorri para mim.

— Está se divertindo?

— Estou. — Aceno com a cabeça e olho ao redor da sala. — É mais descontraído do que eu esperava.

— A segurança vai começar a deixar alguns fãs entrarem em poucos minutos para fotos e autógrafos. — Ele encolhe os ombros. — Vai ficar mais confuso.

— Bem, olá. — Uma morena peituda, com uma blusa preta curta e apertada o suficiente para mostrar seus seios comprados e uma saia preta que mal cobre sua bunda subitamente se pressiona no outro lado de Leo.

— Procurando um pouco de diversão, Sr. Nash?

Leo franze a testa para ela, e sinto minhas sobrancelhas subirem ao máximo. Assumo, a cadela tem coragem.

Ela também é repulsiva.

Eca!

Essas *groupies* não são nem um pouco parecidas com as fãs que estou acostumada. Elas claramente não estão aqui apenas por causa de seu amor pela música ou o trabalho da banda. Estão aqui para foder um membro da banda.

É isso aí.

Me dá vontade de vomitar.

— Você não vê que estou segurando a mão da minha namorada? — Leo pergunta, sua voz fria.

— Posso fazer um ménage à trois, se é isso que você quer. — Ela sorri e esfrega os seios em seu braço.

Simplesmente não posso evitar, a risada explode e eu me dobro. Tenho que soltar a mão de Leo para que possa segurar a barriga de tanto que estou rindo.

Ela é tão patética que é hilária.

Foco nos olhos risonhos de Leo. Ele está com um sorriso largo, e ignora a mulher ofendida ainda colada ao seu lado. Ela está com a cara feia para mim, o que me faz rir ainda mais.

— Você está bem, Raio de sol? — Leo pergunta com uma risada, quando me endireito e, finalmente, puxo uma respiração profunda. Enxugo as lágrimas sob os meus olhos, agradecendo a Deus pelo rímel à prova d'água, e aceno com a cabeça.

— Era disso que você estava falando antes? Garotas assim?

Ele apenas dá de ombros e assente.

— Sim, como se algo assim fosse me deixar preocupada. — Agora, os olhos da puta se estreitam em mim, e eu rio de novo.

— Vá se foder! — ela exclama, e coloca a mão na cintura, ainda pressionada no corpo de Leo.

— Você está tocando em algo que não é seu — digo com um sorriso largo.

— Não vejo um anel no dedo dele. — Ela sorri.

— Não iria importar muito para você, mesmo se achasse algum — rebato, e ela acena com a cabeça, pensativa.

— É verdade.

Leo está assistindo à troca como se fosse uma partida de tênis, com a cabeça indo e voltando. Finalmente, ele levanta uma sobrancelha para a puta e se afasta dela.

— Não estou precisando dos seus serviços, mas tenho de certeza que um dos outros caras aceitaria te pegar.

— Mas quero falar que fodi com Leo Nash. — Ela faz beicinho. — Vamos lá. Eu vou deixar a cadela se juntar a nós.

Dou outra gargalhada e, em seguida, aperto minha mão sobre a boca, quando Leo encara, a contragosto, a mulher mais do que burra.

— Não fodia lixo como você quando era solteiro. Por que iria começar agora? — Ele vira as costas para ela e levanta meu queixo com o dedo. — Quer ir embora daqui?

— Nós não temos que sair só por causa disso — asseguro, minha voz leve. — Eu te disse antes, não me importo com isso.

Ele se inclina até que sua boca esteja pressionada no meu ouvido e sussurra:

— Não dou a mínima para ela também, querida. Estou pronto para levá-la para casa, deixá-la nua e tê-la embaixo de mim.

Minha respiração trava.

— Bem, quando você diz assim, sim, vamos lá.

Leo se despede de Lance com um aceno, que acena de volta, e nós nos despedimentos do resto da banda. Os seguranças nos acompanham pela porta, de volta ao ar refrescante do inverno, até o seu Camaro.

Ele liga o carro e se afasta do meio-fio.

— Foi divertido. — Viro no meu lugar para que possa olhá-lo, observando as luzes da rua piscarem no seu rosto e refletir o metal em sua orelha e lábios.

— Sim, foi — ele concorda. — Você não estava brincando. As *groupies* não te incomodam.

— Elas são agressivas. — Franzo a testa. — Por que alguém foderia com elas? Quem sabe onde sua vagina andou, para não mencionar a boca. Eca... — Tremo e faço ruídos de vômito. — Sério, é uma questão de higiene básica.

Leo joga a cabeça para trás e ri.

— Quantas *groupies* você já fodeu? E não me diga que não pode contar porque foram várias. Você é inteligente.

— Não vou responder a essa pergunta. — Ele balança a cabeça.

— Por que não?

— Sam, há algumas perguntas que uma mulher nunca deve fazer. Perguntar a um músico famoso quantas mulheres ele fodeu é uma delas.

— Apenas me dê uma estimativa.

— Quantos homens você já fodeu? — pergunta, franzindo a testa para mim.

— Perguntei primeiro. — Sorrio, apreciando o seu desconforto.

— Comi muitas *groupies* uma época. Mas não faço isso há muito, muito tempo. — Ele encolhe os ombros. — Nem imagino quantas.

— Mas sem beijo e sem sexo oral? — pergunto, me lembrando do que Meg disse no jantar na outra noite.

— Não, muito pessoal.

— Apenas uma foda rápida, então.

— Samantha... — Com esse aviso, sei que isso é o máximo que ele está disposto a me contar, assim, deixo por isso mesmo.

— Seis — afirmo.

— Seis o quê? — pergunta.

— Eu tive sexo com seis homens, incluindo você. — Sorrio presunçosamente para ele e espero por sua reação.

— Você só teve relações sexuais com seis caras?

— Ei, é um número razoável. O suficiente para saber do que gosto, mas não tantos para que eu me sentisse como uma lanchonete fast-food.

Leo ri novamente e sorri para mim.

— Já tive relações sexuais com mais do que seis mulheres.

— Imaginei.

— Mas estou fazendo sexo apenas com uma atualmente.

— Se fosse diferente, eu cortaria o seu pau agora. — Aceno. — A maioria dos caras faz muito sexo quando é mais novo. Você é cantor. Tudo que você tem que fazer é abrir a boca, e as mulheres tiram a calcinha. Que homem pode resistir a isso?

— Bem, não transei com milhares de mulheres, ou algo parecido. Não sou nenhum Gene Simmons.

Rio.

— Eu realmente não me importo, estou apenas apreciando te atormentar.

Seus olhos se estreitam para mim.

— Acho que talvez precise bater em você.

Fico séria e olho suas mãos fortes no volante.

— Cante para mim a minha música novamente, e você pode fazer o que quiser.

Seu rosto vira para o meu, surpreso, e então ele sorri suavemente.

— Você realmente gosta dela?

Concordo com a cabeça alegremente e alcanço sua mão quando ele começa a cantar baixinho.

Eu não quero ser apenas seu amigo

Porque já não consigo ficar sem você

Toda vez que vejo seus olhos azuis doces

Sei que preciso te fazer minha

E minhas paredes desmoronam... E desmoronam

Então tudo que vejo

É o meu verdadeiro eu

Ele canta a música inteira, do começo ao fim, e eu traço a tinta em suas mãos, enquanto escuto, absorvendo as palavras.

Quando você sorri

Seu raio de sol me atinge

E as sombras em minha alma

Sumiram

Ah, quantas vezes

Eu olhei nos seus lábios

Desejando que pudesse senti-los em mim

Quando você fica tão perto

Baby, eu me esqueço de como respirar

Ele me olha com aqueles olhos cinzentos profundos e intensos. Seu olhar é feroz e possessivo, e, em seguida, um canto de sua boca sobe, até que ele puxa de novo o refrão.

Quando eu passo a minha mão

Sobre sua pele perfeita

Sei que você me vê

E não estou mais coberto de sombras

Minhas paredes desmoronam... E desmoronam

Então, tudo que vejo

É como preciso de você junto a mim

Minha calcinha vermelha está molhada quando a música termina, e eu estou ofegante.

Eu o quero. Agora.

Ele para na calçada da sua casa e desliga o motor.

— Não consigo esperar até chegar na sua casa — declara.

— Estou totalmente de acordo.

Nós mal passamos pela porta antes que estivéssemos nos atracando. Seu sistema de alarme emite um sinal sonoro, para lhe lembrar de colocar o código, antes que chamem a polícia.

Não preciso da polícia batendo aqui.

Ele está ocupado com meu jeans, não prestando atenção quando bato a porta atrás de nós.

— O código, Leo.

— Hã? — Ele enterra o rosto no meu pescoço e morde abaixo da orelha, enviando arrepios pelos meus braços.

— Qual é o código? Não quero que a polícia bata aqui.

— Um, dois, três, quatro.

Paro e franzo a testa para ele.

— Sério?

— Sim. — Ele está puxando meu jeans apertado pelas coxas, e me esforço para voltar ao teclado e digitar o código, antes que encerre a janela de trinta segundos. Aperto os números e volto para ele.

— Levante os pés e tire a calça. — Leo está de cócoras aos meus pés, e me apoio nos seus ombros, apertando sua camiseta macia em meus dedos, enquanto ele arranca meu jeans.

— Tire a camiseta — murmuro, e ele atende, assaltando minha boca com beijos intensos e exigentes.

Ele me arrasta pelas escadas, enquanto continuamos a arrancar nossas roupas, avançando em direção ao quarto.

— Não posso esperar. — Ele me senta sobre os degraus, e se inclina, enterrando o rosto na minha boceta ainda coberta.

— Puta merda! — Estou sentada e inclinada em um ângulo de noventa graus, assistindo Leo puxar a renda da minha calcinha para o lado com o dedo indicador e pousar seus lábios nas minhas dobras e até meu clitóris. — Porra! — sussurro.

— Deite-se! — ordena, sua voz forte não deixando espaço para discussão.

Adoro quando ele fica exigente.

Ele rasga a minha calcinha em dois pedaços e a joga por cima do ombro.

— Você continua destruindo minhas calcinhas em perfeito estado — reclamo, e o sinto sorrir contra a minha boceta.

— Vou comprar mais.

— Não precisa. Eu gosto. — Ouço-o rir e, em seguida, sua língua está dentro de mim, e meu quadril se ergue do degrau, me empurrando com mais força contra sua boca. Ele agarra minha bunda e me mantém firmemente contra ele.

— Porra, você é bom nisso. — E eu me lembro: sou uma das poucas que sabe disso.

Ele afunda um dedo dentro de mim, e aperto em torno dele, meus músculos prontos para apertar seu pênis grosso.

Preciso dele dentro de mim.

— Leo — suspiro.

— Sim, querida.

Olho para baixo, encontrando-o me observando, vendo meus mamilos enrugarem, excitados, minha respiração rápida, meus dentes mordendo repetidamente os lábios, enquanto ele me fode duro com o dedo e chupa meu clitóris.

— Porra, preciso de você.

— Você me tem, Sam. — Seus olhos estão perversos, quando ele afunda um segundo dedo dentro de mim, me fodendo com força, enquanto continua chupando meu clitóris.

Explodo, gritando seu nome e me esfregando contra seu rosto, segurando seu cabelo entre meus dedos. Ouço-o sorrir, quando ele sobe em cima de mim e puxa meus mamilos em sua boca, chupando com força e passando a língua sobre eles, um de cada vez, o que provoca novas contrações em torno dos seus dedos.

— Tão sensível — ele murmura contra a minha boca. Posso me sentir nele, e, como se fosse possível, isso me deixa ainda mais excitada.

— Acho que preciso de você na minha cama.

Antes que eu possa protestar, ou mesmo responder, ele me levanta e me leva rapidamente para o quarto, me deitando de bruços sobre a cama. Quando acho que ele vai me pegar com força e rápido, ele começa a me beijar, me mordendo de leve, da bunda até a coluna, e no pescoço.

Ele fica entre as minhas coxas, e sinto seu pau duro descansando em minhas nádegas. Ele está curvado em cima de mim, acariciando e beijando minhas costas, sussurrando palavras que mal posso entender através da espessa névoa sexual na qual estou presa, e não posso deixar de levantar meu quadril em um convite.

— Em um minuto, Raio de sol — ele sussurra, e passeia sua mão grande nas minhas costas até a bunda. — Você é linda, Sam. Amo sua pele macia. Você não tem nenhuma cicatriz ou marca.

— Bem, só a tinta da sua caneta — recordo-o com um sorriso, e ele morde meu ombro, brincando.

— Você não reclamou — resmunga, e continua a me esfregar levemente, causando arrepios na minha pele.

— Foi sexy — sussurro.

— Você é sexy — ele replica em um sussurro, e beija meu ombro, onde acabou de morder.

— Amo sua voz rouca. — Ele beija minha espinha, entre as omoplatas. — Amo o seu cabelo loiro suave. — Beija meu outro ombro. — Adoro o barulho que você faz quando eu faço isso. — Morde minha orelha, e solto um gemido.

— Sexy pra caralho — ele murmura, e desliza pelo meu corpo, deixando beijos pelo caminho. Ele agarra meu quadril e levanta minha bunda. Finalmente!

Mas, em vez de me foder, ele enterra o rosto na minha boceta novamente e me dá um orgasmo enlouquecedor.

— Puta merda! — grito quando ele arrasta a língua nos meus *lábios*, do ânus até o clitóris. — Leo, por favor!

— Por favor, o quê? — pergunta, e o ouço rasgando a camisinha. *Obrigada, Deus!*

— Me foda!

— Ok — ele concorda, e empurra com força dentro de mim. Gemo de novo e empurro a bunda de volta para ele, mantendo seu ritmo. De repente, ele bate na minha nádega direita com a palma da mão, e eu estremeço. Ele bate na esquerda pouco tempo depois, e sinto que vou simplesmente morrer de prazer.

Ele continua a alternar levemente, me batendo tanto quanto me fode, e, quando ouço sua respiração ofegante e sei que ele está quase lá, alcanço por baixo das minhas pernas suas bolas e começo a acariciar.

— Porra! — ele grita, e aperta meu quadril, me puxando ritmicamente contra ele, enquanto sucumbe ao seu orgasmo.

Leo se retira de mim, e caio de bruços, minha bunda ainda no ar. Não posso me mover.

Mas não me importo.

— Bem, é um lindo espetáculo — Leo murmura com um sorriso, enquanto caminha pelo quarto para descartar o preservativo. Abro um olho e foco nele.

— Você me quebrou.

Ele ri, enquanto deita ao meu lado, me rolando de lado e para os seus braços.

— Não acho.

— Humm.

— Olhe para mim. — Abro os olhos para encontrá-lo franzindo a testa. — Você está bem?

Concordo com a cabeça e bocejo, me remexendo para ficar mais perto dele. Leo passa os dedos pelo meu rosto e sua expressão suaviza.

— Obrigada pela minha música — sussurro.

— Foi um prazer.

— Você vai gravá-la? — pergunto, olhando-o preguiçosamente.

— Sim, se você não se importar.

Dou de ombros.

— Não me importo. Mas você não costuma tocar muitas baladas.

— É uma balada com pegada, não uma fraquinha — ele resmunga de forma defensiva, e eu sorrio amplamente.

— Definitivamente alucinante — concordo.

— Vá dormir, querida. — Ele beija minha testa.

— Não estou cansada — murmuro, e começo a sorrir, quando sinto sua risada contra a minha bochecha.

— Claro que não está. — Ele beija minha testa de novo e suspira profundamente, contente, e o som dos seus batimentos cardíacos e o calor de seus braços em volta de mim me embalam no sono.

— Não, não, não!

Acordo de repente, os olhos arregalados, para encontrar Leo se debatendo em seu sono, encharcado de suor. As cobertas foram chutadas para o chão, junto com o travesseiro. Ele não está me tocando, e os sons que solta são torturados, tensos.

— Leo? — pergunto cuidadosamente, sem saber se devo tocá-lo, ou mesmo despertá-lo. Ele se agita novamente e faz uma careta, como se sentisse dor.

— Não, filho da puta! — Suas lágrimas começam a cair. *Que porra é essa?*

— Leo, acorde — falo com firmeza, e toco seu braço gentilmente. Ele recua do meu toque e seus olhos abrem, assustados. Ele senta, se movendo contra a cabeceira da cama, se afastando de mim, como se eu fosse machucá-lo.

— Ei, querido, sou eu — digo baixinho. — Você está bem.

Ele pisca para mim por um minuto, olha ao redor do quarto, e então exala profundamente.

— Porra — ele sussurra, e aperta os olhos fechados, antes de pressionar as palmas das mãos no rosto.

— Leo. — Tento chegar perto dele, mas ele recua novamente.

— Não me toque. — Sua voz é dura. Zangada.

Não é o Leo.

— Tudo bem. — Levanto as mãos e me afasto dele.

— Ok.

De repente, seus olhos se arregalam, e ele coloca as mãos sobre a boca, foge da cama para o banheiro e vomita violentamente.

Ah, meu Deus. Meu pobre Leo.

O que devo fazer? Fico parada por um minuto, e, quando parece que o vômito fica ainda pior, levanto e molho uma toalha, pressionando-a em seu pescoço, como ele fez comigo quando eu estava doente. Antes que eu possa puxar minha mão, ele a agarra e mantém firme, pressionando-a contra seu rosto.

— Não vá embora. Sinto muito.

— Não vou a lugar nenhum. — Fico de joelhos ao lado dele e acaricio seu cabelo, seu rosto, suas costas. — Estou aqui.

Seus olhos estão fechados apertados, e ele está se concentrando na respiração. Com o que quer que fosse que ele estava sonhando, ainda se repetia em sua mente e o aterrorizava.

— Já passou — murmuro, e beijo sua cabeça. — Você está a salvo, Leo. Foi apenas um sonho — continuo a tranquilizá-lo e a falar baixinho, confortando-o até que os tremores parem e ele está respirando normalmente. Ele se vira de repente e se agarra em mim, enterrando o rosto no meu pescoço, envolvendo os braços em volta da minha cintura. Apenas se agarra em mim.

Finalmente, depois de longos minutos, ele se afasta, e enxugo seu rosto com o pano, tentando acalmá-lo.

— Estou bem. — Ele pega o pano da minha mão e o esfrega em sua nuca, me olhando tenso. Seus olhos estão tristes, ainda um pouco assombrados.

— Quer falar sobre isso?

Ele balança a cabeça e se levanta, caminhando até a pia e enxaguando a boca, jogando água fria no rosto e, em seguida, aperta as mãos em cima do balcão e abaixa a cabeça, enquanto a água corre.

Me dou conta de que ainda estamos tão nus como no dia em que nascemos.

Vou para o seu lado e desligo a água, pegando sua mão para levá-lo de volta para a cama. Ele deita, e eu puxo as cobertas para cima, espalhando-as sobre nós, e lhe entrego o seu travesseiro.

— Não posso voltar a dormir — ele murmura.

— Os pesadelos não vão incomodá-lo mais — eu lhe digo com confiança, e me enrolo em torno dele, como se estivesse protegendo-o.

— Como você sabe?

— Porque eu estou aqui, e simplesmente sei que será assim. — Dou de ombros, como se isso resolvesse tudo, me encolhendo levemente quando ele passa a mão nas minhas costas.

— Você nunca se encolheu antes com o meu toque. — Ouço a tristeza em sua voz. Ergo-me em meus braços, para que possa olhar no seu rosto enquanto falo.

— Eu só não esperava que você tentasse me confortar agora, Leo. Estou confortando você, e, pela primeira vez na minha vida, isso não é uma coisa que me deixa apavorada pra caralho.

Seus olhos se arregalam e ele toca meu rosto com as pontas dos dedos.

— Gosto de ter suas mãos em mim. Por favor, não comece a pensar que tenho medo de você ou alguma merda assim, porque isso só vai me irritar.

— Então, isso é estar me consolando? — ele pergunta com um sorriso.

Suspiro e descanso a cabeça em seu peito.

— Babaca — murmuro.

— Obrigado — ele sussurra, e beija meus cabelos, as mãos deslizando pelas minhas costas.

— De nada. Você vai me contar? — pergunto baixinho, quando ele começa a relaxar encostado no meu rosto.

— Sim, mas não esta noite.

— Ok.

Leo

Sam está em cima de mim, me cobrindo, seus braços me segurando com força, como se quisesse me proteger de qualquer coisa que tentasse me machucar.

E não tenho dúvida de que ela faria isso. Ela é a mulher mais forte que já conheci.

Eu a acaricio, levando os dedos até os seus cabelos, e sorrio quando ela ronrona como um gatinho e se inclina para o meu toque.

Sim, ela está acostumada comigo a tocando.

O pesadelo ainda continua como um peso morto na boca do meu estômago, as imagens povoando minha mente. Não os tenho mais tão frequentemente como há cerca de dez anos, mas eles continuam a vir. Não sei o que os provoca. Não é possível que fazer amor com Sam, cantar para ela e observar seus olhos se iluminarem com alegria e emoção possa acionar aquela bagunça fodida que mora no meu subconsciente.

Preciso falar com ela, contar o que aconteceu quando eu era muito jovem para me proteger. Ela merece saber. Mas vou ser um baita sortudo se ela ainda quiser que eu a toque. Ver a pena em seus olhos, ou pior ainda, a repulsa, iria me destruir.

Simplesmente não estou pronto ainda.

— Leo — ela murmura, me surpreendendo. Eu jurava que ela estava dormindo ainda.

— Sim, Raio de sol? — sussurro, e gentilmente acaricio seu rosto macio. Droga, ela é toda macia. Ela é suave em todos os lugares, e não consigo parar de tocá-la.

— Durma.

Ela é tão teimosa.

— Durma você — murmuro, e beijo sua cabeça.

— Só se você dormir também. — Sim, teimosa pra caralho.

— Ok, eu vou dormir.

— Mentiroso. — Ela se senta e dá um sorriso doce. — Está quase amanhecendo, de qualquer maneira. Nós poderíamos sair para dar uma corrida.

Eu a puxo de volta para mim e nos rolo na cama, para que ela fique escondida embaixo de mim, apertando minha pélvis na dela. Suas mãos imediatamente encontram minha bunda.

Apoio os cotovelos ao lado da sua cabeça e enterro minhas mãos em seu cabelo, acariciando seu nariz com o meu, e depois afundo nela em um longo e lento beijo. Ela me faz esquecer meu passado de merda, e é a primeira pessoa que fica do lado que me faz sentir tão vivo como me sinto quando estou cantando.

Nunca vou deixá-la ir.

Meu pau está dolorosamente duro de novo e esfregando contra a umidade da sua vagina. Cada vez que bato a ponta no seu clitóris, ela geme e morde o lábio. Me afasto para pegar um preservativo, mas ela me para, entrelaça os dedos nos meus e leva nossas mãos unidas até seu rosto, esfregando a palma da minha mão nele.

— Não precisamos de preservativo — ela sussurra, seus lindos olhos azuis me observando com atenção.

— Sam. — Beijo-a com ternura. — Não me importo de usar preservativos.

Ela balança a cabeça e segura meu rosto com a mão livre.

— Nós não precisamos deles — repete. — Eu uso DIU.

— Mas... — começo, mas ela me interrompe novamente, me beijando com aqueles lábios carnudos, puxando o piercing do meu lábio.

— Confio em você — ela declara com firmeza, os olhos felizes ainda em mim, e sei que essa afirmação é, possivelmente, a mais profunda que Samantha Williams poderia ter feito para mim.

— Confio em você, também. — Meus lábios encontram os dela novamente, varrendo-os, provocando sua língua doce com a minha. Puxo meu quadril para trás para afundar lentamente em seu calor úmido apertado.

Ela suspira e sorri.

— Muito melhor assim.

— Jesus Cristo, Samantha, nunca fiz isso sem usar proteção — admito, e a olho de perto.

— Eu também não. — Ela sorri. — Acho que prefiro assim.

Qualquer movimento, eu sinto intensamente. É simples assim. Porra, é incrível, seus músculos tensos agarrando meu pau nu, com as pernas envolvendo meu quadril, me embalando. Nunca me senti tão completo.

Tão inteiro.

— Você tem que se mover — murmura.

— Não quero. — Balanço minha cabeça e descanso a testa na dela.

— Por quê?

— Não quero que acabe.

— Leo. — Ela mexe os quadris, me forçando a me mover dentro dela. Tira meu fôlego. — Esta é apenas a primeira vez.

A primeira de muitas.

Meu quadril começa a se mover, empurrando suavemente no início e, em seguida, ganhando força, empurrando mais duro, mais rápido. Sinto a pressão se acumular na minha espinha, quando as primeiras pequenas contrações apertam meu pau.

— Porra, você me enlouquece. — Coloco a mão entre nós dois, acariciando seu clitóris com o polegar, e a levo ao limite.

Ela resiste e geme, sua boceta me apertando ainda mais quando ela vem. Minhas bolas apertam e levantam, e o mundo para de girar quando gozo dentro dela, verdadeiramente dentro dela, pela primeira vez.

É o momento mais incrível da minha vida.

— Impressionante — murmuro, e beijo-a suavemente.

— Você também não é tão ruim assim.

Capítulo Catorze

Samantha

— Meu nome começa com 'c', e termina com 'o'. Sou peludo e redondo e mole por dentro. O que eu sou? — Jules se dobra de tanto rir, o cartão com a pergunta firme na mão dela.

— Preciso de outra cerveja — Caleb murmura, e vai em direção à cozinha de Luke e Nat para outra rodada.

— Um chocolate? — Brynna pergunta, o rosto franzido em concentração. — Ah, não termina em "e", né?

— Que tipo de chocolate você anda comendo? — Leo pergunta, com uma risada.

— Eca... Bem, não importa.

— Isso é engraçado pra caralho. — Jules ri.

Mas que porra poderia ser? Fico olhando para Jules, como se ela pudesse me enviar a resposta por osmose. Estamos jogando Dirty Minds esta noite no jogo da família. Todos os nossos irmãos e suas caras-metades estão aqui, e transformamos isso em um jogo de quem bebe mais, é claro.

— Eu sei o que é. — Will sorri para Meg, e passa a mão pelas sua bunda. — Apesar de não ser peludo.

— Ecaaa... Pare com isso — eu o repreendo, e sorrio quando ele ri em voz alta.

— Cara, sério? — Leo faz uma careta.

— O que foi? — Will pergunta inocentemente.

— Pelo amor de tudo que é sagrado, Nat, pare de confraternizar com o inimigo! — Jules repreende. Luke está dando um beijo cinematográfico em Nat, como de costume.

— Sou casada com ele, Jules. Ele está longe de ser o inimigo.

— Hoje à noite, ele é. Garotas contra caras. Traga sua bunda sexy aqui para o meu lado.

— Você vai me beijar? — Nat pergunta, com uma sobrancelha erguida.

— Depois de mais uma bebida, sim.

— Definitivamente vá até ela — Nate encoraja, e recebe uma carranca de todos os rapazes, exceto Leo, que continua a rir ao meu lado.

— Porra, elas são nossas irmãs, cara — Matt o lembra com uma careta no rosto bonito, seus olhos azuis brilhando com humor.

— Eles não são minhas irmãs — responde Nate.

— É um coco, suas mentes poluídas! — Jules grita e entrega as cartas para mim. — Você é a próxima.

— Ok. — Puxo um cartão do monte. Este jogo é hilário demais. — Entro rosa e duro, e saio mole e pegajosa. O que eu sou?

— Isso é nojento. — Stacy ri e toma um gole de sua margarita.

— Não foi o que você disse na noite passada. — Isaac se inclina e cheira seu pescoço, fazendo-a se contorcer e rir.

— Vocês só pensam em sexo — anuncio para a sala em geral.

— Nem todos nós. — Brynna faz um beicinho, morde o lábio inferior e faz uma careta para Caleb.

— Não comece — ele a adverte.

Minhas sobrancelhas se erguem.

— Que porra é essa?

— Caleb está ficando com Brynna e as garotas por um tempo — Luke me informa. — Por uma questão de segurança.

Franzo a testa para aquele casal improvável: Brynna, com seus longos cabelos escuros e corpo cheio de curvas generosas — Meu Deus, eu gostaria de ter os peitos dela —, e Caleb, o grande e musculoso SEAL da Marinha.

— Está acontecendo alguma coisa ali? — pergunto a Luke, baixinho.

— Não tenho ideia. — Ele encolhe os ombros. — Mas eles continuam olhando um para o outro. E não é da minha conta.

— O que é, Sam? — Nat pergunta com um sorriso.

— É chiclete.

— Ah! Aqui vai mais um! — Will exclama, depois que pega o monte de mim. — Você enfia o eixo dentro de mim, você me amarra e eu fico molhada.

— Gosto dessa coisa de amarrar, sabem — recordo aos caras, fazendo todo mundo na sala rir, inclusive o tranquilo Matt, que engasga com a cerveja e sorri para mim.

— Sério? — Leo olha para mim com interesse renovado, e sinto meu rosto corar.

— Claro. — Dou de ombros.

Leo envolve o braço em volta do meu corpo, me puxando contra ele e beijando minha testa, e eu enrijeço imediatamente.

Eu nunca, nunca fiz demonstrações amorosas na frente da minha família antes.

— Não sou uma pessoa sensível e sentimental, lembra? — sussurro para ele. Ele se inclina e coloca os lábios no meu ouvido.

— Supere isso, Raio de sol. Você é minha, e eu sou seu, e vou tocar você. — Ele me beija levemente de novo e se endireita, seu rosto completamente neutro. Sinto como se tivesse sido atropelada por um caminhão.

Luke está nos observando com atenção, enquanto passa os dedos no braço de Natalie. O resto da sala, incluindo Mark e Meg, estão indiferentes. Dou a Luke um encolher de ombros e um leve sorriso, e foco no jogo novamente.

— É uma barraca, galera! — Will ri e passa a caixa para a frente.

— Não fico molhada por causa de um eixo há muito tempo — Brynna anuncia, e cuspo minha margarita.

— Quantas bebidas você já tomou? — pergunto.

— Muitas — Caleb responde. — Nos deem licença, precisamos conversar. — Ele aperta o braço de Brynna e a leva para o escritório de Luke. Ouvimos a porta bater.

Olho para as garotas, Jules, Nat, Meg e Stacy, e todas irrompemos em gargalhadas.

— Sem orgasmos na conversa hoje à noite — Matt anuncia em advertência.

— Quem falou sobre orgasmos? — Mark pergunta com interesse. Meu irmão caçula é adorável, e cresceu. Ele se parece muito com Luke e nosso pai: alto, honrado e forte.

E ele é um galinha.

— As garotas têm o hábito de falar sobre orgasmos quando o álcool está envolvido — Nate o informa, e balança a cabeça.

— Mais bebidas, senhoras? — Mark pergunta com seu charmoso sorriso molha-calcinha.

— Mais bebidas! — Stacy concorda.

— Os orgasmos são uma coisa perfeitamente tranquila para falar. — Jules toma um longo gole de sua bebida e oferece a Nate um sorriso bobo.

— E são melhores ainda quando são *apagasmos.*

— Julianne! — Nate rosna.

— O quê? Meg chamou assim primeiro. — Ela aponta para Meg, que arregala os olhos inocentemente.

— Eu? — ela pergunta.

— Sim, lembra-se? Na van.

— Eu estava completamente bêbada na van, Jules. — Meg ri. — Mas *apagasmos* parece ser muito bom.

— Que porra você disse a elas? — Nate pergunta a Jules, em estado de choque, e ela aperta os lábios fechados e parece quase envergonhada por um minuto, mas, em seguida, envolve os braços em volta do seu pescoço e o beija forte na boca.

— Se você tem uma coisa, então deve ostentar.

— Ah, querida, mas *você* não tem — ele lembra a ela, que levanta a mão esquerda e mexe o dedo para ele.

— Sim, eu tenho.

— Estou surpresa que você não tenha um — me dirijo a Leo, para encontrar seus olhos arregalados de surpresa e sua boca escancarada. — Você teria interesse em fazer um piercing em outro lugar?

— Não vou furar meu pau! — ele rosna para mim, como se eu tivesse lhe pedido para cortá-lo fora.

Bufo. Sim, bufo. Ele é adorável.

— Ah, não seja covarde, eu ouvi coisas muito, muito boas sobre os piercings lá. E por falar nisso... — Gesticulo para Meg com um largo sorriso. — Até a sua irmã tem o clitóris perfurado.

— Que porra é essa? — Leo exclama, olhando carrancudo entre mim e Meg. — Eu te criei melhor do que isso!

— Mandou bem! — Mark bate na mão aberta de Meg no ar.

— Podemos vê-lo? — Nate pergunta, e levanta as sobrancelhas, ganhando um soco no braço de Will.

— É muito bonito. — Jules sorri docemente, e Natalie acena em concordância.

— Vocês viram? — pergunta Stacy.

— Sim, nós fomos quando ela fez.

— Quero ver também! — Stacy salta em seu assento, sua margarita firmemente em suas mãos.

— O que você quer ver? — Brynna pergunta, quando ela e Caleb voltam para a sala, mais calmos do que quando saíram, mas o rosto bonito de Brynna está ruborizado.

Interessante.

Meg encolhe os ombros e sobe no colo de Will. Ele envolve seus grandes braços ao redor dela e a beija na cabeça.

— Eu queria ter um piercing — ela informa a Leo, e pisca para mim.

— Orelha, nariz, umbigo, sobrancelha. — Leo aponta a cada sugestão. — Esses são os piercings aceitáveis.

— Mas não era o que eu queria.

— Jesus. — Ele leva a mão tatuada ao rosto e ri. — Eu nunca, *nunca* precisaria saber de coisas assim sobre você.

— Ei — interrompe Will. — Não reclame até experimentar.

— Então, de volta ao orgasmo — Stacy começa, e Caleb salta, agitando os braços.

— Não! Não, não, não! Sem conversa sobre orgasmos hoje à noite.

— Eu poderia falar sobre orgasmos — Mark oferece.

— Não! Estou falando sério. — Caleb olha para todos nós, e decido ajudá-lo a sair do seu desespero.

— Ok, pessoal... vamos discutir sobre orgasmos durante a noite das garotas.

— É um bom plano — Leo sussurra baixinho. — Não preciso ouvir a minha irmã falar sobre isso, e — sua voz cai ainda mais —, cada vez que faço você gozar, é apenas entre nós dois. Mais ninguém.

Bem, agora eu ficaria feliz em discutir orgasmos. Minha calcinha roxa está encharcada.

— Como estão as coisas em casa? — Matt pergunta a Caleb e Brynna.

— Tudo bem. — Caleb encolhe os ombros.

— Ele é bom com as meninas — Brynna comenta, seus olhos castanhos suaves.

Meu bom Deus, ela está apaixonada por ele! Que porra está acontecendo naquela casa?

Nós todos trocamos olhares, mas ninguém levanta o assunto.

O rosto de Caleb suaviza em um sorriso, e ele descansa a grande mão no joelho de Brynna.

— É fácil ser bom com elas.

— Não vamos falar em crianças — Stacy os repreende. — Nós combinamos. Estamos fingindo que somos jovens, sem responsabilidades.

— Eu sou jovem, sem responsabilidades — Mark lembra a todos com um sorriso satisfeito. — Recomendo.

— Certo, porque você odeia crianças. — Sorrio. — Você não consegue ficar longe da Livie.

— Eu a amo. E então ela vai para casa, e eu vou encontrar um corpo quente para passar a noite. — Ele pisca, e eu faço uma careta para ele.

— Nojento.

— Não tenho certeza se Sam quer ter filhos tão cedo — Meg anuncia com uma risada.

— Por que não? — Luke pergunta.

— Bem, havia uma fralda... — Leo a agarra, cobrindo sua boca com a mão, abafando o resto das palavras e fazendo-as soarem distorcidas.

— Eu definitivamente não estou pronta — digo a ele rapidamente.

— Não sou muito maternal, sabe. — Dou de ombros e olho para Nat, vendo-a rindo tanto que teve que segurar a barriga.

— Será que Liv explodiu a fralda, enquanto você cuidava dela? — pergunta, enxugando as lágrimas dos seus olhos.

— O que diabos vocês dão para ela comer? — Leo pergunta.

— Parem de falar sobre crianças! — Jules interrompe. — E, definitivamente, parem de falar de cocô.

— Ela disse cocô. — Will começa a rir.

— O que você tem, doze anos? — Matt pergunta a ele.

— Como se você também não tivesse achado engraçado.

— Merda, agora eu quero chocolate. — Brynna morde o lábio.

— Você tem chocolate? — Jules pergunta a Natalie.

— Eu moro aqui, garotas, e estou grávida. Claro que tem chocolate! Me sigam! — Nat levanta, e todas ansiosamente a seguimos, levando nossas bebidas conosco até a cozinha.

Natalie desaparece em uma despensa e, em seguida, abre a geladeira e começa a empilhar guloseimas na bancada.

— Temos sorvete de chocolate, chocolate em barra, brownies e chantilly.

— Estou tão apaixonada por você agora que quero deitar você nesta bancada e comer essa merda inteira no seu corpo — Jules diz a Nat, abraçando-a apertado, depois pega várias tigelas, colocando-as em cima do balcão.

— Não se importem conosco, vamos só observar — Nate grita da sala de estar.

— Ah, meu Deus, é tão bom — Brynna geme quando mastiga um pedaço de brownie. Eu amo o corpo da Brynna. Como Nat, ela é cheia de curvas; até mais.

— Eu gostaria de ter seus seios — digo a ela, não sendo capaz de manter a inveja fora da minha voz.

Ela sorri.

— Certo.

— Cara, eu quero, juro! — Tomo um gole de bebida, já com meu cérebro nebuloso, e caminho até ela, tocando em seu seio tamanho 42 perfeito na minha mão.

— Está vendo? Você tem os seios perfeitos. Stacy, você já sentiu seus peitos?

— Ah, sim. — Stacy acena para mim. — Ela tem belos seios.

— Eu quero sentir! — Jules salta entre nós duas.

— Me dê mais chocolate e você pode tocar o que quiser. — Brynna dá uma risada. — Não tenho nada como esse tipo de toque há meses. — Ela olha para Caleb, que solta um palavrão bem alto.

— Seus seios são lindos desse jeito, Raio de sol — Leo me fala da sala de estar, e eu lhe jogo um beijo.

— Estou feliz que você aprove, homem sexy.

Continuamos a nos matar com aquelas porcarias calóricas, enquanto os rapazes estão rindo e discutindo sobre futebol, carros e outras coisas que eu francamente não dou a mínima.

— Então, como é o sexo? — Jules me pergunta, dando uma olhada na direção da sala.

— Não quero saber. — Meg franze a testa. — Espere. Sim, eu quero. Conte.

Eu quero contar. Realmente quero.

— E depois que nos contar sobre o sexo, nos diga como você está — Natalie acrescenta.

Todas elas estão olhando para mim com uma mistura de curiosidade, simpatia e orgulho puro.

Deus, eu amo essas garotas.

— O sexo é... incrível — admito, e mordo o lábio. — Estou bem. Nós ainda estamos descobrindo as coisas entre a gente.

— Parece o certo a fazer. — Nat acena com aprovação. — Ele é sexy, com certeza.

— Nossa, ele é sexo puro — Stacy concorda.

— Quero lamber suas estrelas — acrescenta Brynna, e todas nós rimos.

— Cara, eu faço isso o tempo todo. Elas são tão lambíveis.

— Eu te odeio. — Brynna ri. — Realmente odeio você.

— Sim, porque viver com um SEAL da Marinha sexy é muito difícil.

— O idiota não vai me tocar, não importa o quanto eu tente — ela sussurra. Os olhos de Jules se arregalam de surpresa.

— Ah, meu Deus. — Ela suspira.

— Falando sobre sexo puro... — Meg começa. — Olhe para eles. Droga, estamos na mesma sala com o que parece ser a lista da People dos homens mais sexy vivos.

— Preciso de um orgasmo. — Suspiro, na mesma hora que Leo olha na minha direção. Um sorriso presunçoso e lento se espalha pelo seu rosto bonito, como se pudesse ler a minha mente.

Provavelmente porque ele pode, o maldito.

— Não sei o que vocês estão tentando descobrir — Meg comenta, depois que ele joga um beijo para mim.

— Faz apenas algumas semanas — eu a lembro.

— É verdade. — Ela encolhe os ombros e enfia o chocolate na boca.

Minha canção favorita de Sara Bareilles, *King of Anything*, começa a tocar no sistema de som.

— Amo essa música.

— Eu também! — Jules brinda comigo, e todas nós começamos a cantar e dançar em torno da cozinha, usando garfos como microfones, rindo e cantando alto.

Quem se importa se você discorda?

Você não sou eu

Quem te fez rei de alguma coisa?

A canção termina, e nós batemos as mãos no alto e viramos ao som de aplausos vindos dos nossos homens rindo.

Não me lembro da última vez que me diverti tanto e me senti tão... completa.

Nós nos curvamos para os rapazes.

— Bis! — Mark grita. — Com menos roupas. Exceto você, Sam, mantenha essa merda.

— Somos um show de uma canção só, pessoal. Sinto muito.

— De qualquer maneira, acho que é hora de ir embora — Isaac fala, enquanto os caras caminham até a cozinha para se juntar a nós. Ele envolve os braços em volta de sua esposa e beija sua bochecha.

— É tarde — Nate murmura para Jules.

— Estraga-prazeres — Meg resmunga, mas ri quando Will planta a mãos em sua bunda e a levanta em toda a sua altura, para dar um beijo nela.

— Ok, eu poderia ir para casa.

Leo desliza por trás de mim e envolve seus braços em volta da minha cintura, me puxando com firmeza contra seu abdômen liso, e, depois de enrijecer por um momento, eu relaxo contra ele.

— Assim é melhor — ele sussurra no meu ouvido. — Estou pronto para ter você apenas para mim.

— Ok. — Sorrio para ele. — Vamos lá.

Will já saiu com Meg, e o restante de nós pega os casacos e nos despedimos.

Leo me acompanha até o carro, abrindo a porta para mim. Ele é uma estrela do rock cavalheiro, e amo isso nele.

Estamos a meio caminho de casa quando não aguento mais. Solto o meu cinto de segurança e ajoelho no banco, assustando-o.

— O que você está fazendo?

— Você pode puxar seu banco para trás um pouco mais e ainda dirigir confortavelmente?

Ele aperta um botão na lateral do assento, movendo-o para trás alguns centímetros. Solto seu cinto e abro sua calça jeans, puxando seu pênis semirrígido da cueca boxer, e inclino o meu rosto até ele, chupando com firmeza. Solto um gemido quando ele começa a endurecer mais na minha boca.

— Puta merda! — ele exclama, e enterra uma mão no meu cabelo. Não lhe dou a chance de se acostumar com a minha boca. Invado violentamente, da melhor maneira possível, sugando e passando os dentes suavemente ao longo da sua pele, lambendo e agarrando-o com meus lábios, esfregando a mão em todo o seu comprimento. — Sam, porra, que diabos.

Sustento minha bunda no ar, meus joelhos no assento, e sorrio com a boca em seu pênis, quando o sinto bater forte na minha bunda.

Chupo mais forte e sinto o aperto de tensão nas coxas, antes de ele gozar intensamente, esguichando na parte de trás da minha boca. Engulo rapidamente e continuo a acariciar seu pau com meus lábios até que ele relaxa no banco novamente.

Ele agarra o meu queixo entre o polegar e o indicador e levanta meu rosto até o dele, me beijando rápido e profundamente, e então sorri com luxúria nos seus olhos cinzentos.

— Não que eu esteja reclamando, porque foi fantástico pra caralho, mas o que foi isso?

— Amo o seu pênis. — Dou de ombros e sento no meu lugar. — Eu queria chupá-lo. Então o fiz.

— Não é possível discutir com isso. — Ele ri. — Mas você teve sorte que eu não saí da estrada.

— Você é um bom motorista. — Sorrio. — Não estava preocupada.

Ele entrelaça os dedos nos meus e esfrega o polegar sobre os nós dos dedos.

— Qual a cor da sua calcinha?

— Roxa.

— É a sua favorita? — pergunta casualmente.

— Sim, eu gosto dela.

— Então sugiro que a tire antes que eu coloque minhas mãos em você quando chegarmos em casa, a menos que você queira outra calcinha rasgada, Raio de sol, porque vou te pegar assim que pisarmos em casa.

— Bem, não se pode argumentar com isso.

Capítulo Quinze

Leo fecha a porta, pega a minha mão, e, antes que eu possa dar mais um passo dentro da sala, ele me gira, me encurralando contra a porta, sua boca na minha e as mãos arrancando as minhas roupas.

— Você não estava brincando.

— Claro que não — ele resmunga, e puxa minha camisa sobre a cabeça, abre e desliza meu sutiã e segura meus seios. — Seus seios são perfeitos, sabia?

— Eles não são muito grandes. — Franzo meu nariz para ele, e puxo sua camiseta sobre a cabeça.

— Eles são perfeitos para o seu pequeno corpo. — Meu corpo arqueia para trás, quando seus lábios reivindicam meu seio direito, e ele puxa minha calça para baixo.

— Não rasgue essa — murmuro, quando suas mãos fecham na minha calcinha. Ele rosna e a desce pelas minhas pernas, plantando as mãos na minha bunda e me levantando, envolvendo minhas pernas ao redor da sua cintura e me prendendo contra a porta.

— Você me deixa louco pra caralho — murmura contra os meus lábios. — Você é tão quente. — Ele desliza dentro de mim profundamente, e me mantém lá, entre seu corpo duro e a porta. — Eu queria tirar o carro da estrada e te foder bem ali.

— Da próxima vez. — Sorrio para ele e mordo seu lábio inferior, puxando o piercing, e suspiro quando ele empurra duro, em movimentos longos e suaves. Ele é tão forte, seus braços estão flexionados e me apoiando com firmeza.

Ele enterra o rosto no meu pescoço e me morde levemente, em seguida, acalma a pele com os lábios.

— Você é incrível. Porra, eu amo ficar dentro de você assim, sem nada entre a minha pele e a sua.

— Humm... — concordo, e enterro as mãos em seu cabelo macio, puxo sua cabeça para trás e o beijo duro, nossas línguas deslizando uma sobre a outra, narizes aninhados, até que sinto minhas pernas começarem a tremer. — Ah, Leo.

— É isso aí — ele sussurra, e aumenta a velocidade. — Goza.

— Merda, merda, merda — canto, e, de repente, o orgasmo me arrebata, apertando cada músculo do meu corpo. Me agarro a ele, montada em seu corpo, e, quando retorno, ele gira e me leva pela sala, cruzando o corredor até o quarto.

Sem sair de dentro de mim, ele me coloca na cama, apoiando as mãos sobre o colchão, ao lado dos meus ombros, e se move mais rápido, buscando seu próprio clímax.

Desço a mão entre nós dois e circulo meu clitóris com os dedos, estimulando meus músculos da vagina a apertarem ainda mais ao redor dele. Seus olhos estão presos nos meus dedos, no lugar onde nossos corpos estão unidos.

— Tão linda — ele sussurra. — Continue a se tocar.

— Você é mandão — murmuro com um sorriso. Seus olhos cinza quentes disparam até os meus, e ele sorri para mim possessivo, como um predador.

Ele se inclina para baixo, prendendo minha mão entre nós, e enterra as suas no meu cabelo, sorrindo contra os meus lábios.

— Você está reclamando?

— Não... — Mordo os lábios.

— Imaginei — ele sussurra, dá leves pinceladas nos meus lábios e desce mais para beijar meu queixo e orelha, mordendo a ponta. — Tão linda.

Com a pressão dos meus dedos contra o clitóris, o quadril de Leo se movendo rápido e seu pau duro movendo ritmicamente dentro de mim, eu sou um caso perdido. Meu corpo aperta, e não posso deixar de gemer quando o clímax me atravessa como um terremoto.

O corpo de Leo enrijece, e ele grita quando goza, seu quadril batendo em mim e suas mãos apertando o meu couro cabeludo. Ele estremece e exala fortemente, beijando meu rosto e depois meus lábios suavemente, suspirando profundamente enquanto seu olhar se fixa no meu.

— Viu o que você começou?

— Foi um prazer — respondo com uma risada. Ele sorri ainda mais.

— Vamos tomar um banho.

— Você vai me sujar de novo. — Faço um beicinho, provocando-o.

— Eu te limpo de novo. Vamos lá, Raio de sol, vamos ficar escorregadios.

— Você vai precisar de mais do que isso — Leo me diz da cama, com uma careta. Depois de mais uma rodada no chuveiro, finalmente estamos limpos e nos vestimos. Estou ocupada arrumando a minha mala para a viagem a L.A.

— Vou ficar lá só uma noite — eu o lembro.

— Não, nós vamos ficar por alguns dias. — Ele olha de volta para seu iPad, não vendo minha careta.

— *Nós* não estamos indo a lugar algum. — Coloco as mãos na cintura e olho para ele.

— Eu vou com você. — Ele ainda não levantou os olhos do iPad.

— Por quê?

— Apenas faz sentido. — Ele encolhe os ombros. — Minha casa está lá. Vamos ficar nela, e eu tenho reuniões que precisava ir de qualquer maneira, pois já estavam marcadas.

— Quando, exatamente, você estava pretendendo compartilhar esses planos comigo?

Não sei por que estou tão chateada, mas estou. Nós estamos juntos há apenas algumas semanas. Não é certo ele fazer arranjos para mim sem falar comigo. Não sou propriedade dele.

— Estou te dizendo agora.

— Olha só... — começo, mas ele coloca o iPad na cama, se levanta e segura meu rosto.

— Não quero ficar longe de você por alguns dias. Não estou pronto para isso. Quero ter você na minha cama. Quero vê-la em minha casa. Quero mostrar a minha praia. É só por alguns dias, e eu não disse nada antes porque sei como você é muito teimosa e sabia que ia dizer não.

— É apenas uma noite. — Franzo a testa para ele, parte de mim completamente tonta com a ideia de ele querer ficar comigo, mas com medo, porque nenhum de nós consegue suportar a ideia de ficarmos separados por apenas algumas horas.

Ele fecha os olhos por um breve segundo, balança a cabeça e aperta sua mandíbula quando olha para mim novamente. *Feri seus sentimentos.*

— Mas eu gostaria de conhecer a sua casa — falo, pensativa. — Você mora na praia?

Seu corpo relaxa, e seu rosto se acalma.

— Sim.

— Você já fez sexo na praia? — pergunto. Ele sorri, e seus polegares esfregam meu rosto suavemente.

— Não.

— Eu já. — Dou de ombros, e sorrio quando ele aperta os olhos na minha direção. — Vamos precisar de um cobertor, porque não quero areia nas minhas partes íntimas.

— Você está assumindo que vamos fazer sexo na minha praia?

— Tenho certeza. — Beijo-o rapidamente e saio dos seus braços, voltando a arrumar a mala. — Merda, eu preciso de mais coisas.

Enquanto ele ri, saio do meu quarto para escolher mais roupas no closet, para a nossa viagem à ensolarada Califórnia. Quando volto, ele está sentado na cama novamente, examinando seu iPad.

— O que você está fazendo?

— Lendo e-mails e marcando compromissos.

— Ninguém está trabalhando a essa hora da noite — eu o lembro.

— Não, mas, quando olharem as minhas mensagens amanhã, vão providenciar.

— Então, você apenas diz pula a todas essas pessoas, e elas apenas perguntam de qual altura? — pergunto com uma sobrancelha levantada, dobrando uma calça bege capri e a colocando na mala.

— Por aí. — Ele encolhe os ombros.

— Deve ser difícil — murmuro sarcasticamente.

— Eu pago o salário deles. Eles podem conseguir um tempo para se encontrar comigo.

Ele tem um ponto. Concordo com a cabeça e termino de arrumar a mala, quando um pensamento me ocorre.

— Puta merda, você vai entrar no avião amanhã comigo?

Ele dá uma risada sufocada, que, em seguida, se transforma em uma gargalhada completa.

— Não, querida. Vamos pegar um jato da Arista.

— O quê? — exclamo, chocada.

— Bem, um de seus jatos. — Ele franze a testa profundamente. — Se eu entrar em um avião com você, nós vamos ter uma confusão para lidar.

Concordo com a cabeça lentamente.

— Fãs.

— Sim.

Respiro fundo e olho em seus olhos.

— Odeio essa parte.

Ele franze a testa, e sinto necessidade de esclarecer.

— Estou tão orgulhosa de você. — Subo na cama e sento em seu quadril, envolvendo os braços ao redor do seu pescoço. — Amo sua música, e estou tão orgulhosa em saber que você faz o que ama.

— Mas? — ele me pergunta, suas grandes mãos afagando minhas costas.

— Mas — franzo a testa, tentando reunir meus pensamentos — essa parte da fama me deixa nervosa.

— Diabos, isso me deixa nervoso.

— Já passei por isso antes — eu lembro a ele. — Tenho um passado para provar.

— Olha, Sam, não espero que você faça parte desse lado de celebridade da minha vida. Isso é só um trabalho. Se eu trabalhasse em um escritório, não iria levá-la comigo. Se você quer que as coisas fiquem discretas entre nós, tudo bem, mas não vou mentir sobre nós dois. Você é minha. — Ele me beija e passa os dedos pela minha bochecha. — Mas também não precisamos fazer uma capa de revista.

— Ok.

— A realidade é que em algum momento nós vamos ser fotografados. A imprensa vai descobrir. Depois de um tempo, isso vai ser notícia velha.

Concordo com a cabeça, sabendo que ele está certo. Esta é a parte de merda. Mas, se eu não quiser lidar com seu status de celebridade, vou ter que optar por perdê-lo. Porque é quem ele é. Ele não pode mudar isso.

E não quero que ele mude.

— Ok — digo de novo, e sorrio para ele. — Tranquilo.

— Você não é uma boa mentirosa — ele murmura, seus olhos sérios. — Não é tão intenso quanto o que acontece com Luke. Seus fãs eram obsessivos. Os meus são apenas... persistentes.

Balanço a cabeça e sorrio.

— Ok.

— Você conhece outras palavras além de "ok"?

— Sim — respondo simplesmente.

— Pirralha. — Ele ri e me abraça. — Não se preocupe, querida. Nós vamos ficar bem.

Descanso a cabeça em seu peito, ouvindo seu batimento cardíaco estável.

Deus, ele me deixa nervosa.

— Que horas é a sua entrevista? — Leo pergunta. Ele está sentado ao meu lado na limusine, saindo do aeroporto.

Ainda estou me contorcendo no meu assento, molhada e inchada. Quem imaginaria que fazer sexo em um avião particular poderia ser tão divertido?

O sorriso de Leo é presunçoso.

— Você está bem?

— Sim. — Levanto o queixo e aliso a saia. — Hum, a entrevista é às duas da tarde.

— Que bom, temos tempo de ir à minha casa primeiro.

— Onde você mora? — pergunto, curiosa para conhecer o local que ele chama de casa, e nervosa como o inferno, e não por causa da entrevista.

Por que estou tão nervosa em ir para a casa de Leo?

— Malibu — ele responde, e beija meus dedos.

— Mas a minha entrevista é em Burbank.

— Não se preocupe, você vai estar lá na hora certa. — A limusine entra na rodovia, e Leo me puxa contra ele, envolvendo seu braço em volta do meu corpo, e meus olhos começam a fechar. Estou tão cansada. Não dormi bem na noite passada, com medo de dormir demais e não ouvir o alarme.

— Durma — ele sussurra para mim, e beija meu cabelo. — Te acordo quando chegarmos.

Tento dormir, mas simplesmente não consigo desligar o meu cérebro. Estou muito nervosa para conhecer a casa de Leo, com a entrevista de hoje e a possibilidade de ser vista com ele.

Sim, essa é a parte que me deixa mais nervosa. Já faz um tempo desde que vi a minha foto em uma revista, e prefiro não entrar nessa de novo. Para não falar que eu me transformo em uma cadela furiosa quando estou nervosa.

Isso não é bom.

— No que você está pensando? — ele pergunta baixinho. Meus olhos se erguem surpresos até os seus, e ele sorri suavemente. — Sei que não está dormindo.

— Apenas pensando na entrevista. — É uma meia-mentira.

— Você vai se sair muito bem. — Sua voz é tranquila.

— O que há de errado comigo? — pergunto com uma careta.

— Provavelmente você não quer viver aqui. — Ele encolhe os ombros.

— Não vou passar por essa discussão de novo. — Reviro os olhos e inclino a bochecha em seu peito novamente.

— Você vai se sair muito bem — repete. — Chegamos.

A limusine entra por um portão e atravessa um parque, antes de parar na frente de uma casa branca, grande e moderna. Há arbustos cobrindo a calçada e jardins de flores aqui e ali. — Você deve ter um jardineiro.

— Tenho. — Ele sorri e me oferece sua mão, me ajudando a sair do carro. O motorista tira a bagagem do porta-malas e coloca nos degraus da frente.

— Nós levamos a partir daqui, obrigado. — Leo acena para ele.

— Muito bem, senhor. — O motorista encosta os dedos na ponta do chapéu e vai embora.

— Bem-vinda. — Leo sorri e me beija suavemente, abrindo a porta e acenando para eu ir à frente.

Sinto que como se estivesse em uma realidade alternativa.

Estou completamente confusa.

Odeio isso.

— É... bonito — murmuro, meus olhos tentando alcançar tudo. É ultramoderno. Há um piano branco de cauda sobre um tapete de urso polar em um canto da sala; um sofá, também branco, de três lugares próximo a uma lareira a gás; almofadas vermelhas e pretas, espalhadas; e uma mesa.

Os pisos são de mármore frio.

A sala é aberta para a cozinha, e há uma copa pequena. Os armários são pretos, mas as bancadas são de mármore branco. Todos os aparelhos são de aço inox.

Há uma escada em espiral que leva ao segundo andar.

Meus olhos imediatamente encontram uma linda varanda ao lado da cozinha, com uma cozinha ao ar livre, lareira, e desce até uma piscina que parece infinita.

— Vamos colocar as malas no andar de cima — Leo murmura, e me leva pelas escadas.

O andar superior segue a mesma linha. Tudo é impecavelmente branco com uma arte estranha e moderna nas paredes. Passamos por portas que imagino ser seu escritório e quartos de hóspedes, e ele me leva a um quarto grande, que imagino ser o principal, escassamente mobiliado. A cama é do tamanho do Alabama, macia, e todos os lençóis são brancos. Há tapetes pretos cobrindo o chão de mármore.

— O banheiro é por ali. — Ele faz um gesto para a porta à esquerda. — Você pode pendurar suas coisas no armário, e a varanda fica ali.

A varanda é a melhor coisa que vi até agora. Caminho até ela, abrindo a porta de vidro, e saio para o espaço coberto. Tem duas cadeiras de balanço grandes, e a vista é de tirar o fôlego.

O oceano é azul brilhante, refletindo o sol. Há uma ligeira brisa.

Gostaria de passar cada minuto de cada dia aqui, se eu pudesse.

— Você não disse nada — Leo fala atrás de mim. Viro e me inclino contra a grade, observando-o. Seu cabelo se move com o vento. Suas mãos tatuadas estão enfiadas nos bolsos traseiros da calça, puxando a camiseta vermelha com força sobre seu peito duro. — O que você está pensando?

— Gostaria de passar todos os dias nesta varanda.

Ele ri e acena com a cabeça.

— Costumo fazer isso quando estou aqui.

— Quantas vezes você fica aqui?

Ele franze a testa.

— Não muito. Cerca de dois dias a cada dois ou três meses.

— Então, você passa apenas de uma a duas semanas aqui a cada ano? — pergunto, surpresa.

— Ultimamente, sim.

— Droga, não é de admirar que você precise de uma pausa. — Cruzo os braços sobre o peito. *Quando ele vai viajar de novo?*

Ele inclina a cabeça para o lado, me observando de perto.

— O que foi esse pensamento que você acabou de ter?

— Só pensando em sua agenda cheia.

— Essa é a segunda vez que você mente para mim hoje — ele murmura, os olhos intensos.

— Não é uma mentira.

Ele se move em direção a mim e acaricia meu lábio inferior com o polegar.

— Fale comigo.

— Você é um cara ocupado.

Seus olhos estreitam, me analisando, e então ele suspira.

— Tenho tentado desacelerar.

— Por enquanto. — Dou de ombros. — Você que decorou este lugar? — pergunto antes que ele possa se aprofundar mais no assunto.

— Não. — Ele ri. — Está basicamente do mesmo jeito de quando me mudei.

— Não é você — digo-lhe com sinceridade. — É frio e impessoal.

— O que eu sou? — ele pergunta, e se aproxima mais.

— Você não é este lugar moderno e superestéril.

— Talvez eu deva redecorá-lo? — ele pergunta com um sorriso.

— Talvez. — Dou de ombros.

Não gosto de ele morar aqui. Isso, na verdade, é o que resume tudo. Odeio isso, saber que ele é dono de uma casa em Los Angeles, e não em Seattle. Este não é o lugar onde ele pertence.

— Ok, seu cérebro está se movendo na velocidade da luz, e, por mais que eu gostaria de torturá-la até que você me fale o que está passando aí, preciso levá-la a Burbank. — Ele se inclina para me beijar suave e ternamente, e fico chocada ao sentir as lágrimas arderem em meus olhos.

— Nós vamos conversar mais tarde.

— Estou bem.

— Nós vamos conversar mais tarde.

— Obrigado por ter vindo de tão longe para esta entrevista, Srta. Williams. — Sr. Foss sorri e aperta minha mão. Ele já circulou comigo, me mostrando todas as salas, e me apresentou a algumas pessoas. Agora, estamos instalados em seu escritório, prontos para começar a falar do trabalho.

— Obrigada por me receber. — Sorrio alegremente.

— Seu currículo é certamente impressionante, e há mais três outras pessoas que irão se juntar a nós brevemente para prosseguir com a entrevista. Mas, antes de continuar, eu tenho algumas perguntas.

— Por favor.

— Liguei para o seu ex-empregador da Seattle Magazine.

Merda.

— Sim?

— Conheço Bob há algum tempo. Como você sabe, o mundo do jornalismo é muito pequeno. — Ele sorri amavelmente, mas sinto meu estômago apertar.

— Isso é verdade.

Vá direto ao ponto.

— Bob não foi muito educado com as palavras — ele começa, e sinto meu rosto ruborizar. *Aquele filho da puta!* — Mas eu sei, trabalhando nesse nosso negócio, que há sempre dois lados em uma história. — Ele levanta uma sobrancelha.

— Sr. Foss — começo, e limpo minha garganta. — Amo o que faço. Acho que você já percebeu, pelo meu currículo e outras referências, que sou extremamente dedicada e boa no meu trabalho. Mas sou extremamente leal à minha família, e espero que todo empregador que me contrate consiga respeitar isso.

Ele me olha por um momento e se inclina para trás na cadeira, seus dedos entrelaçados na barriga redonda. Finalmente, ele franze os lábios e acena.

— É justo.

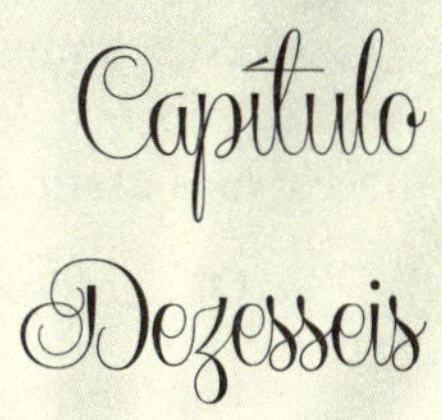

Capítulo Dezesseis

— Por que estou indo com você novamente? — pergunto a Leo, enquanto ele dirige pela autoestrada na manhã seguinte.

— Por que não?

— Eu poderia ter ficado na sua casa, enviando currículos até você voltar.

— Isso é chato. — Ele sorri para mim. — Além disso, pensei em levá-la para o cais de Santa Mônica, na volta.

— Passeios turísticos? — pergunto com um sorriso.

— Claro. — Ele encolhe os ombros. — Vou levá-la na roda gigante.

— Tenho medo de altura.

— Te mantenho segura. — Ele beija minha mão e entra em um estacionamento.

— Estamos no estúdio Arista. — Inclino a cabeça e olho para o edifício alto.

— Ah, que bom, porque era exatamente aí que eu queria ir. — Ele ri de mim, quando sai do carro.

— Você é muito espertinho. — Bato em seu braço, em seguida, dou uma risada, e ele me mergulha em seus braços, me beijando profundamente.

— Desculpe — sussurra, seus olhos felizes.

— Está desculpado — sussurro de volta.

— Você é muito fácil. — Ele ri e me abraça, enquanto entramos no prédio, e ele me leva até os elevadores.

— O que estamos fazendo aqui?

— Os outros caras já chegaram.

— Nash está aqui? Por quê?

— Nós temos que dar uma entrevista e tirar algumas fotos para a People, sobre o lançamento do próximo álbum. Só vai sair em alguns meses, mas assim não precisamos fazer depois.

— Ok, então, novamente, por que estou aqui?

— Pensei que seria divertido. — Ele franze a testa para mim. — Você está realmente incomodada com isso?

— Não sei.

— Não vai demorar muito. — Ele beija minha testa, enquanto as portas se abrem para um lobby de um estúdio de fotografia, que já está arrumado com luzes e um fundo branco.

— Oi, cara. — Um cara mais baixo, mas com um cabelo moicano alto, aperta Leo em um abraço. — Como você está?

— Bem. Ei, esta é a Sam. — Leo se vira para mim com um sorriso. — Sam, esse é DJ, nosso baixista. Você já conheceu Eric e Jake. E aquele ali é Gary.

Todo mundo sorri e acena.

— É bom te ver de novo. — Eric sorri, sua voz amigável e sem o flerte anterior.

— Você estava me testando quando te conheci em Seattle? — pergunto, e coloco as mãos na cintura.

— Você passou. — Ele encolhe os ombros e sorri largamente. Jesus, não é de admirar que as mulheres joguem suas calcinhas para ele.

— Você é muito bonito para seu próprio bem. — Dou-lhe um olhar irônico. — Não flerte comigo, ou vou ter que te machucar.

— Eu gosto dela — Gary fala de onde está sentado em uma poltrona, com uma pessoa o maquiando.

— Puxa, você está lindo — Leo zomba dele.

— Cale a boca.

— Sr. Nash, se você puder sentar aqui, vamos prepará-lo. Todo mundo já está pronto.

— Você não vai me tocar com essa maquiagem — Leo rosna, e cubro minha boca com a mão antes que comece a rir em voz alta.

— Mas as luzes... — o maquiador começa a falar com aquele jeito completamente gay de ser, mas para, quando Leo levanta a mão para ele.

— Para isso inventaram o Photoshop.

— Você é um idiota. — Jake sorri e mexe no seu celular.

— Mas estou sem maquiagem — Leo rebate. — Onde está Lori? — pergunta a Gary.

— Estou aqui! — Todos nos viramos quando uma morena alta muito grávida desliza pela sala.

Meu Deus, ela é linda.

— Oi, linda. — Leo sorri e abraça Lori gentilmente, colocando a mão em sua barriga e beijando sua bochecha.

Eu poderia ter que matá-la.

— Como está se sentindo?

— Gorda, cansada e grávida. — Ela ri. — Mas Gary está tomando conta de mim.

— Tire suas mãos da minha esposa, seu idiota! — Gary grita, os olhos fechados. Este deve ser seu comportamento habitual.

— Quero que você conheça alguém. — Leo se afasta e acena em minha direção. — Esta é Sam.

A boca de Lori abre em surpresa, e seus olhos se arregalam ao olhar para Leo.

— Você está me apresentando a uma mulher?

— Cala a boca — ele resmunga, e ri.

— Puta merda. Oi. — Ela se move o mais rápido que pode na minha direção, e, em vez de apertar a minha mão, ela me puxa para um abraço apertado. — É muito bom conhecer você.

— Oi. — Sorrio e saio do seu abraço. — Não te conheço de algum lugar?

— Ah. — Ela acena despreocupadamente e esfrega a barriga. — Eu costumava fazer alguns trabalhos como modelo, mas hoje em dia sou dona de casa.

E então me toco.

— Você é Lori Fitzgerald!

— Sim. — Ela sorri timidamente.

— Alguns trabalhos como modelo, hein? — pergunto, sarcasticamente. — É como dizer que eu dou algumas respirações.

Lori ri.

— Bem, acho que é verdade.

— Ei, pessoal. — Outra mulher entra na sala, consultando um iPad que ela segura firmemente, sem olhar para cima. Ela está claramente acostumada a ficar perto de pessoas famosas.

Graças a Deus.

— Estou feliz por você ter conseguido chegar. — Ela fecha a cara para Leo, mas ele apenas a olha firme.

Leo Nash não vai se desculpar pelo atraso.

Um fotógrafo se junta a ela e começa a tirar fotos dos caras, enquanto estão se preparando para as filmagens e conversando entre eles, e depois de mim em pé, ao lado de Leo e Lori.

— Por que este homem está tirando uma foto minha? — pergunto, minha voz completamente em modo cadela.

— Ele está tirando algumas fotos dos bastidores para a reportagem — a mulher me responde. — Eu sou Melissa, relações públicas da Nash.

Ela me olha nos olhos por um momento, e então seus olhos azuis se arregalam.

— Ah, meu Deus, você é irmã do Luke Williams!

E assim, minhas paredes se erguem e mantenho meu rosto inexpressivo, me afastando de Leo e cerrando os punhos. *Irmã de Luke Williams.* Não tenho um nome próprio.

— Não dei permissão para ninguém tirar foto minha.

Melissa olha para Leo, buscando orientação, mas ele apenas dá de ombros.

— Ela está certa. É direito dela.

— Vocês dois estão juntos?

— Não!

— Sim — respondemos ao mesmo momento. Leo faz uma careta para mim. — Estamos.

— Puta merda, isso é um grande furo! — Melissa fala, e cerro os dentes.

— Não vou responder a perguntas. Não quero a minha foto nessa reportagem. Nem uma maldita palavra, você me entendeu?

Ela se aproxima e faz uma parada abrupta, franzindo a testa.

— Você namorou Scott Parker, não foi?

— Namorou? — Lori pergunta, sua voz impressionada.

— Sem comentários — respondo, e desejo, com todas as minhas forças, que eu não estivesse aqui. O que eu estava pensando ao acompanhá-lo para fazer uma entrevista em L.A.? Não posso me mudar para cá.

— Ei. — Leo me vira e me abraça, mas fico dura como uma tábua. — Sam, pare com isso.

— Faça a sua entrevista, tire suas fotos e me tire daqui. — Olho-o por um momento e depois amoleço. Ele não fez de propósito. Ele só me queria com ele.

Respiro fundo, de costas para o resto da sala, de frente para Leo. Ele está franzindo a testa, mas seus olhos estão cheios de preocupação, não raiva. Balanço a cabeça e seguro suas mãos firmemente nas minhas.

— Sinto muito — sussurro. — Só não quero a minha imagem na reportagem.

— Certo — ele responde, e beija minha testa. — Sua foto não irá aparecer na reportagem.

Melissa cerra os dentes.

— Mas ela é um grande furo, Leo.

— Não dou a mínima. A menos que queira perder o emprego, você vai deixá-la de fora.

— Ou a gente sai — Eric concorda quietamente. Pela primeira vez, desde que Melissa entrou na sala, olho para os outros caras. Estão todos olhando para ela.

— Você não é da TMZ — Lori a lembra.

— Tudo bem. — Melissa se endireita, lançando punhais pelos olhos em minha direção. — Vamos em frente. — Ela vira as costas e sai pisando duro pelo estúdio.

— Ela é uma cadela — Lori sussurra, e pisca para mim.

— Não sou fã da imprensa.

— No entanto, você trabalha na indústria. — Leo balança a cabeça e ri de mim.

— Sou editora de revistas de estilo de vida, não de fofocas — esclareço.

— Então, você namorou Scott? — Lori pergunta, chamando a minha atenção novamente.

— Brevemente, muito tempo atrás — murmuro, para que Melissa e o entrevistador não ouçam o que estamos falando.

— Ele é sexy.

— Ele é um idiota. — Sorrio docemente. — Não importa o quão maravilhoso e doce que ele queira que todos pensem que ele é.

— Eu sabia! — Lori ri. — Ninguém é tão perfeito.

— Você não tem ideia.

Leo está nos observando em silêncio, seus olhos travados nos meus.

Dou de ombros.

— Vamos lá, pessoal! — Melissa chama. — Vamos terminar isso em trinta minutos.

— Famosas últimas palavras — Lori murmura, e se senta em uma cadeira, enquanto os caras vão até o estúdio para tirar as fotos e responder a perguntas. — Sente-se comigo.

— Tudo bem. — Me junto a ela, e observo os flashes disparando na outra sala.

— Quanto tempo? — ela pergunta, seus olhos também no estúdio.

— Há algumas semanas.

Ela acena com a cabeça.

— Esses caras não são fáceis. Insanamente sexy, mas não são fáceis.

— Que cara é fácil? — questiono com uma risada.

— Verdade — ela concorda.

— Vocês dois tiveram problemas por causa disso? — pergunto calmamente. Ela olha para mim e de volta para os rapazes.

— Não. Ele sempre foi apenas Gary para mim. E éramos amigos. — Ela fica séria novamente. — Mas é diferente com ele, sabe.

— Sim, eu sei.

— Bem, então. — Ela exala e sorri para mim enquanto esfrega sua barriga. — Bem-vinda ao clã.

— Quando voltaremos para Seattle? — pergunto a Leo, quando estamos voltando de carro.

— Quinta de manhã, por quê?

— Você está com vontade de ir ao cais? — Mudo de posição no assento para ver seu rosto. Adoro observá-lo. Ele olha para mim, e depois de volta para a estrada.

— Você tem alguma outra coisa em mente?

— Adoraria passar um tempo na praia, mas prefiro algo mais privado. — Sorrio para ele e passo os dedos por sua coxa.

— Humm, privado, né? — Ele sorri e coloca seus óculos escuros. — Conheço um lugar.

— Ótimo.

Ele dirige o carro pela estrada, e, menos de vinte minutos depois, estamos em sua garagem.

— Bem, isso é privado — murmuro, e sorrio, enquanto ele me ajuda a sair do carro.

— Tenho uma praia privada aqui.

— Você realmente possui um pedaço da praia? — pergunto, animada para chegar até a água.

— Sim, eu poderia ter comprado um pequeno país do terceiro mundo com o que me custou, mas é muito grande.

Começo a andar pela lateral da casa, mas ele me para.

— Vamos entrar em casa, primeiro.

— Quero ir para a água.

— Eu sei, impaciente. — Ele sorri e me leva para dentro. — Precisamos de algumas coisas.

— Como o quê?

— Um cobertor. — Ele pisca e meu estômago revira, a pequena calcinha rosa que estou usando com a calça cáqui ficando imediatamente encharcada. Um olhar daquele homem, e eu sou uma poça.

Porra, adoro isso.

— Vamos lá. — Estou praticamente pulando de entusiasmo.

— Você não vai muitas vezes à praia, não é, Raio de sol?

— É janeiro, Leo. Acho que estava quatro graus e chovendo quando saímos de Seattle. Aqui está vinte e quatro e um lindo dia, então claro que quero caminhar na praia.

— Você pode deixar seus sapatos aqui. A areia é macia. — Ele pega minha mão e me leva por uma escada de madeira até a areia branca e fina lá embaixo. A água aqui é tão diferente da costa norte.

— Não dá pra imaginar que é o mesmo oceano — murmuro, e inspiro, feliz, o ar marítimo.

— Muito diferente. — Ele balança a cabeça, observando as ondas quebrando na praia. É um dia pitoresco, ensolarado e quente, a água bastante calma. A praia está vazia.

— Vamos lá.

Leo estende um cobertor grosso na areia e me leva até a água.

— Vai estar fria! — grito, e entro na água morna. — Ah, é como a água do chuveiro.

Corro no lugar, aproveitando a sensação da água em meus pés, tornozelos e pernas, e chuto e brinco, até perceber que estou brincando como um personagem maluco de desenho sozinha. Paro e olho ao redor, encontrando Leo cerca de seis metros atrás de mim, com os braços cruzados sobre o peito nu, óculos de sol sobre os olhos e um sorriso largo no rosto.

— Você não vem?

— Acho que você não brinca com muita frequência — ele comenta, e se junta a mim na água morna.

— Você acha? — pergunto, com uma sobrancelha levantada.

— Não tão frequentemente quanto deveria — responde, e me puxa para junto dele. — Adoro te ver assim, feliz e sorridente.

Ele me levanta em seus braços, e não me beija, ele me possui. Me consome.

Por fim, me permite deslizar para baixo, meus pés salpicando de volta na água.

— Vamos caminhar. — Pego sua mão e o puxo até a beira, espalhando água à medida que caminhamos.

— Fale-me sobre Parker. — Sua voz é calma, mas forte. Ele não vai me permitir escapar ou lhe dar meias respostas.

Inferno, eu também não faria isso.

— Ele estava no filme Nightwalker com Luke. Fez o papel do seu irmão mais velho no filme — começo, e observo a espuma branca nas ondas.

— Sim, eu me lembro disso. Como você se envolveu com ele?

— Você vai ficar todo ciumento e estúpido? — pergunto, metade brincando.

— Não, mas sinto que isso poderia explicar um pouco as coisas.

Vai explicar um pouco a minha bagagem, mas não tudo. Vou dizer isso a ele. Não estou pronta para o resto ainda.

— Fiquei no set de filmagem cerca de uma semana com Luke. Ele era bonito. Eu fui idiota. — Dou de ombros. — Você sabe como é.

— E depois?

Maldito Leo.

— E então nós namoramos por um tempo. Os filmes eram ridiculamente populares. Bem, você se lembra. — Reviro os olhos. — Scott simplesmente ama atenção. Ele não poderia ser mais diferente de Luke nem se tentasse. Ele também odiava o fato de Luke, como personagem principal do filme, ter a atenção de todas aquelas adolescentes estúpidas que corriam atrás dele.

Balanço minha cabeça e salto sobre um pedaço de madeira.

— De qualquer forma, eu soube relativamente rápido que nós dois não iríamos durar muito. Ele é muito egoísta para mim, muito egocêntrico. Mas, de repente, eu estava presa no meio daquela tempestade da mídia que veio junto com esses caras na época. Pobre Luke. — Parei e olhei para a água, observando o sol começar a baixar no horizonte, o céu ficando rosa e laranja, mas tudo que vejo é meu pobre irmão mais novo na minha cabeça.

— As mulheres o perseguiam. Literalmente, o perseguiam pela rua. Elas encontravam maneiras de se esgueirar em seus quartos de hotel, ofereciam boquetes por números de celular.

— Soa como as *groupies*. — Leo sorri, e eu aceno com a cabeça.

— Sim, exceto que estas *groupies* tinham treze, quatorze anos.

— Porra! — Leo murmura.

— Exatamente. — Esfrego o rosto com as mãos, e depois o meu cabelo. — Leo, não sei quantas dessas jovens alegaram que estavam grávidas e que Luke era o pai.

— Você está brincando comigo?

— Não. — Balanço a cabeça e sorrio tristemente. — Ele, é claro, nunca tocou em nenhuma delas, mas isso não impediu as acusações. De qualquer forma, éramos perseguidos em todos os lugares durante as filmagens, e durante mais ou menos os cinco anos em que os filmes eram populares. Bem. — Faço uma pausa e lhe dou um pequeno sorriso. — Não foi pior para mim, porque, depois de seis meses mais ou menos, terminei com Scott e voltei para casa. Mas, nesses seis meses, éramos perseguidos todos os dias. Paparazzi com as câmeras apontadas em nossa direção, estando em público ou não.

Dou de ombros e começamos a andar novamente.

— Minha vida não é realmente assim, Sam. — A voz de Leo é calma, e as suas mãos estão nos bolsos enquanto ele caminha ao meu lado.

— Sei que não é exatamente a mesma coisa, mas você ainda é reconhecido o tempo todo. Não poderíamos sequer pegar um avião normal para cá.

Ele franze a testa.

— Por que você está dizendo isso?

— Só estou contando uma história. Você perguntou — eu o lembro, e ele concorda. — Vamos voltar ao passado. Um dia, Scott e eu estávamos almoçando fora, e os paparazzi nos encontraram, como de costume. Eles não paravam de fazer perguntas, tirar fotos, você sabe. E encher o nosso saco, mas Scott não queria fazer uma cena e arruinar sua reputação completamente limpa. Eu estava pouco me fodendo.

— Soa como você — ele murmura com um sorriso.

— Bem, eu deveria ter mantido a minha boca fechada, porque eles nos perseguiram pelo resto do dia. Acabou causando um pequeno acidente de carro.

— Espere. — Ele me para bruscamente, a mão no meu braço. — Você se machucou?

— Não. — Balanço a cabeça. — Mas isso me assustou. E deixou Scott puto.

— Ele deveria ficar mesmo. — Leo está tão bravo por mim, e só quero beijá-lo.

— Não, ele ficou puto comigo — esclareço.

— Por quê?

— Por não manter minha boca fechada. Segundo ele, a culpa foi minha.

— Mas que vagabundo filho da puta!

Nossa, ele é sexy quando está bravo.

— Sim, e isso foi a gota d'água que me fez terminar com ele. Alguns anos depois, houve o incidente na casa de Luke, não muito longe daqui.

Ele suspira profundamente e me puxa em seus braços, me balançando, mãos afagando as minhas costas.

Me sinto tão segura com ele.

— Vamos sentar no cobertor e assistir ao pôr do sol — ele murmura em meu ouvido, e se afasta para pegar o cobertor.

Nós o abrimos na areia e nos sentamos no meio, eu encostada em seu peito, não falando nada, enquanto olhamos o sol começar a se pôr.

— Amo o mar daqui — comento.

— Eu também, mas, honestamente, troco tudo isso aqui por Seattle sem pestanejar.

— Sério? — Meu olhar assustado encontra o seu.

— Sim, acho que nem eu sabia como sentia saudade, até passar os últimos meses lá.

— Gosto quando você está em Seattle, também — sussurro, traçando as tatuagens da sua mão com o dedo.

— Gosta? — Ele beija minha cabeça.

— Sim.

Ele inclina minha cabeça para trás com a ponta do dedo, e me percebo completamente presa em seus lindos olhos cinzentos.

Estou completamente apaixonada por esse homem. Pra caralho.

Meus olhos focam no piercing em seu lábio, e ele se inclina e cobre suavemente meus lábios.

— Você é tão doce — ele sussurra, e mergulha em mim, suas mãos empurrando o meu cabelo, me segurando contra ele.

Solto um gemido baixo, quando ele me empurra de costas na areia macia, protegida pelo cobertor. Ele deita em cima de mim, e ainda estamos vestidos. Ele me beija, afastando o meu cabelo do rosto e, em seguida, se afasta apenas alguns centímetros e sorri para mim.

— Você vai ficar com frio — sussurro, e esfrego suas costas quentes com as mãos. Amo sentir sua pele lisa.

— Estou bem — ele murmura, e balança a cabeça. — Você tem um cheiro tão bom.

— Assim como você. — Sorrio timidamente e acaricio seu nariz com o meu. — Você ainda está de calça.

— Será que isso está te escandalizando? — ele pergunta com uma risada.

— Sim, estou terrivelmente ofendida. — Estreito os olhos para ele e enfio as mãos entre a cueca e a pele do seu traseiro. — Amo a sua bunda.

— Amo sua bunda também. E ela ainda está coberta.

— Você está em cima de mim.

— Sim — ele concorda, e não se move para que eu possa me despir.

— Bem, então parece que estamos em um impasse.

— E se eu só quiser ficar aqui e te beijar a noite toda? — pergunta, seu rosto sério, seu olhar passando pelo meu rosto, seus dedos ainda suavemente roçando minha pele.

— Você quer?

— Claro que não, eu quero estar dentro de você, mas essa não é a questão. — Ele ri.

— Bem, você pode me beijar quando quiser.

— Bom saber.

Ele me beija mais uma vez, e, em seguida, fica de joelhos, abaixando a minha calça e levantando as sobrancelhas quando vê minha calcinha.

— Bela peça.

— Por favor, não a rasgue. — Rio.

— Não, ela fica. — Ele abre sua calça, descendo-a pelas coxas, e depois deita em cima de mim de novo, se ajeitando entre as minhas coxas. Não posso acreditar que antes dele eu nunca tenha feito sexo nesta posição. Adoro a maneira como me sinto com ele sobre mim.

Embora eu nunca teria confiado em ninguém antes me colocando nesta posição vulnerável.

— No que você está pensando? — ele sussurra.

— Que amo a forma como me sinto quando você está em mim assim.

Ele afasta o quadril para trás, se ajeitando entre nós dois, e puxa a minha calcinha para o lado com a ponta do dedo, e, muito lentamente, afunda em mim.

— Ah.

— Ok, eu gosto disso também. — Sorrio contra a sua boca.

— Ah, Raio de sol, você é incrível. — Ele beija meu nariz e minhas bochechas. Ele não está me fodendo agora. Está fazendo amor comigo, e não consigo ter o suficiente dele.

— Por que você me chama de Raio de sol? — pergunto, e imagino se ele vai me dizer. Minhas mãos estão deslizando pelas suas costas, braços e bunda. Não consigo parar de tocá-lo.

— Já te disse, por causa do seu cabelo.

— Não acho que isso seja verdade. — Passo os dedos pelo seu rosto e beijo seus lábios suavemente.

Ele respira fundo e se move mais um pouco dentro de mim, me fazendo ofegar.

— Eu te chamo de Raio de sol — ele sussurra, e acaricia meu rosto — porque, quando sorri, você me ilumina por dentro.

— Ah, Leo — murmuro, e puxo seu rosto até o meu, beijando-o ferozmente, balançando o quadril. Ele começa a deslizar para dentro e para fora de mim, ainda lentamente, mas de forma mais firme, balançando o osso púbico contra o meu clitóris cada vez que entra em mim.

A noite se estabeleceu completamente ao nosso redor, e posso ouvir o barulho dos grilos se misturando com as ondas quebrando na praia. Estou envolvida literal e emocionalmente no calor de Leo. Ele leva uma das mãos ao meu cabelo, ao longo da minha face, e descansa sobre o meu peito, o polegar e o indicador trabalhando firme no meu mamilo através da blusa, enviando a eletricidade direto para o meu centro, e eu pulso em torno da sua ereção.

Ele beija meu pescoço e morde meu ombro.

— Goza.

E eu gozo, baixinho, mas não menos intenso do que quando ele me fode intensamente. Estou quebrando debaixo dele, me agarrando em suas costas com as unhas.

— Ah, droga — ele geme, e me segue em êxtase até o limite.

— Nós realmente devemos levantar — murmuro, e viro o rosto para beijar seu peito.

— Por quê?

— É quase meio-dia. — Dou risada. Leo sorri e beija minha cabeça.

— Nós não temos nenhum lugar para ir, não até de noite. — Ele se vira de lado para me olhar.

— O que vamos fazer à noite? — pergunto, e traço a tatuagem do seu ombro.

— Fomos convidados por Gary e Lori para um churrasco com toda a equipe.

— Ah, tudo bem. — Suspiro e me aconchego mais em meu travesseiro, olhando para ele. — O que vamos fazer durante o dia?

— O que você quer fazer? — pergunta, e coloca uma mecha de cabelo atrás da minha orelha.

— Nós poderíamos dar uma corrida — sugiro, e solto uma risada, quando ele franze a testa.

— Tire um dia de folga, Raio de sol.

— Bem, poderíamos pelo menos pensar em sair desta sua cama enorme e cozinhar. Estou com fome.

Ele sorri como um lobo.

— Abri seu apetite, não foi?

— Vamos. — Fico de joelhos e cutuco sua perna. Os olhos de Leo sobem e descem pelo meu corpo nu, e dou risada.

— Sem mais sexo até que eu tenha sido alimentada, Sr. Insaciável.

— Mas você é irresistível. — Ele pega a minha mão e me puxa de volta para baixo sobre ele.

— De jeito nenhum, não posso fazer mais nada dessas coisas de sexo até que tenha sido alimentada. — Eu o beijo e dou um puxão de brincadeira em seu piercing.

— Tudo bem. — Ele suspira profundamente, fingindo estar magoado.

— Você tem comida aqui? — pergunto. Nós só comemos fora, desde que chegamos.

— Devem haver alguns mantimentos básicos. Pedi à minha empregada que trouxesse algumas coisas.

— Legal. Vamos lá. — Salto para fora da cama, jogo uma regata sobre a cabeça, puxo uma calcinha rendada preta da mala, e vou me vestindo, enquanto saio quarto sem olhar para trás. — Tire seu traseiro preguiçoso dessa cama, Nash! — grito por cima do ombro.

— Você é sempre tão irritante? — ele grita de volta.

— Sim!

Eu o ouço rindo, enquanto caminho até a cozinha. Chegando lá, separo tudo o que preciso para fazer rabanadas e bacon.

Ele entra na cozinha, descalço e com o peito nu, apenas de jeans com o botão superior aberto.

Meu Deus, ele é delicioso.

Ele sorri presunçosamente quando o olho de cima a baixo.

— Gostando do que vê, docinho?

— Você não está tão mal. — Dou de ombros, sorrio e pego quatro fatias de pão.

— Não precisa acariciar tanto o meu ego. — Ele ri e pega o suco de laranja na geladeira, servindo dois copos, e se inclina contra a bancada, me assistindo mexendo em sua cozinha.

— Seu ego não precisa ser ainda mais acariciado. Você sabe que é sexy.

Ele apenas dá de ombros e bebe o suco.

— Tem mais valor quando é você quem diz.

O café da manhã fica pronto, e levamos nossos pratos e o suco até o pátio. Há mais nuvens no céu, e o ar não está tão quente.

— Acho que vai chover hoje — Leo comenta, e dá uma mordida grande na torrada. — Nossa, isso é bom. Onde você aprendeu a cozinhar?

— Mamãe e papai cozinham muito bem. — Dou de ombros e dou uma mordida no bacon. — Eles nos fizeram aprender tudo. Garantir o nosso sustento, era assim que minha mãe chamava.

Ele para de comer e franze a testa por um momento antes de dar outra mordida na torrada.

— O que foi? — pergunto.

— O quê?

— O que te fez fazer essa cara?

Ele engole e coloca o garfo no prato, uma ruga entre as sobrancelhas.

— Minha mãe costumava dizer isso também.

Ele fica quieto por um tempo, olhando para sua comida.

— Você quer falar sobre eles?

Ele encolhe os ombros e, em seguida, exala forte.

— É estranho, as coisas que provocam a memória.

— Quantos anos você tinha quando eles morreram?

— Doze. Uma porra de um acidente de carro.

Concordo com a cabeça. Eu sabia disso por Meg.

— Como era a sua mãe?

— Ela era tão engraçada. — Ele sorri. — Realmente engraçada. Me lembro de rir muito com ela, muito parecido com o que acontece com nós dois.

— E o seu pai? — pergunto com um sorriso.

— Meu pai era muito divertido. Ele era músico. Ele me ensinou a tocar violão e piano quando eu tinha seis anos.

— Uau, isso é incrível.

— Eu preferia guitarra. Até hoje. — Ele encolhe os ombros e seus olhos ficam sérios. — Nós ouvíamos Bob Dylan por horas a fio. Papai tinha um bom gosto musical.

— E a sua mãe? Que tipo de música ela gostava? — Amo que ele esteja falando sobre sua família. Tenho a sensação de que isso não acontece com frequência.

— Ela gostava de música pop. Escutávamos demais rádio no carro. Ela tinha uma voz linda. — Ele franze a testa de novo, e só quero colocá-lo no colo. Quebra meu coração que ele tenha perdido essas pessoas maravilhosas.

— Sinto tanto que você os tenha perdido — sussurro.

— Eu também.

— Você tem fotos deles?

— Sim, em um dos quartos. Quando eles morreram, todos os seus pertences ficaram em um depósito até eu fazer dezoito anos. Também recebi o seguro aos dezoito. Então, permaneci com todas as suas coisas pessoais, vendi ou doei os móveis, e apenas mantive as coisas em caixas.

— Você nunca olhou o que eram? — pergunto, surpresa.

— Não.

— Nem mesmo para encontrar fotos, certidões de nascimento ou algo assim?

— Não. — Ele balança a cabeça e seu olhar triste encontra o meu. — Sempre me senti como se fosse uma invasão de sua privacidade.

Pobrezinho.

— Eles iriam querer que você fizesse isso — digo com confiança.

— Algum dia, talvez. — Ele encolhe os ombros e, em seguida, muda de assunto. — Vamos lá, você já comeu. Vamos tomar um banho.

Sei que o assunto está encerrado, mas meu coração está cheio e aquecido, sabendo que ele compartilhou algo tão pessoal e sagrado comigo. Avançamos muito nesses últimos dias.

Trabalhamos juntos na limpeza do café da manhã, e ele pega a minha mão, me levando pelas escadas em direção ao quarto.

— A sua cor favorita é branca? — pergunto.

— Não, por quê?

— Tudo é muito branco por aqui.

Ele ri e balança a cabeça.

— Você está morrendo de vontade de redecorar o lugar, não é?

— Algo precisa ser feito.

— Gosto da sua casa — comenta, e liga o chuveiro, ajustando a temperatura.

— Gosta? — Fico surpresa. — Você não acha muito feminino?

— No começo, achei — ele admite com um sorriso. — Mas é realmente um lar. Confortável.

Esse é o melhor elogio que alguém poderia ter feito sobre a minha casa.

E é exatamente como quero que ele se sinta lá.

Estou sorrindo largamente, ainda vestida, enquanto ele tira seu jeans e pega duas toalhas para o banho. Ele se vira para me encontrar olhando-o e me dá um meio-sorriso.

— O que está passando nesse lindo cérebro?

— Nada. — Dou de ombros, o sorriso ainda firme no meu rosto.

— Não, esse sorriso não é nada. O que te deixou tão feliz? — pergunta, envolvendo-me em seus braços.

— Você — falo de forma simples, e beijo seu queixo. — Você me faz feliz.

— Bom, esse é o objetivo. — Ele puxa a camiseta sobre minha cabeça e desliza a calcinha pelas minhas pernas. — Agora vamos cuidar dessa limpeza.

Ele me leva até o chuveiro, molhando uma das pequenas toalhas com sabonete, e começa a me lavar, massageando os meus músculos.

Me mimando.

— Nossa, isso é muito bom. Você tem ótimas mãos. — Me inclino para ele e fecho os olhos.

— E elas gostam de tocar em você — ele murmura, e me vira, para que possa lavar minhas costas.

— Sério, se essa coisa de música não te interessar mais, vou contratá-lo como meu massagista.

— É bom saber que tenho algo para fazer, caso desista de tudo. — Ele ri e me leva para baixo da água para me lavar. — Incline a cabeça para trás.

Ele metodicamente lava e passa o xampu em meu cabelo, esfregando o meu couro cabeludo e enxaguando completamente. Quando termina, me aproximo e pego a outra toalha, devolvendo o favor.

— Amo suas tatuagens. — Olho para minhas mãos com o sabonete. — As minhas sumiram. — Pisco para ele, que olha para o meu corpo onde as linhas pretas estavam naquele dia.

— As minhas não saem. — Ele ri.

— Que bom, não quero que elas saiam. — Fico atrás dele, para que possa lavar suas costas e bunda. — Ok, agora o seu cabelo.

— Você não vai poder lavar o meu cabelo.

— Por que não?

— Sou um pouco alto. — Ele sorri.

Humm. Verdade. Ele é tão alto, e eu sou tão baixa, que lavar seu cabelo pode ser tornar um pouco difícil.

— Me levante. — Encosto contra a parede e levanto os braços para ele.

— Com prazer, querida. — Ele coloca suas grandes mãos na minha bunda e me puxa. Envolvo as pernas em sua cintura, amando como ele me mantém contra a parede, presa por seu quadril. Seus olhos felizes me assistem lavar seu cabelo e massagear o couro cabeludo, e brinco com a espuma que formou, deixando o seu cabelo alto.

— Você está lindo — brinco. — Poderia começar uma nova tendência.

— Espertinha — ele sussurra.

— Ok, você precisa enxaguar.

Sem me soltar, ele se inclina para trás na corrente de água quente, deixando-a tirar o xampu do cabelo, em seguida, se endireita e me beija, a água de sua cabeça descendo como uma cachoeira entre os nossos corpos.

— Acho que estamos limpos — murmuro contra seus lábios, e reviro meu quadril contra a sua ereção. Ele suspira e morde meu lábio inferior.

— Vamos corrigir isso.

— Pensei que o ponto aqui era ficar limpo. — Levanto uma sobrancelha.

Sem responder, ele me levanta mais alto e desliza dentro de mim.

— Você está tão molhada.

— Sim, bem, isso parece acontecer muito quando estou perto de você.

Ele inclina sua testa contra a minha, nossos quadris se movendo em um ritmo perfeito. Leo se inclina para trás e pressiona o polegar no meu clitóris, me enviando à borda, minhas pernas enroladas em seu quadril, minha boceta apertando ao redor do seu pênis.

— Porra, você me faz sentir tão bem — ele rosna quando goza, seu quadril empurrando com força. — Tão bem — repete, ofegante.

Ele me beija com força e longamente, e depois me coloca no chão.

— Passo muito tempo fora do chão com você — comento, enquanto me seco.

— Está reclamando? — pergunta com um sorriso.

— Não, é apenas uma observação.

Penteio o cabelo molhado e deixo secar naturalmente, colocando rímel e gloss, e o sigo até seu quarto. Ele está usando calça jeans e uma camiseta, e não posso evitar de me decepcionar por ele ter coberto suas tatuagens.

— O que há de errado? — ele pergunta com um sorriso.

— Eu queria lamber suas estrelas. — Fico amuada, fazendo-o rir.

— O que há com você e as estrelas?

— Elas são muito gostosas. Não sou a única. Brynna também disse que quer lambê-las e falou que me odeia porque posso fazer isso sempre que eu quiser.

— As mulheres são estranhas. — Ele sorri.

Nessa hora, meu celular toca na mesa de cabeceira.

— É o Sr. Foss. — Meu estômago revira quando olho para o identificador de chamadas.

— Atenda. Estarei na varanda.

Ele beija minha testa e caminha até a porta de vidro da varanda coberta, enquanto eu atendo o celular.

— Alô?

— Srta. Williams?

— Sim, é ela — respondo, e caminho ao redor do quarto, meus pés frios sobre o mármore.

— Aqui é Foss, estou ligando sobre a nossa entrevista.

— Sim, oi, obrigada por ter ligado.

— Receio não ter boas notícias, Srta. Williams. Nós decidimos fechar com outro candidato.

— Entendo. — Por que estou tão aliviada?

— Estou certo de que irá encontrar uma posição em outra empresa em breve. Boa sorte, Samantha.

— Obrigada, Sr. Foss. Tenha um bom dia.

Desligo e me sento na beira da cama.

E agora?

Leo

Sam está caminhando pelo meu quarto, o celular pressionado na orelha. Começou a chover. Não é uma chuva suave, mas uma barulhenta, que parece ter vida própria. Ela bate forte contra o telhado e quase obscurece a visão do mar.

Balanço na minha cadeira, no ritmo da chuva, e penso sobre a mulher pequena com uma enorme personalidade no meu quarto. Ela é incrível pra caralho. Sua força, seu grande coração, sua lealdade, tudo isso me deixa de joelhos.

Não me canso dela.

A porta de vidro se abre, e Sam aparece na varanda.

— E aí?

— Eles me dispensaram. — Ela encolhe os ombros, seu lindo rosto triste e talvez com um pouco de medo.

Se permitir, vou cuidar de você, e você nunca terá que trabalhar novamente.

— Vem cá. — Pego sua mão e a puxo em meu colo. Ela se acomoda, o rosto no meu peito, e envolvo os braços em torno do seu corpo, balançando-a gentilmente. — Fique aqui comigo por um tempo.

Ela sorri para mim baixinho, lembrando de quando fizemos amor na minha cadeira.

— Não sei por que estou triste. Não acho realmente que queria esse trabalho. Você estava certo, não quero morar em L.A.

— Rejeição é uma merda — murmuro, e beijo seu cabelo loiro macio.

— Sim.

— Estou feliz que não deu certo — admito. — Também não quero que você saia de Seattle. Acho que vou vender esta casa e passar a ter minha base lá. — Franzo a testa e olho a chuva que nos rodeia, minha mente vagando. — Nunca me senti em casa nesse lugar. Você mesma disse, essa casa não sou eu.

— Humm... — ela concorda, e se aconchega perto de mim. Ela é perfeita para os meus braços.

— Estou cansado de viajar tanto. Eu provavelmente posso organizar as coisas, para tentar ficar fora apenas três meses por ano. Seriam três meses contínuos, sem pausas, mas, depois, no resto do tempo eu poderia ficar em casa. Os caras gostariam muito. Especialmente Gary e DJ, que têm família.

— Quando Lori vai ter o bebê? — ela pergunta em voz baixa.

— No próximo mês. Estamos todos ficando velhos demais para ficar na estrada o ano inteiro. Não precisamos do dinheiro, de qualquer forma.

— Isso é bom porque você pode fazer suas escolhas.

Concordo com a cabeça e a beijo novamente. Não posso parar de beijar os cabelos loiros com aroma doce.

Porra, estou ferrado.

— Vai ser bom ficar perto da Meg também. Ficar de olho nela.

— Espere. — Ela se senta e franze a testa para mim. — Por que todas essas grandes mudanças de vida agora?

— Ah, Raio de sol — sussurro, e sorrio suavemente. — Não descobriu ainda que estou completamente apaixonado por você?

Seus olhos se arregalam e suas mãos apertam a minha camiseta e, pela primeira vez desde que a conheci, acho que ela está sem palavras.

— Você já devia saber disso. — Beijo sua testa e seguro seu rosto. — Não levo mulheres quando estou com a minha banda. Não escrevo músicas para garotas. Nunca trouxe nenhuma à minha casa. Eu certamente não falo sobre a minha família com qualquer uma. Amo você, Samantha.

— Ah, uau — ela sussurra, e arrasta os dedos pelo meu rosto, me olhando com seus lindos e brilhantes olhos azuis. — Estou tonta.

— Eu seguro você.

Ela pisca e engole em seco, seu cérebro girando enlouquecidamente.

Nós ficamos sentados ali em silêncio, ouvindo a chuva, enquanto ela processa seus pensamentos. Eu esperava isso dela. Ela não é uma garota que iria gritar e se atirar em mim, gritando o seu amor.

É como ela funciona, e isso é apenas uma das muitas coisas que eu amo nela.

— Também te amo — ela sussurra tão baixinho que mal posso ouvi-la com a chuva.

Seguro seu queixo com o dedo, forçando-a a me olhar nos olhos.

— O que foi?

— Também te amo — ela repete, desta vez mais alto. — Você me assusta.

— Isso é bom, porque você me assusta pra caralho. — Dou risada e a puxo para mim. — Mas ficar sem você me assusta mais.

— Você está realmente se mudando permanentemente para Seattle? — pergunta, o rosto esperançoso e feliz.

— Sim.

— Você não vai morar comigo. — Ela faz uma careta de repente, me fazendo dar uma gargalhada. — Nós não estamos prontos para isso.

— Da última vez que chequei, eu tinha a minha própria casa.

— Acho que isso significa que preciso encontrar um emprego em Seattle — ela murmura, e beija minha bochecha docemente

— Seria conveniente.

— E quando você estiver em turnê? — Suas sobrancelhas se unem em uma careta, e esfrego a pele macia com o polegar.

— Se você não estiver ocupada, você pode ir comigo. Se não puder, nós vamos sobreviver a isso.

Ela balança a cabeça e sorri.

— Nada mais de casa feia em Malibu?

— Não. — Dou risada e a abraço apertado. — Estou vendendo a casa feia de Malibu.

— Graças a Deus.

Capítulo Dezoito

Samantha

— Vocês chegaram! — Uma loira bonita pula de uma cadeira de madeira, no deck ao lado da piscina, e corre na minha direção e de Leo.

— Você é Sam — ela fala, e joga os braços em volta dos meus ombros, me abraçando apertado.

— Sim, eu sou. — Olho a linda área ao redor da piscina da casa de Gary e Lori. É incrível a rapidez com que o tempo muda por aqui. Apenas algumas horas atrás, estávamos ouvindo a chuva forte na varanda de Leo, e agora está ensolarado e quente novamente.

Os olhos risonhos de Lori encontram os meus, e falo silenciosamente para ela com a boca aberta "Socorro!", mas ela apenas ri mais.

Traidora.

— Eu sou Cher. — Ela se afasta e sorri. — Lori estava certa, você é sexy. Ela é gostosa! — ela diz para Leo, que está rindo pra caramba ao meu lado.

— Sim, ela é — ele concorda.

DJ, com seu moicano alto, se une a nós, envolvendo o braço em volta dos ombros de Cher.

— Cher é a minha esposa. — Ele sorri carinhosamente. — Ela estava animada para conhecê-la.

— Leo nunca traz mulheres quando se encontra conosco.

— Sério? — Leo pergunta em voz alta. — Que droga! Nós vamos passar por isso toda vez?

— Bem, agora ela já conheceu todo mundo. — Jake dá uma risadinha.

— Venha sentar conosco. — Cher pega a minha mão e me puxa pelo pátio coberto, onde Lori está descansando, com as mãos esfregando a barriga, e se movimentando para sentar. Olho para trás por cima do meu ombro, e Leo está me observando, com os olhos felizes.

Ele me ama.

Ele encolhe os ombros e pega a cerveja que DJ lhe oferece, e saem para conversar com os outros caras que estão perto da churrasqueira.

Há algumas coisas que sei com certeza nesta vida, e uma delas é que os homens sempre podem ser encontrados perto da churrasqueira.

Gary está cuidando dela, enquanto os outros caras estão em cadeiras ou em pé, tomando cervejas no gargalo e rindo. Eric está segurando um garoto doce, com cerca de dois anos, fazendo caretas para ele e sorrindo.

A mundialmente famosa banda de rock Nash é apenas um monte de pessoas normais.

— Estou feliz por você estar aqui. — Lori sorri.

— Obrigada por ter me convidado — respondo, e olho ao redor do seu quintal exuberante. — Você tem uma linda casa.

É verdade. A piscina grande em forma oval tem uma banheira de hidromassagem anexada em uma extremidade. O espaço inteiro é coberto com pedras arredondadas no chão, com uma enorme lareira ao ar livre em um dos cantos, cercado por móveis confortáveis. Há uma grande área para as crianças brincarem com balanços, escorregador e uma casa na árvore. O quintal coberto tem o dobro da metragem do meu apartamento e possui várias mesas e cadeiras confortáveis e coloridas. Os caras e a churrasqueira estão a cerca de seis metros de distância, também no quintal.

— Obrigada — Lori responde com um sorriso. — Não conseguimos ficar muito tempo aqui, então, quando estamos em casa, queremos todo mundo conosco.

— Não posso acreditar no quanto Maddox cresceu — Cher comenta, apontando para o garoto no colo de Eric.

— Eu sei, ele está crescendo como uma erva daninha — Lori concorda. — Esse é o nosso filho, Maddox — ela me diz.

— Ele é adorável.

— Quero falar com vocês sobre algo — Leo começa, e todos franzem a testa para ele.

— Não me diga que você está pensando em marcar uma nova data para as turnês agora. — Lori faz uma careta, sua voz dura. — No caso de você não ter reparado, estou prestes a dar à luz.

— Não. — Leo balança a cabeça e olha para mim, depois para os rapazes. — Na verdade, eu gostaria de falar com vocês sobre diminuir as turnês.

— Graças a Deus — Gary resmunga, e passa os dedos pelo cabelo.

— Por quê? — Jake pergunta, e toma um gole de cerveja.

— Não quero parar — esclarece Leo. — Estou pensando em apenas diminuir o tempo da turnê para apenas alguns meses por ano, e o resto do ano trabalhamos nos álbuns, escrevendo, trabalhando com outros artistas, coisas assim.

Os rapazes ficam parados trocando olhares. Cher e Lori estão, literalmente, prendendo a respiração, segurando firmemente as mãos.

— Não é uma má ideia — DJ responde. — Nós não temos mais vinte anos.

— Podemos fazer participações especiais de vez em quando, premiações, essas merdas — Eric concorda.

— Posso brincar com os meus filhos — acrescenta Gary, e exala.

— Honestamente, estou pronto para desacelerar um pouco.

— Preciso que todos concordem — Leo fala com as mãos nos bolsos, o rosto preocupado. — Vocês são a minha família. Fazemos isso todos juntos ou não.

Não achava que poderia amá-lo mais do que já amava, e então ele vai e diz coisas assim. Entendo seu conceito de família.

Todos os olhos se voltam para Jake, e ele encolhe os ombros.

— Sim, desacelerar pode ser bom. Conseguiríamos gravar mais vezes.

— Talvez você sossegue — Gary sugere, mas Jake sorri.

— Não vamos exagerar.

— Só mais uma coisa — acrescenta Leo, enquanto Gary vira os bifes na grelha. — Estou me mudando definitivamente para Seattle. Não espero que DJ e Gary me sigam, mas queria que vocês soubessem.

Silêncio. Após alguns segundos, todo mundo começa a rir, incluindo Lori e Cher.

— Que porra é tão engraçada? — Leo questiona.

— Fizemos uma aposta sobre quanto tempo você duraria naquela casa horrível — Cher informa, enxugando as lágrimas dos cantos dos olhos. — Perdi a aposta há um ano.

— Todo mundo odeia a sua casa? — pergunto, surpresa.

— Ah, querida, é horrível. — Lori revira os olhos, e sorrio para ela.

— Eu sei. Estou feliz por ele vendê-la.

— Comprei pela vista — Leo nos lembra, e, em seguida, ri com todo mundo. — Sim, ela é horrível.

— Não me importaria de mudar para Seattle — Cher murmura, seus grandes olhos castanhos olhando para DJ.

— Podemos ver isso — ele concorda.

— Odeio L.A. Pelo amor de Deus, me diga que podemos mudar também — Lori implora ao seu belo marido.

— Você odeia L.A.? — ele pergunta, surpreso.

— Sim! Vamos nos mudar antes que Maddox comece a escola, e assim não precisaremos mudá-lo depois de iniciadas as aulas.

— Acho que todos nós estamos nos mudando para Seattle e nos tornando suburbanos chatos — Gary murmura.

— Fale por você, cara. Não sou suburbano. — Eric levanta as mãos e sacode a cabeça.

— Diz o homem com um bebê no colo — DJ brinca.

— Você é um idiota — Eric atira de volta.

— Idiota! — Maddox grita com um largo sorriso.

— Ah, pronto — murmura Lori. — Pare de ensinar ao meu filho todos esses palavrões.

— Todos os seus tios são músicos — Leo lembra. — É inevitável que ele tenha uma boca suja.

— Mas tem que ser boca suja desde criança?

— Idiota! — Maddox grita novamente, e bate as mãos gordinhas.

— Meu filho vai ser o único que vai ficar de castigo todos os dias depois da escola, porque ele fala palavrões na sala de aula — reclama Lori, ganhando sorrisos dos caras.

— Há quanto tempo vocês estão casados? — pergunto a Cher.

— Dez anos — ela responde, e ri do meu olhar surpreso. — Ou, considerando anos com um cara de uma banda de rock, cinquenta.

— Bom para vocês. — Me sinto começando a ter esperança. Estas mulheres fizeram suas relações funcionarem com seus maridos famosos. Talvez não seja tão difícil.

Talvez nós realmente tenhamos uma chance.

— Não é fácil — admite Cher, e olha para o marido com felicidade no olhar. — Mas vale a pena. Vai ser tão bom tê-lo mais em casa. Talvez possamos realmente ter um bebê.

— Vocês não têm filhos? — pergunto. Ela balança a cabeça, e seus olhos suavizam.

— Não posso ter filhos — ela confessa, com a voz baixa. — Mas queremos adotar.

— Eu já lhe disse antes, posso emprestar minha barriga para vocês — Lori lembra a ela. — Pareço uma fábrica de bebês.

— Você é louca. — Cher ri.

— Melhor ainda. — Lori pega Maddox chorando de Eric. — Você pode ganhar um de presente. Ele é um pouco usado, mas tem seus bons momentos.

— E quanto a você, Sam? Quer ter filhos? — Cher pergunta e, de repente, parece que todos, inclusive os rapazes e até Maddox, ficam em silêncio, esperando minha resposta.

— Uh, não, eu realmente não quero ter meus próprios filhos. Meu irmão e sua esposa têm um e outro a caminho, e tenho uma família com muitas crianças. Gosto de ser a tia superlegal, e, em seguida, enviá-los de volta para casa depois de se empanturrarem de doces e assistir filmes que não deveriam.

Os olhos de Leo estão atentos nos meus, seu rosto calmo e relaxado, mas não consigo lê-lo. Finalmente ele sorri suavemente, e eu relaxo.

— Sam é realmente uma ótima tia — ele murmura. — Mas nós temos a mesma opinião quando se trata de crianças.

— Bem, então, não há necessidade de ter sexo — Lori comenta, e morde o lábio, enquanto tenta não rir.

— É verdade — concordo, e aceno com a cabeça, pensativa. — É uma boa coisa que ele seja horrível na cama.

As sobrancelhas de Leo sobem ao máximo, e todo o pessoal se dobra de rir.

— Ah, cara, eu sabia! — Eric aponta para ele e bate no joelho.

— É isso mesmo? — Leo me pergunta, colocando a cerveja em uma mesa e andando na minha direção.

Dou de ombros e cerro os lábios, lutando contra o riso.

— Eu acho... — Ele segura a minha mão e me puxa pelos meus pés e, em seguida, me joga sobre seu ombro. — Que você merece ser punida por isso.

— Ah, merda, Leo, *não* me jogue na piscina! Eu não trouxe outra roupa!

— Tarde demais!

E, de repente, estou voando pelo ar e caindo na água morna com um barulho alto. Nado até a superfície, cuspindo e empurrando o cabelo do meu rosto, e olho para o homem incrivelmente bonito rindo para mim.

— Você é um idiota!

— Idiota! — Maddox repete, ganhando mais risadas.

— Me dê sua mão, eu te ajudo a sair. — Leo agacha do meu lado da piscina e me oferece a mão. Eu a pego, firmando meu pé na lateral da piscina, e o puxo para a água comigo, para o deleite da nossa audiência.

Antes que eu possa escapar, ele afunda minha cabeça, e, em seguida, me puxa para a superfície para que eu possa recuperar o fôlego. O rosto de Leo está a centímetros do meu, seu cabelo molhado e pregado no couro cabeludo. A água está escorrendo pelo seu rosto, os piercings e a sobrancelha, a camiseta preta colada em seus ombros.

— Nossa, você é sexy — sussurro, e seus olhos ardem com a luxúria.

Ele me puxa e me beija com força, completamente, seus braços me segurando e suas mãos apertando o meu corpo. Ele me empurra contra a lateral da piscina e me devora com os lábios, e tudo o que posso fazer é me segurar.

Finalmente, ele se afasta e sorri para mim, ofegante.

— Você vai pagar por essa observação.

— Alegremente — concordo, e sorrio quando ele espirra água em mim.

— A comida está pronta, seu idiota — Gary grita para Leo. — Lori, você tem roupa para arrumar para a Sam?

— Ah, provavelmente não, Gary — respondo, quando Lori dá uma risada, e saio da piscina. — Não sei se percebeu, mas Lori e eu não poderíamos ser mais diferentes.

— Você pode ficar nua — Eric fala, sorrindo. Leo lhe dá um tapa na cabeça.

— Cala a porra dessa boca.

— Porra! — Maddox repete.

— Vou matar todos vocês — Lori rosna.

— Sabe, tenho que te dizer. — Lori me leva até o quarto principal, para que possa me emprestar uma camiseta e uma legging. — Fiquei tão orgulhosa com a forma como você lidou com Melissa naquele dia.

— Ouvi sobre isso! — Cher concorda. — A maioria das pessoas não tem coragem de enfrentá-la.

— Como lidam com estar sempre nos tabloides? — pergunto, sem pensar.

— Você sabe sobre como é estar nos tabloides — Lori observa.

— Sim, mas estou começando a pensar que a sensação é diferente, quando são astros do rock e não atores.

— Os caras já avisaram Melissa de que nós nunca devemos ser incluídas em reportagens publicitárias — Cher fala, enquanto Lori separa as roupas para mim.

— Sério?

— Sim — Lori confirma. — Não há fotos de família na liberação dessas matérias. Melissa sabe disso muito bem.

— Ela só queria ser a primeira a conseguir as fotos de Leo e sua nova paixão.

— Primeira paixão — Lori acrescenta. — Não acho que Leo já tenha sido fotografado com alguma mulher.

— Não? — Franzo a testa em incredulidade. — Isso é difícil de acreditar. Tenho certeza de que ele já teve namoradas.

— Não sei. — Cher encolhe os ombros. — Se teve, nunca nos apresentou. Ele é um cara muito discreto.

— Temos sorte — Lori concorda. — O foco deles é a música e os fãs. O resto é tudo frescura, e eles realmente não têm nada de estrelismo. Eles fazem o jogo de publicidade quando precisam, mas... — Ela encolhe os ombros.

— Gosto disso — murmuro, pensativa.

— Imaginei. — Lori sorri. — Leo é o melhor. Ele vai te proteger sempre.

Nós nos reunimos novamente com os rapazes no quintal, já comendo e conversando sobre a banda e quais músicas iriam trabalhar.

Sento em silêncio, mordiscando a salada e a carne, absorvendo tudo. Esses caras são tão... normais. E gentis.

— No que você está pensando? — Leo sussurra no meu ouvido, e me oferece um pedaço da sua carne.

— Gosto deles — sussurro de volta, e ele sorri largamente.

— Fico feliz. — Ele beija minha testa e volta a comer e bater papo, e me ocorre que simplesmente fiz amizade com pessoas que não dão a mínima sobre quem é o meu irmão ou de onde vem a minha família.

Imagine só.

— Estou tão cansada. — Bocejo e me inclino no banco do carro de Leo, enquanto voltamos para sua casa feia de Malibu, depois de sairmos da casa de Lori e Gary tarde da noite. Ficamos muito mais tempo do que eu esperava, batendo papo e rindo. Os caras também trabalharam um pouco, conversando e selecionando as músicas para o próximo álbum.

— Acho que você conquistou a minha banda. — Ele entrelaça os dedos nos meus, e traço a tatuagem da sua mão.

— Foi meu comentário do sexo. — Sorrio.

— Nunca vou esquecer disso — ele fala, e me olha. — Você vai ser punida.

— Você já me castigou. Como deve ter percebido, essas roupas aqui não me pertencem. — Aponto para a camiseta roxa de Lori e sorrio.

— Você está usando a calcinha dela também?

— Não estou usando calcinha — respondo, e bocejo novamente.

Leo entra pelo portão, parando na garagem, e, antes que eu possa abrir a porta, ele está me puxando do carro e me pegando no colo.

— Posso andar — murmuro, e abraço o seu pescoço, enterrando o rosto na sua pele e respirando fundo. — Mas isso é bom.

— Você está cansada.

— Não sei por quê — murmuro, e aprecio a forma como ele me leva sem esforço pelas escadas de sua casa horrível. — Ãh, talvez realmente eu precise de ajuda para subir essa escada estranha.

— Você é leve. — Ele beija minha testa e me leva até o quarto. — Precisa usar o banheiro?

Concordo com a cabeça e ele me leva até o banheiro, me colocando suavemente de pé e me deixando sozinha para fazer o que preciso. Quando volto para o quarto e não o vejo na cama, me viro para achá-lo em pé na varanda, apenas de boxer preta.

Eu o observo, de costas para mim, apoiado no corrimão e olhando para a escuridão, provavelmente ouvindo o mar. Mesmo de costas, ele é lindo, sua pele nua e suave sem tatuagens, exceto as que terminam em seus ombros.

Me pergunto por que ele nunca fez uma tatuagem nas costas.

Como se pudesse me sentir, ele se vira e sorri, entrando pela porta de vidro.

— Você está bem? — pergunto, e inclino a cabeça para o lado. Há algo triste em seus olhos.

Ele balança a cabeça e caminha em minha direção, me levantando em seus braços e me beijando suavemente.

— A cama fica a poucos metros de distância — eu o lembro.

— Gosto de ter você em meus braços.

Acaricio seu cabelo para trás com os dedos, enquanto ele nos leva para a cama, me deitando no meu lugar, e depois me puxando contra ele.

— Você não está tentando me seduzir. — Não é uma pergunta.

— Quero te abraçar.

— Eu estava só brincando quando disse que você era ruim de cama — falo, e me levanto nos cotovelos. Ele sorri e empurra meu cabelo atrás da orelha e, em seguida, dá uma gargalhada.

— Não acredito que você disse isso.

Sorrio e dou de ombros.

— Foi engraçado.

— Você é engraçada — ele me fala, e me puxa contra seu peito, beijando minha cabeça. — Você deveria dormir.

— Ok — concordo, mas apenas fico em silêncio ouvindo-o respirar. Quase posso ouvir as rodas girando em sua cabeça. — Você vai me dizer? — pergunto baixinho.

Ele endurece contra mim.

— Dizer o quê?

— No que está pensando. — Franzo a testa, mas não o olho.

Ele suspira e relaxa.

— Foi um dia cheio.

— Verdade. Cheio de rejeições de trabalho e sendo jogada em piscinas.

Ele me afasta e me olha enquanto passa os dedos no meu rosto.

— E você dizendo que me ama.

Pego o seu rosto e o beijo suavemente.

— Eu te amo — sussurro.

— Nunca vou me cansar de ouvir você dizer isso, sabia?

— Que bom. — Sorrio. — Vou lembrá-lo muitas vezes, caso você se esqueça.

— Não acho que isso seja algo que vou me esquecer. — Ele beija minha testa e me puxa novamente, enquanto bocejo. — Durma, querida.

— Você vai dormir também? — pergunto, sentindo meus olhos fecharem.

— Daqui a pouco — ele sussurra, e o sinto sorrir contra a minha testa enquanto me beija lá. — Vou dormir logo.

Capítulo Dezenove

Leo

— Quais são seus planos para hoje? — pergunto a Sam da cozinha, enquanto lhe sirvo suco e adoço meu café.

— Tenho uma entrevista hoje e duas no início da próxima semana. Não ouvi nada de ninguém durante semanas, e agora tenho um monte de entrevistas. — Ela encolhe os ombros e franze os lábios rosados. — Estranho.

— Você vai arrebentar. — Ela sorri suavemente, e meu estômago dá uma guinada, do jeito que sempre faz quando ela me olha assim, como se confiasse em mim. Como se me amasse. Voltamos para Seattle há alguns dias, e ainda não consigo acreditar que ela é minha.

Ela é minha.

— E quais seus planos para hoje? — ela pergunta, e faço o meu melhor para manter meu rosto totalmente vazio. Ela tem uma incrível capacidade de me ler, e isso é um segredo.

— Tenho algumas coisas para fazer. — Tomo um gole de café e ele desce sobre o amontoado de nós do meu estômago. — Provavelmente vou me encontrar com um corretor imobiliário.

— Que divertido. — Ela sorri. — Então você vai sair da casa da Meg?

— Sim, ela pode muito bem vender aquela casa. Seus vizinhos descobriram quem eu sou, e o cara do lado sempre deixa bilhetes dizendo que quer conversar comigo quando estiver em casa. — Franzo a testa e depois dou uma risada. — Não acho que seja um tipo de cara para condomínios.

— Provavelmente não — ela concorda, e dá uma risadinha. — Pelo menos é um cara que gosta de música e não uma garota irritante.

— Ah, tem dessas também. Graças a Deus, Will instalou um forte sistema de alarme.

— Sério? — Seus olhos reviram, e então ela começa a rir. — Isso é hilário!

— Claro que é. — Faço uma careta.

— É — ela insiste, e balança a cabeça. — Bem, então você precisa de uma casa.

— Sim — concordo, e recolho a minha caneca, colocando na máquina de lavar louça, e depois pego minha carteira e as chaves. — É melhor eu ir.

— Tudo bem. — Ela sorri e me abraça, envolvendo os braços fortemente na minha cintura, pressionando um beijo no meu peito. — Tenha um bom dia.

— Você também, Raio de sol. — Inclino a cabeça para beijá-la lentamente, esfregando os lábios nos dela e mordendo o canto da sua boca, até ela sorrir. — É melhor eu sair antes de te puxar de volta para a cama e te foder completamente — rosno, sorrindo presunçosamente quando seus olhos azuis brilhantes se dilatam com a luxúria.

— Sou a favor disso.

— Mais tarde. — Beijo-a novamente, sorrindo da forma como ela se desequilibra quando a solto, saindo de sua casa.

Na metade do caminho para o carro, meu celular toca. Esperava que fosse um dos caras, e franzo a testa com surpresa, quando vejo quem é.

— Nash.

— Oi, é o Will. — Ele limpa a garganta, e fico imediatamente em alerta.

— Aconteceu alguma coisa com a Meg? — pergunto, e entro no carro.

— Não, ela está bem. Está dormindo. Ouça. — Ligo o carro e começo a tamborilar os dedos impacientemente no volante. — Você tem tempo para se encontrar comigo hoje?

— Qual o assunto? — pergunto. — Tenho um compromisso agendado hoje.

— Só preciso de dez minutos. Prefiro conversar pessoalmente.

Olho para o relógio e faço uma careta.

— Você pode me encontrar em dez minutos próximo da casa da Sam?

— Claro, sem problemas. Onde?

Passo o endereço e entro no tráfego do meio da manhã. Há muita coisa para fazer hoje, mas não tempo suficiente.

Paro diante do pequeno estúdio de gravação perto do apartamento de Sam e desligo o motor. Will para atrás de mim menos de cinco minutos depois.

— Ei, cara, obrigado por se encontrar comigo. — Ele aperta minha mão e olha para o edifício. — Onde estamos?

— No estúdio. — Sorrio para ele. — Vou trabalhar hoje.

— Legal, não vou segurá-lo muito tempo.

— Podemos falar lá dentro. — Entramos, e encontro Skip perto da entrada. — Posso usar o seu escritório por um minuto, cara?

— Claro, você conhece o caminho. Desta vez, não espalhe meus documentos no chão. — Ele sorri, enquanto me viro rapidamente e levo Will para o escritório, fechando a porta atrás de nós, e me encosto na mesa.

— O que está acontecendo?

Pela primeira vez desde que o conheço, Will parece nervoso.

Ah, inferno, isso não pode ser bom.

— Então, Meg e eu estamos juntos há um tempo.

— Não muito tempo — eu o lembro, e aperto meus lábios para não sorrir. Ele franze a testa e começa a andar.

— Ela é apenas... — Ele para e passa a mão pelo cabelo, e cruzo os braços sobre o peito, apreciando seu desconforto.

O homem está comendo a minha irmã. Porra, ele merece ficar desconfortável.

— Ela é tudo — ele finalmente diz. — Ela me faz feliz e estúpido e tão irritado que fico com vontade de dar uns tapas na bunda dela.

— Cara — interrompo, e ele sorri para mim.

— Me desculpe. Bem, de qualquer forma. — Ele dá mais alguns passos. — Eu a amo. Me recuso a viver um dia sequer sem ela. Ela é a melhor parte da minha vida.

— Já percebi isso. Onde que você quer chegar exatamente?

— Quero casar com ela. — Ele exala profundamente e esfrega as mãos sobre o rosto.

— Então, pergunte a ela.

— Não, você não entende. — Ele balança a cabeça e me olha de frente. — Por isso que estou aqui. Estou pedindo sua permissão para perguntar a ela.

Estou atordoado.

— Por que você precisa da minha permissão?

— Porque ela é sua — ele responde simplesmente. — Você é a família dela. Você é a única pessoa que ela dependeu na maior parte da vida, e ela te ama. A sua opinião importa. Posso ser um idiota arrogante algumas vezes, mas fui criado da forma certa. — Ele engole em seco e enfia as mãos nos bolsos. — É correto eu pedir a sua bênção antes de pedi-la em casamento. Te dou minha palavra, Leo, vou protegê-la, respeitá-la e amá-la até o dia que eu morrer.

— Eu sei — respondo automaticamente.

— Sabe?

— Claro que sim. Meg não é idiota. Ela não estaria com você, se fosse de outra maneira. — Fico apoiado, olhando Will por um momento, e me lembro de Meg jovem, de olhos arregalados e rosto sardento, só cabelo vermelho e membros compridos, e, em seguida, penso nela quando estávamos todos juntos na noite do jogo, e como estava vibrante e feliz, quão segura e tranquila ela estava.

Tenho que agradecer a Will por isso.

— Você pode se casar com ela com uma condição — eu lhe digo, minha voz baixa e firme, meus olhos no dele.

— Manda — ele responde imediatamente.

— Você vai dar meu nome ao seu primeiro filho.

Ele suspira, seus ombros caem como se estivesse carregando o peso do mundo, e ele sorri de orelha a orelha.

— E se for uma menina?

— Estou pouco me fodendo.

— Fechado — ele concorda, e me oferece sua mão, que eu pego e o puxo para um abraço de homem, batendo-lhe com força nas costas.

— Ela me faz feliz. — Seu rosto ruboriza. — Mais do que qualquer coisa.

— Como você pretende fazer isso?

— Bem, isso é outra coisa que eu queria falar com você. Vocês ainda irão fazer o show no Key Arena daqui a algumas semanas?

— Esse é o plano.

— Então, a minha ideia é...

Samantha

— Isso vai ser divertido! — Estou praticamente pulando no banco do Camaro sexy de Leo, animada que ele me pediu para ir escolher sua casa. Ele ficou fora durante todo o dia de ontem, cuidando de algum negócio. Hoje é um dia tranquilo e descontraído, apenas apreciando a companhia um do outro.

— Você é como uma criança. — Ele sorri para mim, e eu dou uma risada.

— Gosto de fazer compras. — Dou de ombros. — Aonde vamos primeiro?

— Bem, só vamos ver uma hoje.

— Ok, onde?

— Não muito longe da casa de Luke e Nat.

— Adoro esse bairro. — Sorrio feliz para o sexy homem tatuado ao meu lado.

— Bem, vamos ver o que achamos da casa. — Ele dirige até uma bela casa azul e branca, em um estilo tradicional. A vista da Enseada é de tirar o fôlego. Há um Toyota vermelho estacionado na garagem e uma pequena e redonda jovem, de cabelo loiro, está em pé na varanda, consultando seu celular.

— Gosto do lado de fora — comento, observando as roseiras e as cerejeiras que irão florescer em alguns meses.

— Ok, vamos lá. — Ele sorri para mim, e nós dois saímos do carro, caminhando em direção à varanda.

— Oi! Eu sou Melody Jenkins, a corretora enviada para ajudá-los hoje. — Melody tem um sorriso muito simpático e exala juventude. Ela é claramente ainda uma novata no ramo imobiliário.

— Você não disse a eles que era você, quando marcou? — sussurro.

— Claro que não. — Ele franze a testa para mim, e oferece a Melody uma mão para cumprimentá-la. — Obrigado por nos encontrar.

— Puta merda, você é Leo Nash! — ela exclama, e quase cai de frente na escada. Viro de costas, para que ela não possa ver a diversão no meu rosto.

— Culpado. — Leo lhe dá um sorriso encantador. — Prazer em conhecê-la.

Disfarço minha expressão, e viro de frente, para ver a boca de Melody abrindo e fechando como um peixe, com os olhos arregalados e presos em Leo, completamente muda.

— Ah, pelo amor de... Melody? — Aceno minha mão diante do seu rosto, lhe chamando a atenção. — Oi. Eu sou Sam. Gostaríamos muito de ver a casa.

— Ah, é claro. — Suas mãos estão tremendo enquanto ela consulta o código do alarme pelo celular e digita na porta, nos levando para dentro.

Olho para Leo e faço uma imitação de fã, colocando as mãos sobre a boca como se estivesse chocada em vê-lo, e ele aperta os olhos para mim, sussurrando:

— Seja legal.

— Isso é hilário — murmuro assim que Melody se vira para nós.

— Então, esta é a casa, é claro. É muito boa. Tem uma cozinha moderna, um solário, uma banheira de hidromassagem. — Seus olhos vagueiam pelo corpo de Leo até os quadris e, em seguida, ela tosse e se afasta.

— São as estrelas — murmuro para ele, ganhando outro olhar afiado.

— Apenas quero lhe dizer — Melody diz, acelerada, se virando para Leo. — Eu sou uma grande fã. Tenho todos os seus álbuns, mesmo os mais antigos.

Não consigo segurar a risada. *Os mais antigos têm, no máximo, quatro anos.* Claro, ela devia estar na escola na época.

— Ah, obrigado — Leo murmura, claramente desconfortável, e olha em volta, procurando um meio de fuga.

— O que é tão engraçado? — Melody me pergunta, com as mãos apoiadas nos quadris redondos. Ela é realmente bonita.

— Absolutamente nada. Nash é alucinante — concordo com ela, e sorrio para Leo, que continua a me encarar.

— Sabe, Melody, acho que vamos apenas olhar ao redor por conta própria, se estiver tudo bem para você.

— Ah. — Ela faz beicinho e me olha, antes de virar seus olhos arregalados castanhos para Leo, no que tenho certeza que ela pensa ser seu olhar sedutor. — Você tem certeza? Não me importo de lhe mostrar a casa.

— Tenho certeza, obrigado. — Leo pega a minha mão e me puxa pelas escadas. — Você não está ajudando — ele rosna para mim.

— Me desculpe, mas isso é muito engraçado, e é culpa sua.

— Minha? — ele pergunta, incrédulo.

— Sim. Primeiro, você deveria ter dito à agência quem você é para que pudessem mandar alguém mais apropriado, e, segundo, você é quem sempre anda por aí sem camisa em todos os vídeos e sessões de fotos. Eu sei com certeza de uma coisa: ela quer lamber suas estrelas.

— Cala a boca — resmunga, e me puxa pelo corredor, olhando em cada quarto.

— Você não pode fazer tatuagens nesse seu V sexy, um ponto no corpo de um homem que faz uma mulher querer sentar e implorar, e não esperar que chame a atenção — informo presunçosamente, e rio ainda mais quando ele continua a me encarar.

Quando passamos pelo topo da escada, em direção a um quarto que imagino ser a suíte máster, ouvimos a voz de Melody soar lá embaixo.

— Você *não* vai acreditar para quem eu estou mostrando uma casa agora! O maravilhoso Leo Nash! Não estou mentindo. Não, ele está de camisa.

Arrebento de rir ainda mais, enquanto Leo rosna e me arrasta para o quarto principal.

— Eu te disse.

— Só queria olhar algumas casas — ele resmunga, e anda ao redor do grande espaço vazio.

— Acho que você deve pedir ao seu assistente que ligue para as imobiliárias agora.

— Provavelmente. Você gosta deste quarto?

— É demais. — Ando até a janela e olho para a Enseada, a água refletindo a luz do sol do meio da tarde. — A vista é ótima.

— Sim, eu gosto da vista também.

— Os pisos não estão gelando os meus pés, e as paredes são marrom-clara, que é quente e agradável.

— Você está usando sapatos — ele me lembra com um sorriso.

— Seu piso em Malibu congelava meus pés, mesmo com os sapatos.

— Espertinha. — Ele sorri e abre uma porta para um enorme closet com prateleiras para sapatos e bolsas, e até mesmo uma ilha central para outros acessórios.

— Acho que simplesmente morri e fui para o céu — declaro, sentindo meus olhos se arregalarem e meu batimento cardíaco aumentar. — Isso é apenas... Ah, meu Deus.

— Isso é um sim para o closet. — Leo dá uma risada.

— Esta é a sua casa — eu o lembro, e mantenho meu rosto inexpressivo. — Não é minha.

— Olha...

— Não é minha — repito, e balanço a cabeça.

— Tudo bem, vamos apenas dizer que há espaço suficiente para que você tenha sua própria gaveta, para quando ficar aqui.

— Você está zombando de mim?

— Com certeza. Vamos olhar o banheiro.

Ele é ainda melhor.

— Eu poderia nadar na banheira — murmuro, e ando pelo espaço. O chuveiro é do tamanho de Manhattan. Poderíamos organizar festas lá. Shows completos.

Ah, meu Deus, o sexo que poderíamos fazer nesse chuveiro...

— Você está bem? — Leo pergunta, sua voz leve e divertida.

— Sim — respondo, e arrasto a mão sobre a bancada clara de granito. Há duas pias, com cerca de um metro de distância entre elas, uma infinidade de espaço no balcão e gavetas embaixo. Viro e me inclino contra o granito, observando Leo do outro lado do banheiro.

— Acho que quero lamber suas estrelas também — murmuro, e o olho de cima a baixo.

Seus olhos estreitam em mim, e ele se move lentamente até a porta, trancando-a, em seguida, caminha em minha direção, apoiando as mãos em cada lado da minha cintura, com o rosto a poucos centímetros do meu.

— Você não vai lamber nada agora.

— Sério? — Levanto uma sobrancelha e o observo, enquanto seus olhos passeiam pelo meu corpo.

— Não. Mas eu vou. — Ele me agarra, me impulsionando para cima da bancada. Meus pés estão balançando, e minha boceta, perto da borda.

— Leo, a garota está no térreo. — Ele se move entre meus joelhos e se inclina mais perto, seus lábios contra o meu centro, as mãos desabotoando meu jeans.

— Estou pouco me fodendo. Não dou a mínima se Jesus e JFK estivessem agora no térreo. Mesmo eles não poderiam me impedir de te provar agora. Levante a bunda.

Obedeço, e ele desce o jeans e a calcinha pela minha bunda e pernas, deixando-os cair no chão. Ele segura meus quadris em suas mãos firmes e beija minha bochecha, até o ponto sensível abaixo da orelha e depois ao longo do queixo até chegar aos lábios.

— Posso sentir o cheiro da sua excitação — ele sussurra contra meus lábios, e uma de suas mãos perambula entre as minhas pernas e agarra meu centro. — Porra, você está quente e molhada.

— Foi o closet que me excitou — sussurro, e solto um gemido quando ele empurra um dedo dentro de mim.

— Então é melhor eu comprar a casa — ele murmura com um sorriso.

— Estou brincando.

— O que deixou você molhada? — ele pergunta, e morde meu lábio inferior, o acalmando depois com a língua.

— Você.

— O que mais?

— Também pensei na diversão que poderíamos ter nesse chuveiro. — Minha respiração trava quando ele gentilmente acaricia meu clitóris com o polegar.

— Humm, sim, isso poderia ser divertido — ele concorda, e me beija suavemente. — Samantha?

— Sim. — Ah, Deus, basta apertar um pouco mais duro. Apenas um pouco mais forte. Movo meu quadril, tentando aumentar a pressão contra o meu âmago sensível, sabendo que estou muito perto.

— Vou te comer aqui neste balcão.

Eu não achava que poderia ficar mais excitada, mas ele conseguiu.

— E então vou te levar para casa e me perder em você.

— Temos um jantar em família — eu o lembro, e suspiro quando ele empurra outro dedo.

— Temos tempo. — Ele se ajoelha na minha frente, espalha minhas pernas abertas, puxa os dedos de dentro de mim e lambe entre minhas dobras e até o meu clitóris duas vezes, me fazendo arfar, e, em seguida, se instala com firmeza ali, puxando-o para a sua boca e chupando com firmeza. Ele esfrega o nariz no meu clitóris, e meu quadril levanta do balcão.

— Calma — ele sussurra, e se afasta, os olhos colados na minha boceta. — Porra, você é tão bonita, meu amor.

Meus músculos se contraem com suas palavras, e ele sorri para mim, enquanto empurra os dedos talentosos dentro de mim novamente, encontrando o ponto certo, e agarra meu clitóris com os lábios, puxando e sugando, empurrando e mordendo, esfregando aquela porra do piercing contra mim, até que gozo em sua boca, meus saltos cavando suas costas, estremecendo e mordendo meu lábio até sangrar, para não gritar.

Ele beija e acalma, acaricia minhas coxas e beija meus lábios.

— Amo sentir meu gosto em você — murmuro.

— Eu também. — Ele sorri e me beija profundamente, em seguida, se afasta, com as mãos em meus ombros para me manter firme.

— Bem, isso foi divertido. — Salto da pia e pego meu jeans.

— Não coloque a calcinha. Você não vai precisar dela.

— Está bem confiante de si mesmo, não é?

Ele apenas levanta uma sobrancelha, e um sorriso largo se espalha lentamente em seus lábios.

— Acho que acabei de provar que posso te ter a qualquer hora, em qualquer lugar, Raio de sol.

— Bom ponto.

Capítulo Vinte

Samantha

— Quantas vezes vocês se reúnem para estes jantares em família? — Leo me pergunta, enquanto vamos para a casa de Will e Meg.

— Aproximadamente uma vez por mês. — Dou de ombros.

— É bastante gente em uma casa. — Ele ri e balança a cabeça.

— Sim, mas, por outro lado, não conseguimos nos ver muito. Todo mundo está sempre ocupado. — Ele para no meio-fio atrás da Mercedes SUV de Luke e respira fundo. — Pronto?

— Do jeito que posso — resmunga, enquanto me ajuda a sair do carro. Ele pega minha mão e me leva até a porta.

— Não podemos faltar nos jantares de família. Seriamos massacrados. — Sorrio e abro a porta para o caos. Os bebês estão correndo ou engatinhando ao redor, os adultos rindo, discutindo e se movimentando pela cozinha.

— Ei! — Jules exclama quando nos vê, e me puxa para um grande abraço. — Will é um idiota e pediu pizza.

— Todo mundo gosta de pizza. — Ele franze a testa para ela do seu sofá, e então sorri mais para nós dois. — Há trinta pizzas na cozinha junto com cerveja, refrigerante e acho que Matt está fazendo alguns drinks também.

— Meus pais estão aqui? — pergunto a Jules.

— Sim, todos os pais, e quero dizer todos os pais mesmo, incluindo os de Brynna. Eles estão no sótão apreciando a tranquilidade, longe desse caos. Embora, tenham levado Olivia com eles, então estão vivendo em seu próprio caos especial.

— Sim, estamos conscientes disso — Leo fala, e abre as caixas de pizza no balcão da cozinha. — Ela é adorável, mas difícil de controlar. — Ele tira uma fatia grande da pizza de calabresa, pega uma cerveja e vai para a sala de estar para se sentar com Meg e conversar.

— É da minha filha que você está falando — Luke informa, e me dá um grande abraço. — Como você está? — sussurra no meu ouvido.

Balanço a cabeça alegremente, e seus profundos olhos azuis suavizam.

— Que bom. — Ele pega sua cerveja e segue Leo para a sala, colocando Natalie em seu colo e beijando seus cabelos.

— O que você gostaria de beber? — Matt me pergunta do outro lado da ilha da cozinha.

— O que você tem, barman gatinho? — pergunto, e subo em um banquinho.

— Praticamente tudo o que quiser. Invadi o armário de bebidas de Will.

— Eu ouvi isso! — Will reclama da sala de estar.

— Não me importo! — Matt grita de volta. — Então, o que vai ser?

— Você tem azeitonas? — pergunto com um sorriso.

— Hum, não. — Ele balança a cabeça e ri.

— Droga. Ok, vou querer um *fuzzy navy.* — Matt começa a trabalhar. — Onde estão Brynna e as garotas?

— Não tenho certeza. Caleb ligou mais cedo e disse que estava levando-as a algum lugar neste fim de semana, então não viriam.

— Que misterioso. — Levanto as sobrancelhas. — Como é que você acabou aqui trabalhando como barman?

— Para mim, é tranquilo, eu não bebo. — Ele encolhe os ombros, derrama suco de laranja por cima do licor de pêssego e gelo e me passa o copo. — Pizza?

— Vou pegar uma fatia daqui a pouco. — Tomo um gole da bebida e dou um sorriso surpresa. — Está muito bom.

— Não fique tão surpresa. Trabalhei em um bar durante a faculdade.

— Um cara pau pra toda obra — eu o provoco com um sorriso.

— Ei, amiga! Quando você chegou? — Stacy aparece ao meu lado e olha ansiosamente para minha bebida e depois para Matt, que ri.

— Você quer um?

— Sim, por favor. — Ela sorri e pisca.

— Leo e eu chegamos há poucos minutos. Onde está Isaac?

— Jogando xBox com Nate e Mark. Nate está ganhando. — Ela sorri e pega uma caixa de pizza ainda cheia, coloca umas cervejas embaixo do braço, sua bebida e vai em direção à sala de jogos.

— Precisa de ajuda?

— Não, eu sou mãe. Isso não é nada. — Ela pisca.

Me inclino contra a ilha e observo a família em torno de mim. Matt está limpando o balcão, imerso em pensamentos. Posso ouvir Nate e Isaac gritando na outra sala, e Jules e Stacy rindo. Leo e Meg estão com as cabeças juntas, tramando algo. Will, Luke e Nat estão em uma conversa profunda.

— Precisamos encontrar uma namorada para você — digo a Matt, que para e franze a testa para mim.

— Por quê?

— Você não está ficando mais jovem. — Dou risada quando ele me encara. — Você não é gay.

Ele joga a cabeça para trás e ri, enfia as mãos no cabelo loiro-escuro e sorri para mim.

— Não, não sou.

— Bem, então...

— Tenho gostos peculiares — ele murmura.

— Eu sei.

Seus olhos voltam para os meus de repente.

— Sabe?

Levanto uma sobrancelha para ele, com um meio-sorriso nos lábios, e ele suspira e balança a cabeça.

— Você é muito observadora.

Sorrio docemente e tomo minha bebida, esperando-o falar.

— Isso vai acontecer eventualmente — ele finalmente admite. — Mas tenho a sensação de que ela não vai ser fácil de encontrar.

— Ela vai valer a pena — asseguro, acariciando seu ombro largo.

— O que está acontecendo entre você e Leo? — ele pergunta baixinho.

Meus olhos se voltam para o homem na sala de estar, ainda em uma profunda conversa com Meg. Estou sempre consciente dele, o que ele está fazendo e onde está. Não posso evitar.

— Entrei nessa e me apaixonei. — Sorrio e olho para Matt, que pegou o assento ao meu lado. — O que você acha dele?

— Gosto dele. — Ele balança a cabeça. — Me parece que ele se apaixonou por você também — declara, e viro a cabeça para encontrar Leo nos observando. Pisco para ele, que sorri suavemente antes de retornar para sua conversa.

— É diferente. — Escolho um pedaço de pizza e dou uma mordida. — Mas é divertido. Vamos ver no que vai dar.

— Você não é muito chegada nessas coisas melosas e românticas, não é? — Matt pergunta com uma risada.

— Não mesmo. — Dou de ombros, mas, em seguida, percebo que é mentira. Amo essas coisas piegas quando é com Leo.

— Entendo. — Ele balança a cabeça.

— Mas você também não gosta dessas coisas piegas — eu o lembro.

— Há um tempo e um lugar para o romance — discorda. — Mas *eu* decido quando e onde.

— Nossa, você é mandão.

Ele apenas ri de mim e brinda seu copo no meu.

— Ãh, Sam? — Stacy está se movendo pela sala, o celular nas mãos, e ela está franzindo o cenho para ele.

— Sim?

— Você viu isso?

— O quê? — pergunto, enquanto ela me entrega o celular. Matt se inclina para olhar por cima do meu ombro e xinga, enquanto meu mundo para de se mover.

É uma foto em uma página de fofocas on-line, de mim e Leo na sessão de fotos na semana passada em L.A.; Lori foi cortada da foto.

Claro.

A legenda é: *Leo Nash com sua nova namorada, a irmã do ator e produtor, Luke Williams.*

Sem meu nome.

— O que diabos está errado? — Ouço Leo perguntar, com a voz mais perto do que antes, e sinto meu rosto corar de raiva, embaraço e traição pura.

— Puta que pariu.

Leo

O rosto de Sam fica vermelho brilhante, enquanto ela olha fixamente para o celular de Stacy. Suas mãos estão tremendo, e Matt olha para o celular como se quisesse bater em alguma coisa.

— O que diabos está errado? — pergunto, enquanto me aproximo dela. Ela levanta o celular e o empurra no meu peito.

— Isso é o que diabos está errado.

A foto é da semana passada, em Los Angeles. Exatamente a foto que Sam disse que não queria que vazasse.

Porra! Melissa acabou de perder o emprego.

— Mas que merda, Leo?

— O que está acontecendo? — Luke pergunta, quando se junta a nós.

— Uma foto vazou — murmuro, e lhe mostro. Ele franze a testa para o celular e vira para Sam.

— Sam, isso não é novidade. Você estava em L.A. com Leo. O que esperava que acontecesse?

— Eu disse especificamente para aquela relações públicas cadela que ela não tinha permissão para usar a minha foto.

Luke vira seus olhos acusadores para mim, seu rosto duro, e estreita os olhos.

— Ei, cara, eu apoiei Sam. Vou demitir essa cadela que vazou as fotos.

— Você vai demitir todos que vazaram esta merda? — Luke exige, e empurra o celular de Stacy de volta para ela. — Sam se esforçou para ficar fora dos tabloides.

— Estou ciente. — Me mantenho firme e cruzo os braços sobre o peito.

— Eu te disse. — Luke aponta o dedo na minha cara. — Disse que isso iria acontecer. Essa foto... — ele aponta para o celular — é por coisas assim que avisei para ficar bem longe!

— Não fale com ele desse jeito! — Meg entra entre Luke e mim, seus olhos castanhos em Luke. — Ele já disse que apoiou Sam.

— Fique fora disso — Luke murmura para ela, que permanece firme.

— Não. Estas merdas acontecem. Você deveria saber disso. Inferno, *ela* sabe disso. Ela trabalha para uma revista. — Meg coloca as mãos na cintura, e quero dizer a ela para se afastar, mas sei que vai ser inútil.

Ela está no modo irmã protetora.

— Meg — começo, mas ela levanta a mão para me calar, e minhas sobrancelhas sobem com surpresa. Matt sorri para ela. Isaac, Nate e os outros saíram da sala de jogos para ver o motivo de toda a comoção.

— Ele colocou minha irmã em uma posição que nem sequer entende. — Luke aponta para mim de novo, levantando a voz, enquanto Mark se move ao seu lado.

— Como diabos você pode dizer que ele não entende isso? — Meg ruge. — Ele vive nesse maldito mundo! Você não é mais celebridade do que ele é, sabia? Se for pensar, ele está ainda mais envolvido nele.

— Isto não é sobre quem é mais famoso — Luke interrompe.

— Leo nunca machucaria Sam.

— Ele não é bom o suficiente para a minha irmã! — Luke exclama, e suor frio irrompe em meu rosto.

Ele está certo. Não sou.

Mas morro antes de a deixar partir.

— Luke — Sam suavemente intervém, mas ele balança a cabeça.

— Não, você disse a ele que não queria esse tipo de publicidade, e o que acontece? Essa merda. — Aponta para o celular de Stacy. — Isso é merda. — Ele se vira para mim. — Você deveria protegê-la, porra! E não a jogar aos lobos, caralho! Você prometeu!

— Você está brincando comigo? — Seguro Meg pelos ombros e a coloco na direção de Will, sabendo que ele vai mantê-la fora do caminho. — Você acha que eu não sei o que a fama, *a sua fama*, fez à sua irmã?

— Leo. — A voz de Sam está cheia de advertência, mas a ignoro. Já tive o suficiente desta porra.

— A sua fama, toda a sua fama. — Aponto para Will e, em seguida, de volta para Luke, meu coração batendo forte. — Sam perdeu o emprego, caralho! Ela está desempregada há mais de um mês, porque não vendeu sua família.

Luke cerra a mandíbula, e seus olhos disparam para Sam, que agora está com lágrimas nos olhos.

— Isso é verdade?

— Porra — ela sussurra, e balança a cabeça. — Vou embora daqui. — Ela empurra através das pessoas que se reuniram em torno de nós e sai batendo a porta da frente, com Natalie logo atrás.

— De que porra você está falando? — Mark pergunta, as mãos no quadril.

— O chefe queria que ela fizesse uma reportagem sobre Luke e Nat no ano passado depois que eles se casaram. Ela se recusou.

— Mas você acabou de dizer que ela só está desempregada há um mês. Estamos casados há mais de um ano.

— Não terminei. — Passo a mão pelo cabelo. — Cerca de um mês atrás, o idiota a chamou novamente, por ela não ter contado a ele mais cedo que estava ligada aos Montgomerys. Mais especificamente, Will Montgomery.

— Filho da puta — Will sussurra. — Eu teria dado uma entrevista para ela.

— Ela não teria te pedido, cara. Ela te ama. A todos vocês. — Olho ao redor da sala, a família de Sam. Jules tem lágrimas nos olhos, as bocas dos homens estão apertadas, os punhos cerrados. — Ela nunca colocaria a família em qualquer revista, especialmente sabendo como vocês protegem sua vida privada.

Se ela tivesse apenas contado mais cedo, eles teriam lutado por ela.

— Então, eles a dispensaram, sob alegação de que ela não vestia a camisa da empresa, por não estar disposta a vender a família. Ela foi para L.A. para uma entrevista de emprego.

— Ela não vai se mudar para L.A. — o pai de Sam afirma de sua posição na escada. Os pais saíram para ouvir.

— Não, não vai — confirmo, e balanço a cabeça. — Ela tem algumas entrevistas aqui na cidade esta semana.

— Por que ela não nos disse nada? — Luke pergunta.

— É de Sam que estamos falando — eu o lembro com um sorriso triste. — Ela é inflexível pra caramba. Ela também não quer que ninguém se preocupe. — Viro para Luke e o enfrento. — Então, se você acha que eu daria força para uma merda dessas ser liberada — aponto para o celular, apertado com força nos dedos de Stacy —, está muito enganado. A cadela vai ser demitida. Eu sei sobre Scott. — A última frase é sussurrada para Luke, e apenas Mark consegue ouvir também.

Seu olhar surpreso encara os meus e, em seguida, ele suspira profundamente.

— Caralho.

Samantha

Que diabos aconteceu? Corro pela porta da frente na direção do carro de Leo e percebo que não só não vim dirigindo, como também não tenho a chave.

Não posso ir embora.

Merda!

— Sam. — A voz suave de Natalie soa atrás de mim, e me viro para encontrá-la em pé na varanda, com os olhos verdes preocupados e úmidos.

— Volte para dentro, Nat. — Só quero ficar sozinha. Deus, meu coração dói. Aquele filho da puta contou para eles.

Ele contou depois que falei que não queria. E o que, em nome de tudo que é sagrado, foi aquela merda de foto?

— Sam, fale comigo — Nat insiste, e caminha até mim, os braços em torno da cintura.

— Não há nada a dizer. — Coloco as mãos na cintura e a observo andar pela calçada.

— Fale logo, Williams. — A voz de Nat é dura. Olho para minha linda cunhada, grata por ela estar aqui.

— Eu disse a Leo para não contar para a minha família sobre o meu trabalho — finalmente admito.

— Por quê? — ela pergunta com uma careta. — Gostaríamos de tê-la ajudado.

— É por isso. — Chuto uma pedra na calçada. — Luke teria tentado resolver, ou pagar minha hipoteca, ou algo estúpido assim.

— Tenho certeza de que sua hipoteca será paga até amanhã à tarde — Nat avisa com um sorriso.

— É melhor que ele não faça isso — eu a advirto e, em seguida, sinto as lágrimas começando a cair dos meus olhos, o que me irrita mais. — Droga.

— Sabe, todos nós amamos você. — Nat sorri, quando começo a chorar mais. Cadela. — Você se distanciou de nós, de todos realmente, mas te amamos muito. Seus irmãos fariam qualquer coisa por você.

— Eu sei — sussurro.

— Tenho a sensação de que Leo se sente da mesma forma. — Balanço a cabeça, mas ela só ri de mim. — Sam, você o olhou pelo menos por um segundo, para ver a cara dele quando viu a foto?

Não. Nego com a cabeça.

— Isso o devastou. Ele vai consertar tudo — afirma confiante, e sorri suavemente.

— Por que você é tão boa para mim? Eu era horrível com você.

— Porque sei por que você era assim, e porque te amo por querer proteger o meu marido.

Enxugo as lágrimas das minhas bochechas.

— Você está chorando por causa da foto? — ela pergunta baixinho.

— Não. — Balanço a cabeça e limpo o nariz com as costas da mão. — Me sinto traída por aquele idiota tatuado e envergonhada que todos saibam que perdi o emprego.

Nat acena com a cabeça e, em seguida, franze a testa.

— Você vai arrumar outro.

Dou de ombros.

— Eles não estão batendo na minha porta.

— Você vai arrumar. O que Leo falou?

— Ele está se mudando para cá, para ficar perto de Meg, e a banda vai gravar o próximo álbum aqui.

— Não foi isso que eu quis dizer, e você sabe disso. — Ela estreita os olhos, me fazendo rir.

— Nossa, você é interesseira! — provoco com uma risada. Ela sorri e acena com a cabeça.

— Sim, não diga a Luke. Ele acha que eu o amo por sua boa aparência.

Limpo o resto das lágrimas do meu rosto e suspiro.

— Leo disse que vai cuidar de mim.

— Aposto que isso também te irritou — ela observa corretamente.

— Claro que sim. Não preciso que ele cuide de mim.

— Não — ela concorda com um sorriso.

— O que há com esses homens que pensam que podem cuidar de tudo? Não sou uma donzela em perigo. Eu mesma cuido de mim.

— Eu sei. — Ela encolhe os ombros. — Mas é um pouco tranquilizador saber que você não tem que fazer tudo por conta própria. Gosto que Luke cuide das minhas costas.

— Acho que ele prefere a frente. — Sorrio.

— Não, ele ama a minha bunda. — Ela ri.

— Você tem uma boa bunda. — Confirmo com um aceno de cabeça e, em seguida, franzo a testa. — Ainda estou muito, muito chateada com ele. Ele não deveria ter dito à minha família.

— Não, era você quem deveria contar. — Natalie coloca o braço em volta dos meus ombros. — Sinto muito que você esteja magoada.

A porta da frente se abre, e espero ver Luke, ou meus pais vindo ao meu encontro, mas, em vez disso, é Leo, se movendo rapidamente, uma expressão fechada no rosto.

— Entre na porra do carro.

— Como é?

— Te vejo mais tarde — ele sussurra para Nat, que beija minha bochecha antes de entrar.

— Você me ouviu.

— Não vou a lugar nenhum com você — defendo minha posição, meus braços cruzados, e olho desafiadoramente para ele.

— O caralho que você não vai. Entre.

— Não.

Ele para e se vira para mim, seus olhos cinzentos com mais raiva do que eu já vi. Ele fica a centímetros do meu rosto, sua voz baixa e aparentemente calma.

— Entre na porra desse carro, antes que eu mesmo a coloque.

— Leo...

— Entre no carro!

Meu Deus do céu, ele está irritadíssimo.

Capítulo Vinte e Um

Leo

— Caramba, você me irrita — murmuro, e aperto o volante com força, apreciando o barulho do motor, enquanto piso no acelerador, derrapando os pneus na saída da casa de Will.

— Você vai nos matar — ela resmunga, e olha para mim.

— Não, se eu decidir matá-la, vou te sufocar até essa merda sair de você.

Ela tem a audácia de rir.

— Você acha que essa é a primeira vez que sou ameaçada com asfixia?

— Não, querida, tenho certeza de que acontece com frequência. Você é muito teimosa.

Ela me olha novamente, brava, e vira para olhar pela janela.

Estou tão zangado com ela que não me atrevo a tocá-la. Estou chateado em tantos níveis que não sei nem por onde começar e chegar até a raiz do problema.

Só sei que não fico tão zangado assim desde que eu tinha dezesseis anos.

— Leo — ela começa, mas a corto.

— Pare de falar.

Seu olhar assustado chicoteia o meu, e olho para ela, fervendo.

— Você está realmente bravo — ela sussurra, e fica em silêncio, enquanto dirijo pelo centro de Seattle até seu prédio. Paro e destranco a porta para ela sair.

— Falo com você mais tarde.

— Você não vai entrar? — ela pergunta, surpresa.

— Não.

— Leo, entre e fale comigo. — Olho-a, e seus olhos estão com medo, e uma parte de mim suaviza. Ela está preocupada que eu não volte.

— Tudo bem. — Desligo o motor, dou a volta e puxo-a do seu assento, andando rapidamente pelo seu prédio e pressionando o botão do elevador. Quando as portas se fecham, ela tenta falar, mas eu a corto.

— Não, você quer que eu fale, tudo bem, vou falar. Quando entrar na sua casa.

Ela franze a testa para mim, prestes a argumentar, mas fecha os lábios e olha para a frente. Quando o elevador chega ao seu andar, saio na frente e fico na sua porta, esperando-a abrir, e entro.

— Sente-se.

— Não, não sou a porra de um cachorro, Leo. Se você está bravo, fale. Se está apenas querendo ser um idiota, vá pra casa. Estou farta de você fazer bullying comigo.

— Bullying? — Me ergo sobre ela, a raiva me tomando de novo. — Bullying o caralho. Porra, eu fiquei do seu lado, Samantha.

— Não, meus irmãos fizeram isso — ela responde, com os olhos em chamas. — Você me traiu.

Tropeço para trás, como se ela tivesse me atingido fisicamente.

— Sabe, para uma mulher inteligente, você pode ser muito idiota. — Seus olhos ardem, mas olho para ela, fazendo-a se calar. — Você quer falar sobre isso? Tudo bem, eu vou falar, e você vai ouvir cada merda de palavra que eu falar.

Samantha

Se ele xingar assim mais uma vez, juro por Deus que vou bater nele.

— Quem diabos você pensa que é para tratar a sua família assim? — Ele coloca as mãos no quadril, seus olhos intensos me encarando. — Você tem uma família que te adora. Seus irmãos fariam qualquer coisa por você. Jesus, Sam, até mesmo os Montgomerys matariam por você. — Ele se afasta e começa a andar pela sala, o rosto apertado de raiva.

— Você sabe o que eu teria dado apenas por um momento disso, enquanto crescia? — Ele se vira para mim, e sinto todo o sangue fugir da minha cabeça. — Eu teria atravessado fogo, se isso me desse uma grande família que me amasse. Ter irmãos para brigar por mim e me defender quando alguém tentasse me ferrar. Mas você sabe o que eu tive em vez disso?

Ah, Deus, não sei se quero saber. Ele começa a andar de novo, com os olhos distantes, e percebo que não é realmente de mim que ele está com raiva.

Ele está apenas com raiva.

— Meus pais morreram quando eu tinha doze anos, e não tinham irmãos, por isso não havia ninguém para ficar comigo. Em vez disso, fui jogado em um orfanato. O primeiro lugar não era tão ruim, mas eles não podiam me manter por muito tempo, e assim continuei sendo levado de casa em casa até quando tinha uns dezesseis anos. A maioria das casas era boa. Alguns dos pais gostavam de me bater, mas aprendi a lidar com eles. — Ele encolhe os ombros e vai até a janela, olhando a rua movimentada.

— O que aconteceu quando você tinha dezesseis anos? — sussurro, meu estômago agitado de raiva, dor e horror.

— Acordei uma noite... — Sua voz é tão baixa que mal posso ouvir, então eu calmamente me aproximo mais. — E um dos rapazes que morava comigo estava em cima de mim, tentando abrir as minhas calças.

Puta merda.

— Sempre fui um garoto alto, mas, aos dezesseis anos, eu também era muito forte, e lutei contra o gordo filho da puta em cima de mim. Deixei seu olho roxo. — Ele encosta a testa contra o vidro, perdido nas memórias horríveis que bombardeiam sua cabeça. — Acordei desse jeito quase todas as noites durante uma semana. Ele não ia desistir. Chegou a um ponto em que eu lutava contra o sono, fazendo tudo que podia para ficar acordado e dormir nas aulas durante o dia, mas, inevitavelmente, caía no sono.

Ele respira fundo e fecha os olhos.

— Então eles trouxeram este outro garoto, poucos anos mais jovens do que eu, chamado Tom. Ele era mais fraco do que eu e ficava na cama ao meu lado.

— Ah, Deus — sussurro, minha mão sobre a boca.

— Sim, ele não teve a mesma sorte — sussurra. — Mas, pior que isso, Meg veio junto.

— Não me diga que...

— Não, o bastardo preferia garotos, mas fiz da minha missão na vida protegê-la e ter certeza de que ninguém jamais a tocaria assim. — Ele se vira para mim, o rosto cuidadosamente desprovido de qualquer emoção. Suas mãos estão cerradas ao seu lado, e todos os músculos do seu corpo estão contraídos. — Isso é o que a família faz, Samantha. Eles protegem uns aos outros. Em vez de você dar a seus irmãos, pais, amigos a oportunidade de ajudá-la, você os tranca para fora.

— Não preciso da caridade deles — começo, mas seu rosto endurece mais uma vez, e eu me encolho. — Não foi o que quis dizer. Não quero que se sintam obrigados a me ajudar.

— Eles não se sentem obrigados. Eles te amam, porra!

— Não mereço isso! — grito para ele. — Nunca fiz nada para merecer estar nesta família, com todas essas pessoas belas e maravilhosas.

— Do que você está falando? — pergunta, com o rosto completamente confuso.

— Não sou ninguém especial. Não tenho nenhum talento incrível, não ganho uma fortuna, não sou sequer uma pessoa muito agradável. A única coisa que tenho é uma família famosa.

Balanço minha cabeça, e ando pela sala, de costas para ele.

— Você sabe que, além da família e das pessoas que eles se relacionam ou se casaram, não tenho sequer uma pessoa que considere minha amiga? Nenhuma. E isso não é uma coincidência. — Viro para ele, que está me olhando como se eu tivesse enlouquecido.

Ele pode estar certo.

— Por quê?

— Porque alguém sempre quer algo de mim, Leo. No colégio, elas queriam chegar perto de Luke ou Mark, assim fingiam ser minhas amigas, para que pudessem ir à nossa casa e tentar ter um vislumbre deles. Quando Luke ficou famoso, isso se multiplicou por mil. Inferno, um milhão. — Sorrio com tristeza. — Eu finalmente fui inteligente e saí de casa, encontrei uma carreira que gosto e sou boa, e mesmo isso eu perdi.

Inclino a cabeça em minhas mãos, esfregando a testa com a ponta dos dedos.

— Aprendi há muito tempo a cuidar de mim, e não depender dos outros para isso. A fama é passageira e, honestamente, é apenas uma mentira. — Encontro seus olhos e dou de ombros. — Ser famoso não faz ninguém feliz. É apenas... assustador.

— Sam, você merece sua família. Eles te amam.

— Sim, eles me amam — concordo e, em seguida, aperto a minha cabeça. — E eu os amo mais do que tudo. Mas não mereço tê-los juntando as peças para mim, quando minha vida desmorona. Estou com trinta anos, pelo amor de Deus, Leo, eu preciso saber recolher os meus pedaços.

— Estou vendo que você não me incluiu em qualquer lugar nessa equação — ele murmura, e enfia as mãos nos bolsos.

— Não preciso de você para consertar qualquer coisa também — digo com firmeza.

— Não, você não precisa de mim para consertar nada, mas para apoiá-la e estar lá para te segurar.

— Não preciso da sua fama — murmuro, e viro as costas para ele, caminhando pela minha pequena sala.

— Do que você precisa? — ele pergunta, com a voz tensa pela frustração, mas não respondo. Só continuo a andar.

— Não preciso do seu dinheiro — murmuro novamente, e empurro as mãos pelo meu cabelo.

— Tudo bem. — Ele está bem atrás de mim agora, e posso sentir a frustração emanando dele em ondas, mas ele coloca as mãos suavemente sobre os meus ombros, e seu toque é a minha perdição. — Do que você precisa, Raio de sol?

— Você! — Viro e envolvo os braços em volta da sua cintura, pressionando o meu rosto em seu peito, então eu não tenho que olhar nos olhos dele e deixo as lágrimas caírem. — Eu só preciso de você.

— Sam — ele sussurra, e me abraça, os braços fortes e quentes em volta dos meus ombros, me abraçando apertado. — Você me tem.

— Isso me irrita. — Inclino a cabeça contra seu peito. — Não gosto desse sentimento. No carro, pensei que você fosse me deixar e nunca mais voltar, e isso me matou. Não quero depender de você.

— Ei. — Ele ergue meu queixo, me obrigando a olhar em seus olhos. — Você me deixou tão bravo, que pensei que não ia conseguir falar com você sem querer te estrangular. Sam, você tem que trabalhar essa coisa toda de não se sentir digna. Sua família te adora, e você sente o mesmo. Precisa confiar neles.

— Eu sei. — Deixo meus olhos caírem para sua boca.

— E outra coisa. — Ele beija minha testa. — Você é uma boa pessoa, quer goste ou não. Você é a mulher mais incrível que já conheci. Se continuar falando merda sobre a minha mulher, vou ter que te punir.

— Sem mais lançamentos em piscinas. — Sorrio.

— Sinto muito que você tenha se sentido como se eu tivesse te traído. — Seu rosto fica grave, e seus olhos estão tristes. — Essa é a última coisa que eu faria.

— Eu sei, mas eu te disse...

— Uma das coisas que você vai aprender sobre mim — ele beija minha testa suavemente — é que sempre vou ter no meu coração o que for melhor para você. Sua família merecia saber.

— E eu que tinha que lhes dizer. — Suspiro forte. — Preciso de você ao meu lado, não lutando minhas batalhas por mim.

Um lento sorriso se espalha por seu rosto, e ele segura meu rosto, antes de abaixar seus lábios nos meus.

— Bem colocado. Enquanto eu estiver na foto.

— Leo, você simplesmente é a foto principal.

Ele se acalma, seus olhos procurando os meus, e então ele me beija, suavemente a princípio, e depois mais profundamente. Ele se inclina e me pega em seus braços, me levando para o quarto.

— Preciso te ver nua e me perder em você. Tudo bem? — ele pergunta, seus olhos cinzentos suaves.

— Sim, está tudo bem. — Arranco sua camisa, enquanto ele me equilibra em pé. Nós rapidamente nos despimos e caímos na cama. Leo sobe em cima de mim, uma perna descansando entre as minhas, e passa as pontas dos dedos pelo meu rosto.

— Eu te amo, Samantha Williams. Cada maldito dia, eu te amo. — Seus lábios capturam os meus novamente antes que eu possa responder, e ele me beija satisfeito, roçando a boca sobre a minha, me deixando morder e puxar seu piercing, seu polegar traçando círculos na minha bochecha.

Sua ereção está pressionada contra o meu quadril, mas, quando tento alcançá-la com minha mão, ele a segura e beija os meus dedos.

— Ainda não — ele sussurra.

— Qual é o problema?

— Temos a noite toda. Esta não será uma trepada rápida, Raio de sol. — Ele mordisca o canto da minha boca e faz uma trilha até minha mandíbula. — Não estava brincando quando disse que vou me perder em você. Vou fazer amor com você.

— Não sei...

— Sim, você sabe — ele interrompe, e olha nos meus olhos, me beijando novamente. — Você sabe.

Deslizo os dedos pelo seu quadril e bunda, enquanto aperto, com a ponta dos dedos, os círculos ao redor dos meus mamilos, apertando a pele sensível.

— Amo os seus seios — ele sussurra, e pega um mamilo na boca, sugando suavemente. — Tão sensível.

— Amo a sua boca. — Me contorço debaixo dele quando ele morde suavemente o mamilo excitado. — Sinto como se nunca tivesse o suficiente dela.

— Que bom. — Ele ri, beija meu queixo novamente e vai até meus lábios. Ele continua a beijar minha boca, me provocando com a língua, enquanto sua mão desliza pelo meu torso, minha barriga, meu núcleo, e passa dois dedos sobre o meu clitóris e em minhas dobras.

— Ah, nossa. — Minhas costas levantam automaticamente, me empurrando contra a mão dele. — Você tem boas mãos.

— Amo o quão molhada você fica — ele sussurra. — Você é tão sexy.

Ele dá leves mordidas até a minha clavícula, descendo ainda mais até os meus seios, dando muita atenção aos dois, enquanto seus dedos estão se movendo ritmicamente pelos meus *lábios*, quase fazendo cócegas.

— Não ficou decidido que eu não sou uma guitarra?

— Você é melhor. — Ele lambe meu umbigo, puxando o piercing cuidadosamente com os dentes e, em seguida, beija docemente. — Este piercing será a minha ruína.

— Todos esses piercings que você tem... — Suspiro quando um dos seus dedos mergulha dentro de mim e escova o lugar exato. — E você se excita com o meu piercing no umbigo?

— É quente demais em você, Raio de sol.

— Gosto também do seu, até esse da sobrancelha.

— Mesmo? — Seus lábios se movem mais para baixo até o meu abdômen e para o meu centro e, em seguida, ele se inclina para trás e apenas olha para o meu núcleo.

— O que você está olhando?

— Adoro olhar como você é rosa aqui. — Ele sorri maliciosamente, se inclina e me lambe, do meu ânus até o clitóris, e para baixo novamente. — Porra, você tem um gosto bom.

— Puta merda — sussurro, quando meu quadril começa a se mover, como se tivesse vida própria. Ele mantém minhas pernas abertas e presas no colchão com os braços, usando as mãos para espalhar meu centro aberto, enterra o rosto ali, enfiando a língua dentro de mim, em seguida, fecha sua boca sobre mim, movimentando aquele glorioso piercing em todo o meu *lábio* e até o clitóris.

— Porra, essa sua boca é incrível — murmuro, e o sinto sorrir contra mim. — É por isso que você tem o piercing? — pergunto, ofegante.

— Não, é um benefício secundário. — Ele faz de novo.

— Leo. — Não consigo respirar. Não posso nem abrir os olhos. Ele está me virando do avesso.

— Humm...

— Preciso de você, Leo — sussurro, não tendo certeza se as palavras estão realmente saindo, ou se estão simplesmente na minha cabeça.

— Estou bem aqui, querida. — Ok, então eu falei em voz alta.

— Preciso de você dentro de mim. — Balanço a cabeça contra o travesseiro, escapando totalmente da minha mente pela luxúria. Se ele me excitar mais, vou morrer.

Ou explodir em chamas.

— Vou chegar lá — ele rosna, e continua a assaltar minha boceta com a boca.

— Por favor — sussurro, e depois choramingo quando ele mergulha aqueles lábios incríveis no meu clitóris e afunda dois dedos dentro de mim.

Ele está tentando me matar.

Gozo enlouquecidamente em torno dos seus dedos, meu quadril resistindo e empurrando contra ele, e, finalmente, ele beija e lambe todo o caminho de volta pelo meu corpo, descansando a parte inferior na minha e apoiando seus cotovelos nos lados da minha cabeça, suas mãos no meu cabelo e seu rosto apenas a alguns centímetros do meu. Minhas mãos passeiam por suas costas e por cima dos ombros, para que eu possa rastrear as tatuagens em seus braços.

— Amo a sua tatuagem — sussurro, e olho os meus dedos em sua pele. — O que esta significa?

— Ela representa a primeira música que escrevi e que registramos no nosso primeiro álbum — ele responde, me observando atentamente.

— E essa? — pergunto, traçando o outro ombro.

— Essa foi a obra de arte original do terceiro álbum, mas o estúdio escolheu fazer algo diferente. — Ele tira uma mecha de cabelo da minha testa e me beija suavemente lá.

— E essa? — pergunto, tocando em seu braço.

— Me lembra Meg.

— Sério? — pergunto com um sorriso.

Ele balança a cabeça e acaricia meu nariz com o dele.

— Se continuar assim, vamos ficar aqui a noite toda.

— Nós temos a noite toda — eu lhe recordo com um sorriso.

— Vamos continuar essa conversa sobre tatuagem daqui a pouco — sugere.

— Ok, o que você gostaria de fazer nesse meio tempo? — Continuo a traçar sua tatuagem.

— Posso pensar em algumas coisas. — Ele lentamente afunda dentro de mim. — Porra, Raio de sol, acho que nunca vou me cansar de ficar dentro de você sem proteção.

— Humm... — concordo, e suspiro enquanto ele mantém seus quadris parados, completamente encaixado dentro de mim. — Você me faz sentir tão bem.

Ele entrelaça a mão na minha, beijando meus dedos, e ergue minha mão sobre a minha cabeça para descansar contra a cama. Aperta nossas mãos com firmeza, quando começa a se mover dentro e fora de mim, lenta, mas constantemente. Ele descansa a testa na minha.

— Nunca na minha vida me senti assim — ele murmura, e continua a fazer amor comigo. — Você é tudo que eu sempre quis, Sam. Mais do que música. Mais do que qualquer coisa.

Lágrimas inundam meus olhos com suas palavras doces, e mordo meu lábio.

— Não chore — ele sussurra.

— Não estou chorando — respondo quando uma lágrima cai no seu cabelo.

— Claro que não está. — Ele sorri e me beija suavemente, enquanto começa a se mover mais rápido, atingindo esse ponto surpreendente a cada impulso, até que sinto o orgasmo me atravessar e aperto em torno dele, levando-o comigo.

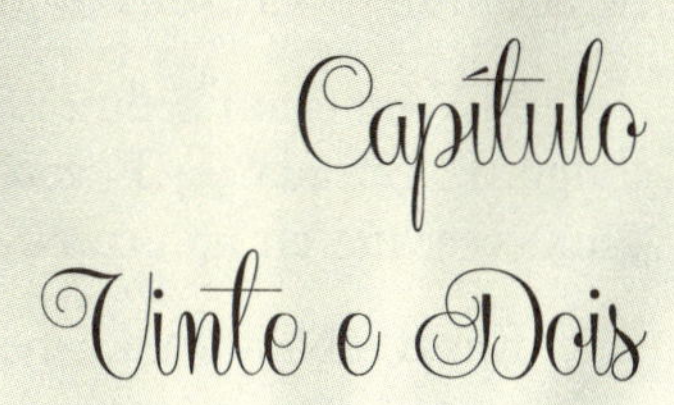

Capítulo Vinte e Dois

— Para onde estamos indo? — pergunto, e franzo a testa ao olhar para fora da janela do carro de Leo. Estamos no meio do nada.

— Tenho que te mostrar uma coisa.

— Outra casa? — indago, incapaz de manter a emoção longe da minha voz.

— Claro. — Ele balança a cabeça e sorri para mim.

— Espero que seja uma corretora diferente. Aquela garota não era a pessoa certa para você. — Dou risada e passo os dedos por seu cabelo castanho-claro bagunçado.

— Definitivamente outro corretor. — Ele pega minha mão, dando um beijo.

Continuamos dirigindo, e perco completamente a noção de onde estamos. Leo liga o rádio e muda para uma estação local de rock popular, cantando junto com Pink.

— Você é fã da Pink? — pergunto, surpresa.

— Não somos todos? Essa garota é foda. — Ele ri e balança a cabeça. — E ela pode dar um show como ninguém.

— Ouvi que ela se acalmou mais desde que teve uma filha. — Canto junto com a música. Esta é atualmente uma das minhas favoritas. *You've got to get up and try...*

— Acho que é verdade, mas não a vejo há algum tempo.

— Onde é a casa que vamos visitar? — Examino nosso entorno. — Estamos no meio do nada.

— Seja paciente. — Ele ri.

— Não sou paciente. Você não aprendeu isso até agora?

— Esse lenço azul fica lindo em você. — Ele sorri para mim, mudando de assunto. — Faz seus olhos parecerem ainda mais azuis.

— Você é um sedutor. — Aceno e faço uma careta para as árvores ao longo da estrada. — E você vai ser um encantador solitário, se comprar uma casa que eu não consiga encontrar.

Ele ri e balança a cabeça. Paro de tentar descobrir para onde estamos indo, me ajeitando para olhá-lo. Hoje ele está com uma jaqueta preta de couro, e a sua marca registrada habitual: calça jeans desbotada. Sem o gorro, o que eu prefiro, então passo os dedos pelo seu cabelo novamente e suspiro, contente.

Ele consulta constantemente o relógio, enquanto dirige.

— Vamos chegar atrasados?

Ele apenas balança a cabeça e acelera um pouco mais.

Por que ele está tão nervoso?

— Acho que é aqui — ele murmura, e puxa o carro até uma área com um penhasco e uma vista de cima da Enseada. Nem percebi que estávamos tão perto da água. Há um bosque verde à direita com árvores atrás dele. A vista é espetacular.

Mas não há nenhuma casa.

Franzo a testa para Leo, mas ele já saiu do carro e abre a porta para mim.

— Ah, Leo, não tem nenhuma casa aqui.

— Me dê um minuto.

Depois que ele me puxa para fora do carro, se inclina na porta do passageiro aberta e aumenta tanto o volume do rádio que tenho certeza de que meu irmão em Alki pode ouvi-lo.

Ele verifica o relógio novamente, acena e estreita seu olhar sobre mim.

— O que você está fazendo? — pergunto, e dou risada. — Isto não parece com você.

— Ouça — ele murmura.

A canção no rádio termina, e o locutor fala.

— Oi, Seattle, esta foi *Life After You*, de Daughtry, aqui na KLPR, a melhor rádio de rock de Seattle. Tenho um presente especial para os nossos ouvintes. Recebi um telefonema ontem, do próprio Leo Nash, da megabanda Nash, me pedindo para tocar a sua mais recente música, do seu próximo álbum, Raio de Sol, que será lançado apenas daqui a um mês, mas temos uma prévia da faixa-título para vocês hoje. Leo me contou que esta canção é dedicada a alguém especial. Espero que gostem.

— Você está brincando comigo? — pergunto, meus olhos arregalados. Leo está sorrindo e segura as pontas do meu cachecol, me puxando para si.

— Dance comigo.

Ele me envolve em seus braços e, quando o piano começa, nos move para trás e para frente ao longo do penhasco, o vento soprando no nosso cabelo e queimando minhas bochechas. Ele se afasta brevemente, para que eu possa deslizar meus braços sob o casaco, e aperta os braços em volta de mim de novo, me segurando perto, olhando nos meus olhos.

Eu não quero ser apenas seu amigo

Porque já não consigo ficar sem você

Toda vez que vejo seus olhos azuis doces

Sei que preciso te fazer minha

E minhas paredes desmoronam... E desmoronam

Então tudo que vejo

É o meu verdadeiro eu

Quando você sorri

Seu raio de sol me atinge

E as sombras em minha alma

Sumiram

Ele canta baixinho, os olhos nos meus lábios, e, em seguida, de volta ao meu rosto. Ele beija minha testa suavemente.

— Amo essa música.

— Eu te amo — ele sussurra, me dobrando em um mergulho profundo, e depois gira comigo em torno do carro. A canção toca em torno de nós, o resto do mundo se acalmou, e até as ondas abaixo no penhasco parecem ter se acalmado.

Ah, quantas vezes
Eu olhei nos seus lábios
Desejando que pudesse senti-los em mim
Quando você fica tão perto
Baby, eu me esqueço de como respirar

Quando você sorri
Seu raio de sol me atinge
E as sombras em minha alma
Sumiram

Quando eu passo a minha mão
Sobre sua pele perfeita
Sei que você me vê
E não estou mais coberto de sombras

Minhas paredes desmoronam... E desmoronam
Então, tudo que vejo
É como preciso de você junto a mim

Não posso olhar para longe dos seus olhos. Esta é a forma como ele me vê. O que fiz para merecê-lo?

Ele segura meu rosto e varre meus lábios com os seus, mordiscando suavemente e acariciando a minha boca, e depois afunda em mim, me beijando com tudo o que tem quando a nossa música chega ao fim.

Ele se afasta, seus olhos cinzentos felizes e brilhando com luxúria, beija minha bochecha e depois me libera para se inclinar no carro e desligar o rádio.

Quando ele se vira para mim, seu rosto está receoso.

— Quando você gravou a música? — pergunto, um pouco sem fôlego.

— Na semana passada. — Ele encolhe os ombros e me puxa de volta, meus braços sob seu casaco novamente para me manter aquecida. — DJ e Gary vieram de L.A. e passamos um tempo no estúdio.

— Era essa a sua missão misteriosa? — Simulo uma careta.

— Sim. — Ele ri e beija o meu nariz.

— Amo isso. — Beijo seu queixo e sorrio. — Realmente amo isso. Você realmente vai nomear o álbum de Raio de Sol?

— Sim. — Ele esfrega minha bochecha com o polegar. — É apropriado.

Sorrio e depois olho à nossa volta para a água, as árvores, as falésias.

— Então, sem casa, a menos que ela esteja usando o manto da invisibilidade.

— Não sabia que você é fã de Harry Potter.

— Claro que sou. — Dou de ombros.

— Sem casa ainda. — Ele balança a cabeça e segue o meu olhar.

— O que você quer dizer? Vai construir uma casa sobre palafitas? — Sorrio e aceno em direção à Enseada. — Você sabe quantas casas caem na água todos os anos aqui?

— Então, veja bem. — Ele beija minha testa novamente e se afasta, pegando a minha mão e me puxando para mais perto do penhasco.

— Isso é o máximo que eu vou. — Planto meus pés e paro. — Tenho medo de altura, lembra-se?

— Ok, medrosa. — Ele ri e seus olhos vão para a água. — Você pode imaginar o quanto eu queria viver perto da água, quando me mudei para Seattle? Nunca tinha visto o oceano até que me mudei para cá, quando tinha dezenove anos.

Ele se vira, seus olhos nos meus, e aperta minha mão.

— Você não poderia encontrar uma casa para comprar mais perto do mar?

— Depois daquela tarde interessante com a última corretora, achei que seria mais fácil se mandasse construir. — Ele encolhe os ombros. — Além disso, nesse caso, você vai ter exatamente o que quer.

— Leo. — Engulo em seco e tento manter meu pânico para dentro. —

Eu te disse, não estou pronta para vivermos juntos.

— Eu também não. — Ele ri e se vira para mim, pegando minhas mãos nas dele. — Você sabe quanto tempo leva para construir uma casa?

— Sim, Isaac é empreiteiro.

— Ótimo, ele pode construí-la.

— Mas...

— Ouça. — Ele me beija, seu sorriso ainda no rosto, e me acalmo um pouquinho. — Não preciso nem começar a mexer na terra até que nós dois estejamos de acordo que estamos prontos para dar esse passo, Sam. O terreno vai estar aqui.

— Mas é muito longe da cidade.

— Não, não é. — Ele balança a cabeça e ri quase timidamente. — Peguei a rota mais bonita. Eu estava tentando matar o tempo enquanto esperava a hora de a rádio tocar sua música.

— Quando tempo normalmente leva até aqui?

— Apenas dez minutos do centro. — Ele passa os dedos pelo meu rosto. — Pense no closet que você pode construir.

— Ah, Deus, não é justo me subornar com um closet.

— Não estou te subornando. — Ele joga a cabeça para trás enquanto ri. — Quero que se envolva completamente quando formos construir. Você pode fazer o que quiser na casa, quando estiver pronta.

— Você já comprou? — pergunto, já sabendo a resposta. Ele olha para baixo e franze a testa nervosamente e, em seguida, olha em meus olhos.

— Sim. Para nós dois. Para quando estivermos prontos. Mas vai acontecer, Raio de sol. Você é minha.

Ele está certo. E eu o amo por não pressionar para darmos esse passo agora, mas sim deixar que as coisas evoluam como deveriam.

— Então, quando estivermos prontos para morar juntos — começo —, vamos fazer os planos para a casa, e Isaac irá construí-la aqui, a uns trinta metros do penhasco?

— Ou na parte gramada ali.

Olho para a água, coberta de nuvens escuras com gaivotas brancas voando sobre à procura de comida. A balsa está levando as pessoas a uma das ilhas.

— É uma bela vista.

— Sim, é. — Viro para encontrá-lo me olhando, seus olhos sérios.

— Quero olhar para ele o resto da minha vida.

Nossa.

— Obrigada. — Eu o abraço apertado, enterrando o rosto em seu peito, e respiro fundo.

— Pelo quê, meu amor?

— Minha música. Este lugar. — Me inclino e olho para o seu rosto bonito. — Ser tão bom para mim.

— O prazer é todo meu. — Ele beija minha testa e me leva de volta para o carro. — Quer pegar comida e um filme a caminho de casa?

— E cupcakes.

— Sério, por que os homens pensam que todo esse sangue é legal? — Tremo quando outro bandido cai sangrando na TV de tela grande no quarto de Leo.

— Pergunte ao seu irmão, ele é o especialista. — Leo ri e dá uma mordida no seu cupcake de limão. Olho com vontade, mas ele o afasta do meu alcance. — Meu.

— Mas não comi o de limão. — Pisco os olhos para ele e agarro o seu pau. — Por favor?

— Você não me engana. — Ele sorri e aperta minha mão. — Você é uma pirralha egoísta quando se trata de cupcakes.

— Mesquinho. — Fico amuada e cruzo os braços sobre o peito. Meu cupcake foi devorado há muito tempo.

Ele sorri novamente, quando seu celular toca.

— Nash. — Ele engole o bolo e franze o cenho. — Quando?

Não gosto do tom da sua voz. Ele pausa o filme e se endireita, verificando o relógio.

— Certo, cara, não entre em pânico. Vou ligar para o aeroporto e deixar o jato pronto. Termine de pegar suas coisas, e nós nos encontraremos lá. Sim, vou ligar para os outros caras também. Diga a Lori que a amamos.

Ele desliga e passa a mão pelo rosto.

— Era o Gary.

— O que aconteceu?

— Lori entrou em trabalho de parto.

— Mas é cedo. — Franzo a testa.

— Sim, pensamos que tínhamos mais tempo. Gary ainda está aqui. Precisamos levá-lo até ela. — Ele salta da cama e olha em volta, os olhos preocupados, como se não soubesse o que fazer primeiro.

— Ok, você faz as ligações, e eu vou arrumar sua mala. — Procuro sua grande bolsa de viagem.

— Tem certeza? Você vem comigo?

Dobro seu jeans e algumas camisetas e coloco na bolsa.

— Não posso. Tenho entrevistas, e Luke me ligou hoje enquanto estávamos nas falésias. Ele quer conversar. — Balanço a cabeça, e sorrio para ele em tom tranquilizador. — Vai ficar tudo bem. Leve Gary para casa, veja como está Lori. Diga a ela que sinto muito por não poder estar lá.

— Tudo bem. — Sua boca está apertada, e posso ver a luta interna pela expressão em seu rosto de querer ficar aqui comigo. — Não gosto disso.

— Vai ficar tudo bem — repito, e o abraço apertado. — Faça suas ligações.

— Obrigado. — Ele beija minha testa e começa a agir, ligando para a companhia aérea, garantindo que o jato esteja pronto em uma hora.

Deve ser bom ter um avião à disposição na sua agenda telefônica.

Enquanto ele anda pelo quarto, fazendo ligação após ligação, junto suas coisas e arrumo a mala. Produtos de higiene pessoal, meias, roupas íntimas. Ele realmente tem belas cuecas. Todas são boxer pretas mais curtas. Algumas têm Armani escrito no elástico. Outras, Ed Hardy. Nossa, elas são sexy.

— Por que está olhando para as minhas cuecas? — ele pergunta com uma risada.

— Estava imaginando que parecem com você. — Sorrio e jogo-as na mala. — Você tem cuecas bem sexy.

— O que está acontecendo com essa sua obsessão com minhas cuecas?

— Eu só gosto delas. — Dou de ombros.

Ele balança a cabeça e faz a próxima ligação. Corro lá embaixo para pegar seu computador e qualquer outra coisa que ele possa precisar, quando vejo seu bloco de notas no sofá. A primeira folha está coberta de letras semiacabadas de uma canção. Leio e sorrio. Isto definitivamente não é uma balada, seja alucinante ou não.

Viro até achar uma folha limpa e rabisco um bilhete, dobrando-o ao meio, e levo o resto de suas coisas para o quarto, para adicioná-las à mala.

— Acho que estou pronto. — Ele franze a testa enquanto seus olhos se movem ao redor do quarto e param em mim. — Você vai me levar para o aeroporto?

— Claro, mas não estou de carro — eu o lembro. — Vou ter que dirigir o seu.

— Vou dirigindo até o aeroporto, e você pode trazê-lo para casa, se prometer que será cuidadosa.

— Você está insinuando que dirijo mal? — pergunto, e coloco as mãos na cintura, fingindo irritação.

— Não, só quero que seja cuidadosa com o meu carro. Ele é novo. E muito legal.

— É bonzinho. — Dou de ombros e rio quando seu queixo cai em descrédito.

— Você acabou de desrespeitar o meu carro?

— Supere. — Reviro os olhos e fecho o zíper da mala. — Tudo organizado.

Ele pega a mala e a coloca no chão, segura meu rosto e me beija, não de forma delicada e suave, mas com paixão, como se o pensamento de ficar longe de mim o matasse.

Envolvo os braços ao redor da sua cintura e me inclino para ele, apertando minha barriga em sua ereção.

— Não há tempo para isso — murmuro em seus lábios, e sorrio quando ele rosna em frustração. Ele me beija novamente, e então me puxa para um abraço apertado.

— Se cuida — sussurra, me fazendo sorrir.

— Eu sempre me cuido. Se cuide também. — Me afasto e ele segura o meu rosto, e eu aprecio seu toque quente. — Sério, diga a Lori que estou pensando nela. Fique seguro.

— Vamos lá.

Leo

— Onde está minha mulher? — Gary exige à medida que nos aproximamos da recepção da Emergência do Hospital Sinai, em Los Angeles.

— Ãh, quem é você? — a morena cheinha pergunta, com a voz entediada. Ela está lendo uma revista e fofocando com uma colega de trabalho.

— Gary Hovel — ele diz, impaciente, batendo a mão sobre a bancada. — Minha esposa se chama Lori e vai ter um bebê.

— Ela está no quarto andar, na ala de maternidade. Estão todos junto? — pergunta com uma careta, olhando-nos.

— Sim — Gary responde, já no meio do corredor em direção aos elevadores. Ele tem estado uma bagunça e um pé no saco desde que saímos de Seattle.

Coitado.

O elevador nos deixa no quarto andar, e Gary caminha rapidamente até a estação onde está sentada outra enfermeira.

— Onde está minha mulher?

— E quem seria ela? — uma loira baixinha pergunta com um sorriso. Ela está animada demais para quem está trabalhando a essa hora da noite.

— Lori Hovel.

— Quarto quatro, ah, nove, no corredor. — Ela aponta, e Gary sai como um galgo correndo atrás de um coelho.

O resto de nós não está muito longe dele.

— Ah, graças a Deus. — Gary suspira e corre para a esposa, abraçando-a e enterrando o rosto em seu pescoço, em seguida, beija seu rosto. — Você está bem?

— Sim, estou bem. Nós dois estamos bem.

— Onde está Maddox?

— Com a minha irmã. Está tudo bem, querido. — Ela sorri para ele e esfrega sua barriga. Há um cinto amarrado em torno dela, com fios grossos que conduzem a um monitor.

— Ei, bonitão! — Cher salta de sua cadeira ao lado de Lori e se lança nos braços de DJ. — Bem-vindo ao lar.

— Obrigado. — Ele sorri para ela e a beija com força. O resto de nós se joga nas cadeiras ao redor do quarto e sorri para Lori.

— Então, quanto tempo temos que esperar? — Eric pergunta.

— Bem, meu trabalho de parto parou — Lori responde com um suspiro.

— O quê? — Gary franze a testa. — Como é possível?

— Ah, é possível. Confie em mim. — Ela balança a cabeça e suspira. — Eles não vão me deixar ir para casa porque a bolsa estourou, e não querem correr o risco de eu ter uma infecção, por isso estou aqui.

— Eles não podem fazê-lo começar de novo? — pergunto com uma careta. — Vou fazer uma ligação.

— Até mesmo seus contatos não podem fazer o bebê vir mais rápido do que ele quer. — Lori ri de mim. — Se o trabalho não começar de novo amanhã de manhã, eles vão induzir, mas poderíamos estar falando de dias, acho. Não tenho certeza.

— Jesus — sussurro, e engulo em seco. Que porra eu vou fazer por dias em Los Angeles, além de ficar louco querendo a Sam? E então tenho uma ideia. Sorrio e pego meu celular, encontro o número que quero e ligo.

— O que ele está fazendo? — Cher pergunta.

— Oi, Kat, é Nash. — Sorrio. — Estou na cidade e preciso de um favor.

— Ele está fazendo o que Leo sempre faz quando está entediado — DJ responde, e beija sua bochecha. — Vai fazer outra tatuagem.

— Devemos todos sair e deixar vocês dormirem — Eric murmura quando acabo a ligação.

— Obrigado, cara. — Gary me abraça e dá um tapa no meu ombro. — Te devo uma.

— Porra. — Ergo a testa para ele, como se fosse louco. — Isso é o que fazemos.

— Obrigada por fazer com que ele viesse tão rápido. — Os olhos de Lori se enchem de lágrimas. — Eu não podia fazer isso sem vocês.

— Você vai ficar bem, linda. — Beijo seu rosto e sigo os caras para fora do quarto.

Capítulo Vinte e Três

— Podem ser vários *dias*? — pergunto, incrédula, e sento na minha cama, indo para trás até encostar na cabeceira. Levanto os joelhos até o peito, meu celular pressionado no ouvido.

— Isso é o que ela disse, mas espero que esteja errada. — Leo suspira. Amo sua voz.

— Coitada, espero que esteja errada também, pelo bem dela. — Ele ri, e eu sorrio. — O que você está fazendo agora?

— Acabei de chegar em casa. Estou tirando as coisas da mala. — Sua voz soa vazia e infeliz.

— Já está com os pés congelados? — pergunto com um sorriso. Levine pula em cima da cama, a cabeça na minha mão, e começa a ronronar, quando acaricio suas costas.

— Não, espertinha, ainda não. — Ele ri.

— Bem, use meias, ou eles vão congelar. Quais são seus planos para amanhã? — Inclino a cabeça para trás e fecho os olhos, ouvindo-o se mover pelo quarto, enquanto tento imaginar a cena.

— Eu provavelmente vou ficar no hospital a maior parte do dia. Gary... — Ele para de repente e fica em silêncio.

— O que foi? — pergunto, e franzo a testa.

— Encontrei algo escondido nas minhas roupas. — Ouço o sorriso em sua voz.

— O que poderia ser? — Tento parecer indiferente, mas não posso evitar de sorrir.

— Um bilhete — ele murmura. — Eu te amo também.

— Não costumo fazer coisas sentimentais assim, sabe — eu o lembro com uma risada, e minha barriga se contrai quando o ouço rir.

— Sim, eu sei. Você é totalmente antipieguisse.

— Completamente.

— Eu sempre soube que esta casa era fria e pouco convidativa, mas não me importava porque não ficava muito aqui. Agora que estou aqui sem você, é ainda pior. — Ele sussurra as últimas palavras.

— Você a odeia, Nash.

— Estou mandando o meu assistente colocá-la à venda amanhã. Vou separar as minhas coisas pessoais e enviar para Seattle. Não ficarei aqui novamente. Como está o meu carro?

— Bem, o cara do caminhão de reboque me disse que estará como novo em poucas semanas. — Cubro a boca, para que ele não possa ouvir minha risada.

— Isso não é engraçado.

— O quê?

— Vou bater na sua bunda quando te vir, Samantha — adverte.

— Promessas, promessas.

— Me diga que ele está seguro na sua garagem.

— Ele está seguro na garagem de alguém. — Desta vez, não consigo segurar a gargalhada.

— Samantha Williams! — Ele está rindo muito, e ouço o sussurro enquanto ele tira a roupa.

— Você está nu?

— Sim. Deitando na cama. E você?

— Não estou nua, mas estou na cama.

— Qual camisa você está usando?

— Cyndi Lauper — minto.

— Mentirosa — ele sussurra.

— Journey — minto novamente.

— Tente novamente, Raio de sol.

— Eu poderia estar usando uma camisa autografada da Nash que meu doce namorado me deu.

— Assim é melhor. — Eu o ouço bocejar, e desço para deitar embaixo das cobertas.

— Você deveria ir dormir. Tivemos um longo dia.

— Você deveria dormir também.

— Temos que desligar. — Dou risada.

— Você desliga — ele resmunga.

— Temos dezesseis anos agora?

— Descanse um pouco. Eu te amo.

Ele desliga o celular, e eu deito, lembrando novamente desse dia. A música, a dança, as falésias, onde vamos construir uma casa algum dia.

Se isto é um sonho, eu não quero nunca acordar.

— Não sei por que você não me deixa levá-lo para almoçar — reclamo com Luke, quando ele abre a porta da sua casa.

— Talvez porque você não esteja ganhando dinheiro, então, como seria capaz de pagar o almoço? — Ele pega meu casaco e escapa, quando tento dar um soco no seu braço.

— Não seja idiota. — Faço uma careta para ele. — Tenho uma poupança. Não estou a ponto de virar sem-teto ou qualquer coisa assim.

— Nossa, estou tão feliz em ouvir isso. — Ele revira os olhos e caminha na minha frente para a cozinha.

— Onde estão Nat e Liv? — Sento em um banquinho e me inclino sobre o balcão. Estou com uma camiseta larga e comprida e uma legging, optando hoje pelo conforto.

Não tenho ninguém para impressionar.

— Estão com Jules.

— Nem me convidaram. — Franzo a testa.

— Elas sabiam que você ia estar aqui comigo. — Ele sorri e balança a cabeça, enquanto me serve um copo de chá gelado. — Não fique ofendida, irmãzinha.

— Bem, tudo bem então. — Ele me passa o chá, se serve e, em seguida, se inclina sobre o balcão, tomando sua bebida e me olhando sobre a borda do copo.

— O que foi?

— Você e Leo resolveram as coisas?

— Pare de persegui-lo, Luke. — Reviro os olhos, mas ele apenas levanta a sobrancelha. — Isso não funciona comigo também. Sou sua irmã, não sua esposa.

— Garota, isso é verdade. Você definitivamente não é minha esposa.

— Nunca vou ser esposa de ninguém. — Dou de ombros e tomo um gole de chá.

— Por quê? — ele pergunta com uma careta. — Pensei que as coisas estivessem caminhando bem com o Leo.

— Estão, mas isso não significa que preciso de um anel no meu dedo. Nós não estamos pensando nem em morar juntos por um tempo. Sei que não entende esse conceito, já que você e Nat foram do "oi, tudo bem?" para um bebê rapidinho. Foi cerca de doze minutos.

— Porra. — Ele sorri.

— Você não precisa de um contrato para estar em um relacionamento sério.

— Tudo bem. — Ele franze a testa novamente e, em seguida, encolhe os ombros. — Cada um com seu próprio conceito.

— É isso aí.

— Por que você não me contou que seu trabalho estava lhe dando problemas por minha causa? — ele pergunta, seus olhos tristes.

— Porque não queria ver esse olhar em seu rosto. — Suspiro e esfrego as mãos no meu rosto.

— Vamos lá, Sam, isso sempre vai ser um problema, e sinto muito por isso, mas você precisa parar de ser tão teimosa e me deixar ajudá-la.

— Como você vai ajudar, Luke? — Desço do banco e caminho até as longas janelas, do chão ao teto, com vista para a Enseada. — Não há nada a fazer.

— Você podia, pelo menos, me falar sobre isso.

— E então você vai se sentir culpado, e vou ter que te xingar porque não é sua culpa. — Dou de ombros e me viro para encará-lo. — Luke, não é culpa sua. Estou tão orgulhosa de você e de tudo o que já conquistou. Você merece.

— Sei que você está, mas também sei que ser minha irmã não é fácil. E agora você está romanticamente envolvida com alguém ainda mais famoso do que eu, e isso faz com que eu me preocupe com você.

— Já descobri que é diferente quando são astros do rock de trinta e poucos anos ao invés de galãs. — Sorrio quando ele franze a testa.

— Não sou a porra de um galã.

— Que seja. — Dou de ombros. — Nós não temos adolescentes nos seguindo. E as *groupies* são interessantes — admito, e depois dou risada.

— Haverá mais fotos nas revistas — ele me lembra. — Isso pareceu assustá-la.

— O que me assustou foi a Melissa, a relações públicas — esclareço. Sua sobrancelha está levantada —, deixar vazar após Leo avisá-la que não o fizesse. E ele me irritou mais quando disse a vocês sobre o meu trabalho.

— Você deveria ter nos contado.

— Eu sei, mas não queria que se preocupassem. Leo me lembrou que isso é o que a família faz, ela se preocupa.

— Leo é esperto. — Luke me dá um meio-sorriso.

— Mas não é bom o suficiente para mim — eu o lembro, e suspiro.

— Sam, eu disse isso com raiva. Você é minha irmã. Ninguém é bom o suficiente para você, porque eu te amo. — Ele empurra as mãos pelos cabelos loiros e coça a cabeça.

— Assim como Natalie não era suficientemente boa para você. — Sorrio. — Pelo menos, você não acusou Leo de ser uma prostituta à caça de fortuna.

— Isso não — ele concorda com uma risada.

— E agora eu a amo. Ela é perfeita para você. — Inclino a cabeça para o lado e observo como seu rosto suaviza quando ele pensa nela. Seus olhos sorriem. — Vocês são perfeitos um para o outro.

— Sabe — ele começa, e senta em cima do balcão, com os pés descalços pendurados. — A foto de Livie nunca apareceu em nenhuma revista. E já foram oferecidos milhões pelas fotos dela depois que nasceu.

— Eu lembro. — Concordo com a cabeça, sem saber aonde ele quer chegar.

— Há maneiras de garantir que você leve uma vida relativamente privada, enquanto estiver com uma celebridade. — Ele encolhe os ombros.

— Eu sei. Já falei com as esposas dos outros membros da banda. Honestamente, não estou muito preocupada com isso.

— Não? — Suas sobrancelhas sobem, e ele está completamente surpreso.

— Não, não estou. Estou cansada de deixar o meu medo da fama ditar quem eu amo, como eu ajo e quem eu sou. Nós vamos dar um jeito nisso.

— Uau, você ficou muito inteligente.

— Não seja um idiota sarcástico.

— Eu paguei seu apartamento — menciona casualmente, enquanto desce do balcão.

— O quê? Por quê?

— Porque agora você não precisa se preocupar com a hipoteca e porque eu posso.

— Não sou um caso de caridade.

— Se você ousar dizer isso de novo, vou te bater. — Seu rosto está vermelho, e seus olhos, queimando. — Você não é a porra de um caso de caridade. Você é minha irmã. Tenho mais dinheiro do que os filhos dos meus filhos jamais poderão gastar, Sam. Posso me dar ao luxo de comprar o seu apartamento.

— Idiota — murmuro, e faço beicinho.

Ele ri e me abraça, servindo mais chá.

— Obrigada.

— O prazer foi meu. — Ele franze a testa e suspira. — Sinto muito por aquilo que eu disse, sobre Leo não ser bom o suficiente. Gosto dele. Ele é um cara bom, e, se te faz feliz, então eu estou feliz. Depois de tudo que fez por você, ele é provavelmente o mais próximo que você vai encontrar de ser alguém bom o suficiente para você.

— Uau. Será que o irmão mais novo acabou de me dar permissão para ficar com o meu namorado?

— Nossa, você é uma vaca. — Ele ri.

— Pois é, já ouvi isso antes — concordo, e rio com ele.

Leo

Meu ombro está pegando fogo, mas, porra, ficou alucinante. Kat é a melhor.

Entro na sala de espera do hospital e encontro os caras e Cher descansando, jogando no celular ou no iPad, ou lendo revistas em quadrinho adultas.

Irritando uns aos outros.

— Oi, pessoal. — Pego uma xícara do horrível café do hospital e me sento ao lado de Cher. — Alguma novidade?

— Ainda não. — Ela balança a cabeça. — Sabemos que ela iniciou o trabalho esta manhã, mas ainda pode demorar um pouco.

— Por que diabos essa demora? — Jake pergunta, irritado. — Basta fazer a criança sair.

— Certo. — Cher revira os olhos. — Todos os bebês vêm em seu próprio tempo. Este é o bebê de uma estrela do rock. Ele definitivamente vai fazer uma entrada triunfal quando for a hora e ele estiver pronto.

— Por que eles não sabem ainda se é menino ou menina? — DJ pergunta.

— Lori queria que fosse surpresa — eu o lembro, e mando uma mensagem para Sam.

No hospital. Ainda à espera do bebê.

Me pergunto se ela já recebeu os cupcakes que mandei entregar esta manhã. Enviei tanto de chocolate quanto de limão, já que não estou lá para ela roubar um pedaço.

— Bem, se soubéssemos de antemão, poderíamos ter comprado os presentes certos — murmura Cher, e franze a testa. — Espero que seja menina.

— Por quê? — Eric pergunta, seus olhos não saindo do iPad.

Tenha paciência. E obrigada pelos cupcakes.

Você não é a pessoa certa para falar sobre paciência, Raio de sol. E foi um prazer.

— Porque eu quero ajudá-la a decorar o quartinho de bebê na cor rosa. — Ela bate palmas com entusiasmo, e então seus lindos olhos verdes ficam tristes. DJ se inclina e sussurra em seu ouvido, fazendo com que volte a ter um doce sorriso nos lábios. — Eu sei.

Espero que eles possam adotar um bebê logo. Cher será uma mãe fantástica. Por que é que as pessoas que devem ter crianças têm tanta dificuldade, e aquelas que não deveriam nunca ter filhos têm aos vinte anos?

O tempo passa lentamente. No meio da tarde, nós pedimos pizza, e Gary vem nos encontrar para dar as últimas notícias. Lori está bem, mas o trabalho é difícil.

— O que você fez? — Eric pergunta, apontando para o meu ombro coberto com plástico.

— Um sol.

— É hora de tirar a proteção — Cher comenta, e eu me levanto, ficando diante dela, para que ela possa removê-lo. — Ah, ficou maravilhoso. — Ela suspira.

— Eu sei.

— Kat? — Jake pergunta com um sorriso. Ele e Kat tiveram um lance por um tempo.

— Isso aí. — Concordo com a cabeça, sorrindo.

— Ela é a melhor. — Ele encolhe os ombros. Cher vai para o banheiro para molhar algumas toalhas de papel e cuidadosamente limpa meu ombro.

— Proteja o local por alguns dias — murmura.

— Pode deixar, mãe. — Sorrio. — Esta não é minha primeira tatuagem.

— A sua sorte é que você é sexy, ou eu teria que te machucar. Quer que eu tire uma foto para você enviar para Sam? Imagino que você fez para ela.

— Não, ela vai vê-la mais tarde.

Honestamente, estou muito nervoso, nem imagino como ela vai reagir.

A noite se aproxima, e estou cansado de estar nesta sala de espera.

— Não aguento mais isso — murmuro, e começo a andar pela sala, assim que Gary aparece correndo.

— É uma menina! É uma menina! Puta que pariu, eu tenho uma menina.

Cher dá um grito estridente, e nos revezamos abraçando nosso amigo e um ao outro.

Um novo membro da banda nasceu.

— Como está Lori? — pergunto.

— Linda, cansada, perfeita. — Ele sorri para mim. — Nós temos uma menina.

— Você sabe o que isso significa, não é? — Eric lhe pergunta com um sorriso.

— O quê?

— Nós começamos a transar com as adolescentes aproximadamente aos quinze anos. Lori é uma porra de um nocaute. Basta pensar que o bebê será parecido com ela, e então...

— Merda, eu vou pra cadeia. — Gary leva a mão ao rosto e depois sorri.

— Como vocês irão chamá-la? — Jake agarra Gary, esfregando os dedos sobre sua cabeça.

— Não diga que será Apple — Cher adverte, e ele ri.

— Não, Alexis Mae — ele anuncia orgulhosamente. — Vamos lá, vocês já podem conhecê-la.

— Todos nós? — pergunto, em dúvida.

— Lori não aceitaria de outra forma. A enfermeira que se dane. — Gary nos leva pelo corredor com aroma antisséptico até o quarto de Lori e espreita com a cabeça, para garantir que está decente, antes de acenar para entrarmos.

— Oi, pessoal. — Lori sorri para nós, o rosto sem maquiagem e o cabelo preso em um rabo de cavalo simples. Ela está segurando um pequeno embrulho sob um cobertor rosa e azul.

— Oi, linda. — Me inclino e beijo sua bochecha, espreitando o rosto rosado no cobertor. — Ela é linda, assim como a mãe.

— Obrigada — ela sussurra. Beijo seu cabelo e me afasto, assim todo mundo pode ver o bebê. Quando me viro, vejo dezenas de rosas cor-de-rosa e brancas, balões, roupas de bebê, e o maior e mais macio urso de pelúcia marrom que já vi. Próximo a ele, há uma pequena guitarra de brinquedo.

— Leia o cartão — Gary me avisa.

Me desculpe, não pude estar aí. Parabéns! A guitarra é para Maddox. Ele deve ganhar presentes também. Tudo de bom. Samantha Williams

Fico sem palavras. Meus olhos vagueiam por todos os presentes novamente. Ela os enviou porque estas são as pessoas que eu amo. Porque ela é incrível pra caralho.

Não é uma boa pessoa uma ova. Ela tem o maior coração que já conheci. Ela simplesmente faz um trabalho muito bom em mantê-lo escondido.

Olho para os caras para encontrar todo mundo me olhando.

— Quando chegaram?

— Esta manhã. — Gary sorri.

Ando a passos largos até a cabeceira e me inclino sobre Lori, olhando em seus olhos felizes.

— Sinto muito, eu tenho...

— Vá pegá-la, tigre. — Ela sorri. — Nós estamos bem.

Sorrio de volta para ela e beijo sua testa, então abraço todos os meus amigos, beijo o rosto de Cher, e começo a fazer ligações para voltar a Seattle.

Capítulo Vinte e Quatro

Samantha

Faz apenas um dia desde que Leo foi para L.A., e já estou completamente desesperada.

Isso não é bom.

Estou farta da minha própria companhia. Não quero ver Luke ou o meu pai. Quero Leo.

Então, para limpar a cabeça, decido dar uma corrida. Leo provavelmente bateria na minha bunda por correr sozinha tão tarde. O pensamento me faz sorrir.

Ele dá uma boa palmada.

Fecho meu casaco com capuz, pego as chaves e o spray de pimenta que carrego quando corro sozinha, e saio. O bairro está relativamente calmo, e as luzes da rua, acesas. Por causa do adiantado da hora, vou correr apenas uns dois quilômetros. É bom estar fora no ar frio.

Faço um grande círculo e, quando me aproximo da entrada do meu prédio, vejo um homem familiar encostado na parede. Meu primeiro pensamento é Leo, mas Leo é mais alto e mais magro do que esse cara.

— Oi, Samantha.

Que diabos ele está fazendo aqui?

— Brandon.

— Você não devia correr à noite sozinha. — Ele está franzindo a testa para mim quando me aproximo, ofegante.

— Estou bem. O que você está fazendo na cidade?

— Vim passar uma semana com minha família, e pensei em parar e ver como você está. — Ele encolhe os ombros e sorri. — Pelos velhos tempos.

— Velhos tempos, hein? — Sorrio para ele.

— Então, como será? Vai me convidar para subir?

Coloco as mãos na cintura e inclino a cabeça, olhando para o homem bonito interessado em transar comigo. Ele não é tão alto como Leo, tem cabelos pretos e olhos azuis, um queixo quadrado. Seu corpo é definido e perfeito, e ele sabe satisfazer uma mulher na cama.

Mas qualquer pensamento com ele faz meu estômago revirar.

— Brandon, nós nos divertimos, mas estou saindo com alguém.

— Então, é verdade? — Ele ri ironicamente. — Você sempre me disse que estava apenas interessada em uma foda com força.

— Isso é verdade. É tudo em que eu estava interessada antes. — Minhas paredes se erguem imediatamente. Brandon é sexy, mas também é um idiota.

— Eu teria dado qualquer coisa que você quisesse. — Ele balança a cabeça e faz uma careta. — Fui apaixonado por você por anos.

Minha boca se escancara.

— Nós éramos amigos de foda.

— Assim era como você chamava.

— Bem, sinto muito que não estávamos na mesma página, Brandon. Se eu soubesse...

— Você teria parado de me ligar — ele me interrompe. — Eu sei.

— Bem, boa sorte. — Me viro para o meu prédio, mas ele me para.

— Que tal me convidar para subir, e eu te lembro o quão bom sou para você? — Ele dá um passo mais perto de mim e coloca a mão sob o meu casaco, no meu seio.

— Que tal você tirar a mão de cima de mim agora, e eu não chuto o seu traseiro? — Minha voz é fria e dura, e agarro o spray de pimenta com mais força, pronta para mostrar quem é que manda.

— Vamos lá, baby, não seja assim.

— Acredito que ela tenha dito não. — A voz dura sai da escuridão. Leo! Brandon imediatamente me solta e dá alguns passos para trás. Leo voltou! Ele caminha em minha direção e envolve o braço em volta dos meus ombros, beija minha cabeça e encara Brandon. — Você é surdo?

— Vá se foder — Brandon brada.

— Acredito que ela praticamente disse isso para você. — Leo ri. — Não piore sua situação, cara.

— Você não sabe de nada sobre nós — Brandon começa, mas Leo levanta a mão, parando-o.

— Você quer prestar queixa por agressão sexual? — Leo pergunta.

— Não, eu quero que ele vá embora.

— Tudo bem. — Brandon faz uma careta. — Quem perde é você.

— Ok. — Dou de ombros e viro as costas para ele, arrastando Leo comigo para dentro do prédio e até o elevador, antes de saltar sobre ele, envolvendo as pernas ao redor da sua cintura e os braços ao redor dos seus ombros, e o beijo loucamente, mordendo os lábios, seu piercing, absorvendo seu calor e seu cheiro.

— Senti sua falta — sussurro contra seus lábios, sorrindo.

— Eu também, e estou chateado com você.

— Por quê? — Desço e franzo a testa para ele.

— Você foi a correr à meia-noite.

— Como você sabe? — Mordo o lábio.

— Bem, você admitiu isso para aquele idiota lá embaixo, e está vestida para uma corrida.

— Espere, você ouviu toda a nossa conversa? — pergunto, incrédula. Forcei meus pensamentos tentando me lembrar de tudo o que foi dito.

— Ouvi. — Ele balança a cabeça, suspira e passa os dedos pelo meu rosto. — Eu quase o matei.

O elevador chega ao meu andar, e caminho com ele até minha porta.

— Você parecia muito calmo.

— Eu quase o matei. — Ao som da sua voz, Levine vem correndo do quarto, salta para o braço do sofá e grita por atenção.

— Ele sentiu sua falta também.

Ele acaricia as costas de Levine e me olha, seus olhos firmes e quentes, mas sua boca está apertada em desaprovação.

— Não quero que você corra tão tarde.

— Só corri dois quilômetros! — eu me oponho.

Ele suspira e me puxa para seus braços. Ele não me beija apenas. Ele toma posse de mim.

E eu amo isso.

— Por favor, não faça isso de novo — ele sussurra. — Se algo acontecesse com você, eu morreria.

Bem, quando ele coloca assim...

— Ok — concordo.

— Obrigado por enviar os presentes ao bebê hoje.

Sorrio largamente e salto nas pontas dos pés.

— Eles chegaram?

— Sim, e são fantásticos. Maddox vai adorar aquela guitarra.

— Ele deve ter uma guitarra como seu pai — concordo. — Como está o bebê?

— Pequeno. — Ele ri e encolhe os ombros.

— E Lori?

— Ela está ótima. — Seus olhos estão felizes quando ele me levanta em seus braços e me leva para o quarto.

— Você quer algo para beber? — Empurro os dedos em seu cabelo castanho suave.

— Mais tarde — ele murmura, e beija minha testa.

— O que você quer fazer agora? — pergunto com um sorriso.

— Não estive dentro de você por tempo demais, Raio de sol. — Ele me abaixa e tira minhas roupas, me deixando nua, seus lábios beijando minha pele a cada peça que arranca. Até o momento em que ele puxou minhas meias, eu estava ofegante e em chamas.

Ele puxa a camisa sobre a cabeça, abre o zíper e o botão da calça e me leva até a cama, de costas.

— Abra as pernas, querida.

— Puxa, isso é muito rápido. Costumo pedir ao cara para me pagar um jantar, antes que ele possa simplesmente insinuar algo como "abra as pernas". — Rio, e ele aperta minha coxa, então morde e beija minhas pernas afastadas.

Ele sistematicamente beija seu caminho até meu corpo, suas mãos se movendo em cima de mim, acariciando meus seios, meus mamilos.

Ele chega ao meu umbigo e suspira.

— Sexy.

Ele dá vários beijos molhados na minha pele e sobe até descansar sua pélvis contra a minha. Seus lábios fazem estragos em meu pescoço, me fazendo contorcer debaixo dele, meu quadril circulando e o convidando para estar dentro de mim.

— Senti saudade de você — ele sussurra.

— Eu também, mas foi só um dia.

— Eu senti mesmo assim. — Ele beija todo o caminho até o outro lado e chupa minha orelha, roçando minha mandíbula com os dentes, e se instala para me beijar loucamente.

Sua mão desce pelas minhas costelas, até chegar entre nós e segurar meu centro com a mão aberta.

— Você está tão molhada.

Um dedo desliza para dentro de mim, seu polegar pincelando meu âmago, e eu suspiro.

— Eu quero você.

— Humm... — ele concorda. — Sabe o quão incrível você é?

Não posso nem pensar nesse momento.

— Se este é um teste com perguntas, vou tirar zero, porque não me lembro nem o meu nome agora.

Ele ri e morde o lábio inferior, afastando o cabelo do meu rosto e continuando a me deixar louca com seus dedos. Suspiro quando ele acrescenta outro, meus dedos enrolando, e empurro minha virilha contra ele.

— Você sempre me surpreende — ele sussurra. — Goza. — Ele morde meu queixo, empurrando o clitóris com o polegar. Gozo violentamente, apertando os dedos com força, gemendo e tremendo debaixo dele.

E ele ainda nem mesmo está dentro de mim.

Ele retira os dedos e chupa até limpá-los, seus olhos rindo para mim.

— Você é deliciosa, Raio de sol.

Apenas sorrio, quando ele agarra as minhas mãos, unindo os dedos e puxando sobre a minha cabeça, enquanto recua e afunda dentro de mim, rápido e intenso.

— Ah, nossa — murmuro, e tensiono contra suas mãos, mas ele me segura forte, seus olhos cinzentos prendendo o meu olhar, e bombeando para dentro de mim, mais e mais, mais e mais duro. Sua respiração está vindo forte e rápida, e, finalmente, ele aperta os olhos e se solta, estremecendo enquanto se derrama dentro de mim.

— Eu te amo — ele sussurra, e me beija suavemente.

— E eu amo você.

Ele me beija mais uma vez e, em seguida, levanta, saindo de dentro de mim, e cambaleia para fora da cama, caminhando até o banheiro para se limpar.

Eu o vejo saindo, felizmente podendo admirar aquela bela bunda, quando seu ombro me chama a atenção.

— O que é isso? — exijo, e pulo da cama. Ele reaparece na porta, enxugando as mãos em uma toalha.

— Uma tatuagem.

Reviro os olhos.

— Sim, mas quando foi que fez? Você não tinha quando saiu ontem à noite.

— Fiz esta manhã. Kat me pegou cedo.

— Kat? — Franzo a testa e então meus olhos se arregalam. — Que Kat?

— Uma pessoa que eu conheço. — Ele se vira para caminhar de volta para o banheiro, e o sigo, inspecionando sua nova tatuagem no espelho.

É espetacular na luz. É um sol amarelo e laranja, esboçado no fundo preto. Os raios parecem se mover em uma profusão de cores. Em torno dele e entre os raios, há um azul vibrante, como um céu azul.

— É linda. — Suspiro. — Espero que não tenha machucado quando te abracei.

— Estou bem. — Ele sorri. — Ela fez um ótimo trabalho.

Não posso parar de olhar para a tatuagem.

— O azul são seus olhos — ele murmura, e vira para mim, segurando meu rosto.

— Você fez algo permanente em você para lembrar de *mim*?

Ele franze a testa por um momento e, em seguida, suspira.

— Sim.

— Está tudo bem se isso me assustar um pouco?

— Sim. — Ele ri e acena com a cabeça.

— Bom, porque isso me assusta um pouco. — Olho-o no espelho novamente, e calor se espalha pelo meu corpo, sabendo que ele queria algo meu nele, mas, ao mesmo tempo, é um grande compromisso.

— Me diga por que você está assustada. — Ele está me observando de perto.

— É permanente — sussurro, e ele apenas balança a cabeça, esperando que eu continue. — Merda, Leo, é mais permanente do que um anel.

Seus olhos se estreitam.

— Confie em mim, quando eu colocar um anel no seu dedo, ele vai ficar lá para sempre.

Quando ele colocar um anel no meu dedo?!

— Leo — começo, e saio dos seus braços. — Pensei que estávamos na mesma página. Não estou interessada em ter um anel no meu dedo.

— Do que você está falando? — Ele faz uma careta.

— Você disse que o casamento não lhe interessava. E eu também não quero. — Balanço a cabeça, cruzando os braços sobre o peito. — Nós podemos estar comprometidos sem anéis em nossos dedos.

— Samantha, eu era um homem diferente. — Ele coloca as mãos nos quadris, na altura da calça jeans baixa. — Conhecê-la, me apaixonar por você, mudou isso. Você é minha.

— Sim, como você está sempre me lembrando. Várias vezes.

— Porque, aparentemente, é necessário o lembrete. Você me marcou, e essa tatuagem é meu jeito de mostrar ao mundo que eu sou seu, para sempre.

Continuo de cara fechada, mas, puta merda, ele é meu. *Permanentemente.*

— Leo, estou comprometida com você, mas o casamento...

— Jesus Cristo — ele interrompe. — Não é como se eu estivesse de joelhos com um anel.

— Tudo bem. — Franzo a testa.

Ele vence o espaço entre nós e empurra as mãos no meu cabelo, me segurando forte.

— Eu sou seu, Raio de sol. Acostume-se com isso. O resto vai se resolver.

— Você é muito meu — concordo, e sinto meu corpo relaxar.

— Nossa, você é teimosa pra caralho. A maioria das mulheres estaria encantada que seu namorado fez uma tatuagem especial para ela.

— Pelo menos você não tatuou meu nome no pescoço. — Tremo, e ele dá uma gargalhada.

— Não é realmente meu lance. — Ele balança a cabeça e suspira. — O que eu vou fazer com você?

Apenas continue me amando. Não digo em voz alta. Em vez disso, fico na ponta dos pés e pressiono os lábios contra os dele.

— Sua nova tatuagem é linda — sussurro.

Capítulo Vinte e Cinco

Um mês depois

— Você não tem que me acompanhar até a porta. Me lembro onde Jules e Nate moram. — Sorrio para Leo, que anda comigo pelo corredor do prédio deles e me leva até a porta.

— Não me importo. Então, está tudo combinado para vocês nos encontrarem no local às seis e meia, certo?

— Sim — confirmo, e reviro os olhos. Esta é a terceira vez que ele me lembra desde que saímos da minha casa, e só moro a quatro quarteirões de distância. — Por que você está tão preocupado que nós temos que estar lá na hora certa?

— Porque as mulheres já têm a tendência de ser atrasar, então seis se arrumando juntas e chegar a algum lugar na hora certa? Impossível. E o show começa às sete.

— Ah, homem de pouca fé. — Dou uma risada e toco a campainha. — Nós vamos estar lá na hora. Temos pelo menos três horas para ficarmos prontas.

— Oi! Você chegou! — Jules abre a porta, vestida apenas com short vermelho curto e uma blusa preta apertada. — Estamos fazendo o cabelo agora. Já tenho uma ideia para você.

— Obrigada pela carona. — Dou um passo para seguir Jules, mas Leo segura minha mão e me puxa de volta para ele, me beijando profunda e possessivamente, antes de se afastar com um sorriso maroto.

— Você vai arrasar esta noite — sussurro para ele. Leo sorri, mas sei que ele está um pouco nervoso.

— Vista algo sexy para mim. — Ele bate na minha bunda quando saio.

— Vou usar roupa de ginástica! — grito por cima do meu ombro, e aceno quando ele ri e fecha a porta.

— Olá, meninas! — cumprimento, colocando minha mochila com as coisas que vou usar na cama de Jules, junto com todas as outras, e caminho até o banheiro. — Parece que uma loja de beleza explodiu aqui.

— Você chegou! — Natalie beija meu rosto, feliz. Stacy e Brynna estão debruçadas sobre a pia, aplicando cuidadosamente a maquiagem.

— Este é um show de rock, sabiam? Vocês vão suar muito e essa maquiagem vai sair.

— Eu não. — Stacy ri. — Não sou mulher de suar. Eu brilho.

Meg ri.

— Basta usar tudo à prova d'água que vai ficar bem.

Ela está incrível. Seu cabelo é uma profusão de cachos vermelhos e loiros, e ela acrescentou mechas roxas em volta do rosto.

Jules e Natalie optaram por deixar seus longos cabelos soltos e lisos, muito elegantes.

— Sente-se — Jules me instrui.

— Posso fazer meu cabelo. — Faço uma careta. — Venho fazendo isso há bastante tempo.

— Não seja covarde. Vou fazer algo realmente incrível.

— Que ótimo. Só não faça um penteado no estilo dos anos 80.

Jules sorri e me empurra em uma cadeira, se aproximando com sua chapinha, e começa a trabalhar.

— Sam, você está gostando do seu novo trabalho? — Stacy pergunta, e sorri para mim.

— Estou amando. — Sorrio quando penso no meu novo cargo na Wine Northwest, uma popular revista que apresenta vinhos e vinícolas do noroeste.

— Você já começou a provar os produtos? — Jules pergunta, enquanto esfrega alguma merda de gel no meu cabelo.

— Na verdade, sim. E é incrível.

— Fico feliz por você. — Nat termina de colocar o batom e arruma com cuidado o cabelo. Ela nem parece grávida ainda. — Estamos orgulhosos de vocês.

— Obrigada, é um alívio estar empregada novamente.

— Leo está nervoso? — Brynna pergunta, olhando-me pelo espelho.

— Ele diz que não, mas acho que deve estar um pouco. É o seu primeiro show em quase seis meses.

— Além disso, é em casa, então significa mais — Meg concorda. — Ele provavelmente está agindo como um cara valente, mas seu estômago deve estar enlouquecido.

— Coitado. — Stacy ri. — Deus, espero que ele fique sem camisa esta noite.

— Você pode conseguir isso, Sam? — Nat pergunta com uma risadinha. — Meu Deus, aquelas estrelas. — Ela abana o rosto com as mãos e ri.

— Vou informá-lo desse pedido — respondo secamente. É claro que ele vai ficar sem camisa. Ele é Leo Nash.

Mal posso esperar.

— Brynna, você está sexy — Jules comenta, e continua a puxar meu cabelo.

— Obrigada. — Brynna pisca.

Jules está certa: Brynna está ótima. Seu corpo cheio de curvas está fantástico com os jeans skinny e a blusa brilhante preta decotada.

— O sexo a deixa mais bonita. — Stacy sorri, e sinto meus olhos se arregalarem.

— Não acredito!

Brynna cora e abaixa o olhar por um momento, depois, se vira para nos encarar com um sorriso feliz.

— Você está recebendo seus orgasmos! — Natalie exclama feliz.

— Ah, menina, estou — Brynna concorda. — Posso dizer com segurança que os homens Montgomery podem dar orgasmos incríveis. — Tanto Stacy como Meg acenam de acordo, e eu dou uma risada, aliviada que Jules soltou o meu cabelo para que eu não fique com ele queimado.

— Ah, meu Deus! Isso é ótimo! — Jules corre para abraçar Brynna e faz uma careta. — Espere. Eca. É o meu irmão. Eca.

— Jules, odeio te dizer isso, mas seus irmãos fazem sexo. — Sorrio e me sirvo de uma taça de champanhe de uma garrafa na pia.

— Eles fazem muito, muito bem sexo. — Meg aplica seu brilho labial e passa um lábio no outro. — Realmente ótimo.

— Se ele te machucar, eu o mato. — Jules levanta um punho e prende-o no peito, como se fosse derrubar alguém.

— Você sempre diz isso. — Nat revira os olhos e abraça Brynna. — Estou muito feliz por você.

— Sim, bem, ele é um completo burro teimoso e deixou bem claro que é apenas sexo e que ele está se certificando de que as crianças e eu estamos seguras. — Ela encolhe os ombros, mas não consegue disfarçar a tristeza em seus lindos olhos castanhos. — Mas os orgasmos são alucinantes.

— Aqui, beba algo. — Pego mais uma taça. — Você está sexy hoje à noite. Nós vamos ter uma explosão. Caleb vai engolir a língua quando te vir.

— Afinal, por que os caras também vão? — Stacy pergunta. — Pensei que era para ser uma noite de garotas.

— Não sei. — Jules encolhe os ombros. — Eles gostam da música.

— Gostaria que Will não estivesse fora da cidade neste fim de semana. — Meg franze a testa.

— Vamos lhe enviar fotos — Nat garante a ela. — Nós vamos tirar fotos da gente na primeira fila, flertando com os seguranças e tentando invadir o palco.

— Ãh, Nat. — Dou uma risada e balanço a cabeça. — Estamos com a banda. Não precisamos flertar com os seguranças.

— Bem, onde está a diversão, então? — Ela faz uma careta, e todas riem.

— Pronto, seu cabelo está perfeito. — Jules trabalha em mais um fio na frente e se afasta. — Dê uma olhada.

Ela fez um ótimo trabalho. Meu cabelo está com movimento e meio bagunçado, em um estilo roqueiro. Como ela conseguiu fazer isso com uma chapinha e aquelas coisas de gel estão além do meu conhecimento.

— Obrigada. — Sorrio. — Se toda essa merda de banco de investimento não der certo, você pode perfeitamente trabalhar com cabelos.

— Vou manter isso em mente — ela responde com sarcasmo, enquanto pego minha bolsa de maquiagem e começo a procurar o que quero, com Brynna pairando por perto, me dando dicas sobre como fazer meus olhos esfumados. Finalmente, após o que parece uma eternidade, Brynna e o resto das garotas estão satisfeitas com a minha maquiagem.

— Vou me vestir — Jules anuncia.

— Eu também. — Sigo-a até o quarto e coloco o meu vestido preto justo, cravejado de prata nos quadris, na altura das coxas. Ele tem um profundo decote em V, mostrando meus seios, graças a um ótimo sutiã que os levanta e deixa perfeitos.

— Puta merda, você está sexy. — Jules está olhando para mim, com a boca aberta. — Que sapatos vai usar?

Pego meus saltos pretos de tiras, estilo gladiador, da bolsa e mostro presunçosamente.

— Sapatos Me-Foda.

— Leo vai precisar de algum tipo de reanimação. — Ela sorri e veste um jeans apertado e uma blusa vermelha drapeada com alça no pescoço, com um decote que fica baixo entre os seios. Saltos vermelhos de couro Jimmy Choo completam o look.

— Todas estamos mostrando os peitos esta noite. — Dou uma risadinha.

— Claro que sim, por que não?

Nos juntamos às outras e ganhamos vários gritos e assobios.

— Estamos um grupo de mulheres deliciosas. — Meg acena, feliz. Ela está deslumbrante em um vestido tomara que caia verde, estilo boneca, na altura das coxas, e um lenço verde. Nat e Stacy estão lindas em vestidos pretos curtos.

A colocação de Meg foi perfeita: somos um bando quente.

— Todas prontas? Leo vai ficar chocado se chegarmos a tempo.

— Vamos chocá-lo — Jules concorda.

O lugar está lotado. Key Arena é muito menor do que Tacoma Dome, mas também é mais íntimo. Não fiquei muito surpresa que os rapazes tenham escolhido este local.

Aqui vai começar sua turnê de vinte dias pelos EUA. A turnê Raio de Sol. Sorrio quando vejo as camisetas, enquanto caminhamos até os nossos lugares. Leo já me deu a minha.

À medida que vamos para a primeira fila, onde já posso ver e ouvir os nossos rapazes, um segurança se aproxima de nós.

— Qual de vocês é Samantha Williams? — ele pergunta.

As garotas apontam para mim, e continuam caminhando até os seus homens.

Deus, os caras estão realmente fantásticos esta noite.

— Você poderia me acompanhar? O Sr. Nash gostaria de ter uma palavra.

— Claro. — Eu o sigo, passando pelos outros, e depois cruzamos uma porta preta para a área atrás do palco. É surpreendentemente tranquilo aqui, apesar da enxurrada de atividades dos funcionários descarregando e ajustando os equipamentos e outras pessoas agitadas circulando no local, todas usando crachás oficiais VIP.

— Por aqui. — Ele abre uma porta e acena para eu entrar, fechando-a.

— Graças a Deus. — Leo me puxa para si e me beija loucamente, então se afasta, os olhos cinzentos se movendo pelo meu corpo. — Puta merda, Sam, como vou conseguir me concentrar no show, com você desse jeito na primeira fila?

Sorrio e giro o corpo.

— Você gosta?

— Acho que acabei de ter um derrame — ele confirma.

— Você está muito sexy também. — Ele está de calça de couro preta e uma camiseta de um antigo show do AC/DC. — Quanto tempo até tirar a camiseta?

— Provavelmente, na primeira música. Fico com muito calor — murmura.

— Você quer mostrar suas estrelas — eu o contradigo, e dou uma risada quando ele franze a testa para mim. — As garotas vão ficar felizes. Elas estão animadas para ver suas estrelas.

— E você? — ele pergunta, e beija minha testa.

— Gosto das estrelas também. — Sorrio e coloco as mãos sob sua camiseta, esfregando os polegares onde as estrelas estão, acariciando todo o V do quadril. — Elas são absolutamente excitantes.

— Não me deixe excitado desse jeito antes de um show, Raio de sol.

— É isso que estou fazendo? — pergunto, com os olhos arregalados.

— Você é um problema — ele resmunga, e sorri. — Mas amo esse problema. O segurança vai trazer todos de volta para cá após o show. Basta ficarem em seus lugares.

— Nós vamos ficar. Você vai arrebentar.

— Honestamente, não é o show que está me deixando nervoso. — Ele franze sua testa e beija a minha novamente.

— O que está te deixando nervoso?

— Você vai ver. — Ele balança a cabeça e verifica o relógio. — É melhor voltar para lá. Tenho que encontrar os caras. Temos um ritual pré-show, e não posso perder.

— Sacrificar uma virgem? — Rio.

— Nada tão dramático. — Ele balança a cabeça, sorrindo suavemente. — Te vejo daqui a pouco.

— Ok. Boa sorte. — Ele me beija duro e rápido, e me leva até o corredor, onde o segurança está esperando para me escoltar de volta para o meu lugar.

— Este é Lionel. Ele foi designado para vocês a noite toda. Se precisar de alguma coisa, é só pedir a ele.

— Tudo bem. — Me viro para Lionel. — Estou pronta.

Leo

Além de Samantha, não há nada que eu ame mais do que cantar. A emoção de ser cercado por milhares de pessoas cantando junto comigo as músicas que eu escrevi é melhor do que qualquer loucura induzida por drogas.

A primeira metade do show ocorreu sem problemas. A banda estava aquecida, tocando à beira da perfeição. Estou com esses caras há tempo suficiente para que a gente se comunique com os movimentos das mãos ou com os olhos.

É maravilhoso.

Minha voz é forte e, com toda certeza, nunca me diverti tanto em um show. Claro, não faz mal que seja a minha cidade, e a minha garota esteja na plateia.

— Vocês estão se divertindo, Seattle? — grito, e levanto o microfone em direção à plateia. A resposta é um grito ensurdecedor.

Olho para a frente, e vejo Lionel chamando Meg para mim, escoltando-a até os bastidores.

Chegou a hora.

— Nós temos uma convidada muito especial hoje à noite, Seattle. Quando ainda tocávamos em bares e clubes pela cidade, havia esta garota linda. — Faço um gesto à minha esquerda, enquanto Meg entra confiante no palco, com um grande sorriso nos lábios e um microfone na mão. — Ela era uma parte da Nash naquele momento. Ela concordou em cantar com a gente hoje à noite! Pessoal, Megan McBride!

Os gritos e aplausos da multidão são ensurdecedores, principalmente na primeira fila. Jules está gritando e pulando.

Você ainda não viu nada, querida.

— Oi, pessoal! — Meg cumprimenta, e acena, recebendo mais aplausos.

Eu lhe pedi para se juntar a mim no palco há algumas semanas atrás, e ela rejeitou veementemente a ideia no início, mas coloquei Sam, Jules e as outras meninas para falar com ela.

Eu sempre consigo fazer as coisas do meu jeito.

Aceno com a cabeça para Gary, e ele começa a música no teclado, Eric se junta a ele na bateria, e iniciamos a música.

Não é uma das nossas. Will me pediu para mudar o arranjo de *Kiss Me Slowly*, de Parachute, para um dueto, e chamei Meg para cantá-la comigo. Menti para ela e disse que era para Sam.

Ela caiu.

Canto o primeiro verso, ela pega o segundo, e nos unimos para o refrão.

Deus, minha garota sabe cantar.

A música chega ao fim, e a multidão está extasiada, gritando para nós, e o sorriso de Meg é simplesmente incrível. Ela devia tocar conosco mais vezes. Meg acena e se vira para sair do palco, mas seguro sua mão.

— Não tão rápido, Megan — falo no microfone, e ela se vira, surpresa estampada em seu rosto. — Então, tenho certeza de que vocês não sabem disso — digo à multidão —, mas Megan é a minha irmãzinha. Ela cresceu e se envolveu com alguém que todos conhecem e amam, e acho que vocês irão reconhecer o nome dele: Sr. Will Montgomery.

A multidão pira, pulando e gritando, e Meg faz uma careta para mim. Ela acha que estou enlouquecendo em simplesmente mencionar o nome de Will aqui.

Mas está errada.

— Vire-se, Megzinha — falo no ouvido dela, por isso apenas ela pode ouvir, e seus olhos se arregalam em estado de choque e, em seguida, as lágrimas também começam a descer, quando vê Will se aproximando atrás dela. Ele está usando uma calça social e camisa de botão com as mangas arregaçadas, e tem um microfone na mão. Acena para mim, e eu solto a mão dela, me afastando alguns passos para deixá-lo fazer o que precisa, mas perto o suficiente para que eu possa assistir com o resto de Seattle.

— Oi — Will diz no microfone, seus olhos em Meg, e então ele acena para a multidão, que imediatamente explode em alegria novamente.

Esta é uma plateia fantástica. Olho para a primeira fila, para encontrar os olhos de Sam em mim, sorrindo amplamente. Todos os Montgomerys estão aplaudindo e gritando, as mulheres chorando. Will e eu conseguimos manter isso em segredo de todos.

— Meg — Will começa, e se aproxima mais dela, ambos de lado, assim a família pode ver os perfis dos dois perfeitamente. — Então, eu, obviamente, não tive que sair da cidade neste fim de semana. — Ele sorri para ela e encolhe os ombros. — Leo me ajudou com essa surpresa.

Meg olha para mim, e eu apenas sorrio e dou de ombros.

— A música que você cantou também não foi de Leo para Sam como ele disse que era. — Ele ri quando ela abaixa o microfone e me xinga por ter mentido e, em seguida, ele vira o queixo dela para ele. — Foi minha para você. — Ele limpa a garganta. — Não tinha certeza de onde isso ia dar. Quando te conheci, tudo o que eu sabia era que queria você.

A multidão estava absolutamente em silêncio, ouvindo em êxtase Will abrir o coração para Meg.

Se eu não a amasse tanto, eu o chamaria de menininha, mas ela merece cada palavra, e muito mais.

— Há um trecho da música que você acabou de cantar que diz: *"E é difícil amar de novo, quando a única forma que aconteceu, quando o único amor que você conhece, simplesmente foi embora..."*

— Bem, estou aqui para lhe dizer, na frente de todas essas pessoas e de todos que amamos, que eu nunca vou a lugar nenhum, Meg. E também nunca vou deixar você ir. Eu te amo mais do que eu imaginava ser possível amar alguém. Então... — Ele fica em um joelho, e Meg cobre a boca com as mãos, as lágrimas escorrendo pelo seu rosto bonito. Will pega uma pequena caixa azul do bolso e a abre, lhe mostrando uma pedra enorme pra caralho.

Arrebentou, Will.

— Megan, você me daria a honra de ser minha esposa? Case comigo, querida.

Você poderia ouvir um alfinete cair no Key Arena agora. Ninguém está sequer respirando enquanto todos esperam a resposta de Meg. Os Montgomerys estão em pé, perfeitamente imóveis. As lágrimas continuam a escorrer pelo rosto de Meg, e os segundos passam como se fossem horas.

— Ãh, Meg — murmuro no microfone. — A resposta é sim, querida, tire o homem do seu desespero.

O público ri, e, finalmente, ela fica de joelhos diante dele, deixa cair o microfone no chão, segura seu rosto e diz:

— É claro que vou me casar com você.

A multidão vai à loucura, quando Will envolve os braços em volta da sua cintura e a agarra, beijando-a intensa e profundamente.

Muito tempo, e muito profundamente.

— Ei, Montgomery, coloque essa pedra em seu dedo e saiam. Tenho um show para fazer.

Eles riem, e Will desliza o anel em seu dedo e a beija, depois a ajuda a levantar. Ambos acenam para a multidão e saem do palco pelos bastidores à minha esquerda.

Viro para a banda, levanto o microfone e grito:

— Ok, Seattle, vamos tocar rock, porra!

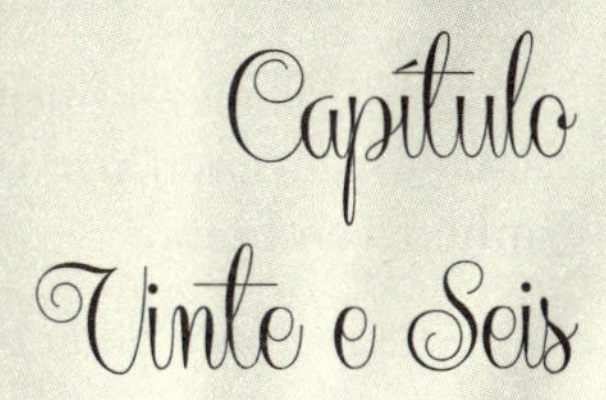

Capítulo Vinte e Seis

Samantha

A festa pós-show está bombando. Os fãs que ganharam passes livres para autógrafos e fotos rápidas vieram e se foram. A banda deixou bem claro que essa festa era só para eles e seus familiares.

Ainda há mais de trinta de nós.

— O show foi espetacular! — Stacy exclama, e se aconchega ao lado de Isaac, com uma bebida na mão.

— Foi mesmo — Brynna concorda, e sorri para o casal. Will está no sofá, com Meg em seu colo. — Will fez, possivelmente, a proposta mais romântica que eu já vi.

— Sou um cara romântico. — Ele encolhe os ombros e nos dá um sorriso arrogante.

Meg explode em gargalhadas.

— Você tem muitas qualidades, querido, mas romântico não é uma delas. Será que Luke te deu algumas dicas?

— Ei! Tenho meus momentos românticos! — Will franze o cenho para ela e então se inclina para sussurrar em seu ouvido, fazendo-a corar.

— Ah, sim, verdade.

— Não quero saber. — Matt balança a cabeça e depois se vira para Caleb, que esteve absolutamente silencioso toda a noite, mesmo durante o show. Seus olhos estão estreitos; seu corpo, em alerta máximo.

— Você está bem, cara?

— Tudo bem — Caleb confirma, e acena com a cabeça. Brynna franze a testa para ele.

— Você tem certeza?

— Estou bem. — Sua mandíbula está apertada, mas sua voz é firme e não deixa espaço para questionamentos.

— Ei, Sam. — Jules se aproxima de nós do outro lado da sala. — Leo estava procurando por você há alguns minutos. Acho que você estava no banheiro na hora.

— Sabe para onde ele foi?

— Eu o vi no corredor. — Jules aponta em direção à porta.

— Ok, obrigada. — Verifico a hora no meu celular, enquanto caminho pelo corredor. Gostaria de saber quanto tempo temos que ficar, antes de podermos sair discretamente. Os caras viajarão amanhã para a turnê, e quero ter o máximo de horas possível sozinha com o meu amor.

Ouço vozes sussurrando, quando viro no corredor. Leo está em pé, de costas para mim, de frente para Rick, seu empresário, que está virado em minha direção, mas ainda não me viu.

— Você vai destruí-la, Leo. Ela te ama.

— Eu também a amava demais, mas como posso confiar nela agora? O que você propõe que eu faça? Quanto mais cedo isso acontecer, melhor.

Que porra eu fiz?

Rick olha por cima do ombro de Leo e me vê. Sua boca se fecha em uma linha sombria e ele exala forte.

— Olá, Sam.

— Caralho — Leo murmura, abaixa a cabeça e coloca as mãos nos quadris. Meu coração parece que vai pular do meu peito. — Volte para a festa, Sam.

Sua voz é fria, zangada. Ele não se vira para olhar para mim.

Rick balança a cabeça.

— Acho que vocês precisam conversar. — Ele dá um tapa no ombro de Leo, e depois um no meu ombro enquanto passa por mim, deixando Leo e eu sozinhos entre as paredes brancas do corredor silencioso.

— Sim, parece que precisamos ter uma conversa. — Ergo todos meus muros. *Não deixe que ele te veja ferida, Samantha.* Caminho até onde Rick estava instantes atrás. Leo não olha para mim, ele mantém os olhos fixos no chão. — Olhe para mim.

Ele levanta a cabeça, mas, em vez de me olhar no olho, ele se concentra sobre o meu ombro.

— Caralho, Leo, olhe pra mim.

Ele balança a cabeça, aperta os olhos e xinga baixinho novamente.

— Olha, Sam...

— Não, foda-se isso. Apenas me diga o que eu fiz de errado.

Sua cabeça levanta de repente e finalmente ele me olha intensamente com seus olhos tempestuosos cinza, carrancudo.

— Você não fez nada de errado.

— Mas você acabou de dizer que não pode confiar em mim. Ouvi claramente você dizer isso.

— Não. — Ele balança a cabeça com firmeza e esfrega as mãos em seus braços. — Você não fez nada. Não estava falando de você.

— O que está acontecendo?

— Caralho — ele resmunga novamente, suspira e engole em seco. — Não sei como te dizer isso, Sam.

— Você está me assustando — sussurro.

— Vou te dizer, mas, antes que eu fale, por favor, saiba que estou muito, muito arrasado. — Ele está olhando nos meus olhos novamente, preocupado, triste e tão, tão arrasado.

— O que é? — pergunto, exasperada.

— Parece que alguém tirou fotos de nós dois em Los Angeles, na minha casa, fazendo amor na varanda.

— O quê? Como? Sua praia é particular.

— Sim, bem, quem sabe?

— Como sabe disso? Você já viu as fotos?

Ele franze a testa e balança a cabeça.

— Não. Melissa está me chantageando. Ela disse que, se eu a demitir pelo vazamento da sua foto, ela vai postar as fotos on-line. — Ele enfia as mãos pelos cabelos e se afasta. — Então, não posso demiti-la até que descubra como lidar com toda essa merda.

— Foda-se.

— O quê? — Ele se vira para mim, os olhos arregalados.

— Ela não vai intimidá-lo para que seja obrigado a manter o seu maldito emprego, Leo. Encare seu blefe. Dispense-a. Se ela vazar as fotos, que assim seja. Somos adultos em um relacionamento amoroso. Se alguém não gostar, não estou nem aí. Não vou permitir que ela transforme o momento mais bonito da minha vida em algo sujo.

Ele só fica parado, com a boca escancarada, e depois pisca rapidamente.

— Espera, de onde veio isso? Do jeito que você ficou tão chateada quanto viu a foto da semana passada, eu tinha certeza de que isso iria destruí-la. Não estou preocupado comigo, mas não vou permitir algo como isso vir à tona sobre você.

— Olha, posso ter exagerado sobre a foto. Esta merda vai acontecer. É apenas uma parte de estar com você. — Levo meus dedos ao seu rosto e lhe dou um pequeno sorriso. — Amo você, Leo. Nós já deixamos claro que eu sou sua, e você é meu, e estamos apostando em uma coisa a longo prazo. Me recuso a ter pessoas como Melissa ditando o modo como vivemos.

— Isso pode se transformar em uma grande tempestade para você.

Dou de ombros, e meus braços envolvem a sua cintura ainda nua.

— Aposto que ela não irá publicá-las, Leo. Ela não vai querer arruinar sua reputação. Ela seria idiota se deixasse vazar. Nós nem sequer temos a prova de que elas existem.

— Você tem certeza?

— Esse assunto com essa vadia encerrou — confirmo. — Agora, vamos aproveitar nossa família, tomar umas bebidas, e depois ir para casa, assim finalmente você pode me dar alguns orgasmos.

— Lidere o caminho, Raio de sol.

— Que horas você tem que sair? — pergunto baixinho, não querendo perturbar o doce silêncio do início da manhã. Estamos enrolados na cama. O dia mal amanheceu. Meu gato está enrolado na barriga de Leo, ronronando, e eu estou aconchegada ao seu lado, com a cabeça em seu peito.

Estamos suados do sexo da madrugada, minha pele ainda cantarolando, e a mão de Leo está afagando minhas costas.

— Tenho que estar no aeroporto às nove — ele sussurra.

— O que você quer fazer até lá? — pergunto, e traço as letras tatuadas em seu peito.

— Acho que devemos sair para uma corrida.

Minha cabeça levanta de repente para olhá-lo.

— Sério?

— Sim. — Ele sorri para mim. — Não vou poder correr com você por duas semanas.

— Vou encontrar com você em Nova York neste fim de semana — eu o lembro. Apenas cinco dias parecem ser tempo demais.

— Nós não iremos correr em Nova York. Teremos sorte se conseguirmos sair do quarto de hotel. — Ele ri e beija minha testa. — Vamos lá, vamos sair dessa cama. Levante.

Eu o sigo para fora da cama, coloco a roupa para correr, e saímos para a rua. Percebo que ele está usando o mesmo short e camiseta que vestia na manhã da nossa primeira corrida.

— Sabe — falo casualmente, enquanto corremos pelo nosso caminho habitual pela cidade. — Eu posso correr mais do que normalmente fazemos.

— Basta correr. Vou segui-la.

— Você não quer saber para onde estou indo? — pergunto com um sorriso.

— Não, eu vou para onde você for.

— Ok, mas você vai ter que acompanhar. Não vou diminuir meu ritmo por sua causa. — Eu lhe lanço um olhar zombeteiro, enquanto ele ri.

— Então apenas preste atenção.

Porra, ele é sexy. Ele é tão sexy para mim agora como era naquela primeira manhã que corremos juntos. Ainda mais agora, que eu conheço o homem sob as tatuagens e os piercings.

— Então, qual é a sua banda favorita? — ele pergunta com um sorriso.

— Não sei. — Dou de ombros e mantenho meu rosto neutro. — Gosto bastante do Daughtry.

— Tente outra vez.

— Train.

— Vou bater em você.

— Eu poderia ter uma coisa especial por Nash — respondo, rindo.

— Vamos ter que resolver isso. — Ele ri.

Corremos, lado a lado, nossa respiração e passos combinados... passo, passo, passo, todo o caminho até o parque, até onde ele me levou à mesa de piquenique para massagear minhas pernas.

— Minhas pernas não estão trêmulas hoje — me vanglorio com um sorriso.

— Não estou dentro de você. É claro que elas não estão.

Levanto uma sobrancelha e, em seguida, caio na gargalhada, empurrando seu ombro.

— Você é um idiota tão arrogante.

Ele beija minha orelha, respirando com dificuldade, enquanto andamos até o nosso café.

— Falei besteira? — ele murmura.

— Não. Foi apenas arrogante.

A garçonete nos leva até uma cabine, com o cardápio na mão, e anota nossos pedidos de suco e café.

Nenhum de nós precisou abrir o cardápio.

— Como está indo o trabalho? — Leo pergunta, e inclina seus cotovelos na mesa, os olhos felizes, um meio-sorriso em seus lábios beijáveis.

— Bem — respondo. — Não há idiotas chamados Bob até agora, e é improvável que eles queiram que eu faça uma reportagem sobre a minha família, já que nosso foco são vinhos. — Pisco para ele, e me aproximo mais para pegar sua mão na minha, então posso traçar a tatuagem dos seus dedos.

— Está animado com a turnê? — pergunto, e observo o meu dedo percorrendo sua pele.

— Vai ser divertido cantar e ficar com a banda por algumas semanas, mas já estou ansioso para voltar para casa.

— São apenas duas semanas. É melhor do que nove meses. — Dou risadinha. — Nove meses iriam me matar.

— Nove meses não iriam jamais acontecer, se você não estivesse comigo — ele diz, como se isso fosse o fim da discussão.

Concordo com a cabeça, assim que o celular vibra no meu sutiã, e Leo ri quando o pego.

— Realmente amo o seu sistema de armazenamento.

Mostro a língua para ele e verifico a mensagem. É de Caleb.

Reunião de família, hoje, às 18h. Casa da Brynna. Obrigatório.

Franzo a testa e viro o celular para mostrar a Leo.

— O que é? — ele pergunta, seus olhos se estreitando.

— Não sei. — Dou de ombros. — Provavelmente tem algo a ver com essas questões de segurança para Brynna. Eu gostaria que ela tivesse nos contado o que estava lhe acontecendo.

— É provavelmente alguma coisa entre eles — ele me lembra com um sorriso. — Você está apenas curiosa.

— Estou preocupada — discordo, e depois dou uma risada. — Ok, eu estou curiosa.

— Me ligue mais tarde e me conte o que está acontecendo.

Dou de ombros e faço uma careta.

— O encontro é tarde hoje. Você provavelmente vai estar ocupado com a passagem de som.

— Você pode e deve me ligar a qualquer hora, Raio de sol. Não dou a mínima para o que estou fazendo. Preciso que você saiba que, mesmo quando não estou aqui, você é a prioridade. Quero saber o que está acontecendo.

Dou de ombros novamente e me endireito, quando a garçonete serve nossos pratos.

— Foi bom ver Lori ontem à noite, mesmo que tenha sido apenas por alguns minutos. — Eu lhe dou um sorriso petulante, e ele ri alto.

— Que maneira de desviar do assunto, pirralha.

Dou uma garfada nos meus ovos e pisco inocentemente, fazendo com que ele dê uma gargalhada.

— Ela jamais teria perdido o show ontem à noite. Além disso, ela queria conhecer sua família.

— Meg parecia estar na lua quando a viu. Como vocês a conheceram? — pergunto, e dou uma mordida no bacon. — Além de ela ser esposa do Gary — acrescento.

— Meg e Lori sempre se deram muito bem. Lori ficou muito magoada quando Meg e eu não nos falamos por um tempo. — Ele dá uma mordida em seu bacon e um gole no café. — Conheço Gary desde sempre — Leo continua. — Além de Meg, e agora você, ele é, provavelmente, a pessoa mais próxima de mim. Conhecemos Lori depois de um show aqui em Seattle. Ela estava na cidade, e veio ver o show, e, como era uma celebridade, veio para a pós-festa e saiu com a gente. Eu estava determinado a transar com ela. — Ele ri e se inclina para trás, com o rosto cheio de humor.

— O que aconteceu? — pergunto, e empurro o meu prato de lado, me inclinando nos cotovelos.

— Ela não quis nada comigo. — Ele balança a cabeça com tristeza. — Ela deu uma olhada na cara feia de Gary, e pronto, se conectaram. Se eu tivesse tentado dar em cima dela, ele teria enfiado o pé na minha bunda.

Sorrio e traço as tatuagens em sua mão novamente.

— Coitadinho, você perdeu a garota.

Ele continuou tranquilo, e olhei para cima, para encontrá-lo em silêncio me observando.

— O que há de errado?

Ele balança a cabeça, como se estivesse sendo arrancando de um sonho, e vira a mão para entrelaçar seus dedos nos meus.

— Percorremos um longo caminho desde a primeira vez que nos sentamos neste café.

— Sim, definitivamente. — Concordo com a cabeça e a inclino para ele. — Você está feliz?

— Ah, Raio de sol. — Ele suspira e puxa minha mão até seus lábios, passando sobre meus dedos, e sorri largamente para mim. — Feliz nem começa a definir como me sinto.

Epílogo

Dois meses depois

Leo

Nossa, é bom estar em casa. Saímos de Atlanta imediatamente após o show ontem à noite e voamos direto para casa, chegando no SeaTac por volta das duas da manhã.

Sam e eu ainda não dormimos.

Em vez disso, fizemos amor no balcão da cozinha, tomamos café da manhã e voltamos para a cama, descansando e curtindo um ao outro depois de estarmos separados por duas semanas.

Duas semanas é o máximo que estou disposto a ficar longe.

— Ah, olhe! — Sam está sentada com as costas apoiadas na cabeceira da cama, vestida com sua camiseta da turnê Raio de sol e com o iPad no colo. — Há uma foto de nós dois no Yahoo!

O gato está enrolado na minha barriga, ronronando enquanto o acaricio, minha outra mão debaixo da minha cabeça. Estou olhando para o teto. Não me incomodo em olhar para o iPad.

— Estamos nus? — pergunto, apenas metade brincando. Tenho pavor, a cada dia, de que as fotos com as quais Melissa nos ameaçou apareçam em algum lugar.

— Não, felizmente não. — Sam ri e passa os dedos pelo meu cabelo. Porra, eu amo quando ela faz isso. — Estas são do show em Phoenix, na semana passada. Uau, eles ainda colocaram o meu nome embaixo, e não apenas "a namorada de Nash" ou "irmã de Luke Williams".

Empurro o gato da minha barriga e me viro, sustentando a cabeça em meus braços, e suspiro quando Sam traça o sol no meu ombro.

— Ah, elas estão bonitas — murmura. — Deus, olha esta bolsa. A nova linha de Michael Kors para a primavera está de morrer.

— Você vai comprar agora? — pergunto com uma risada.

— Sim, não gasto dinheiro há muito tempo com essas coisas. Só quero ter certeza de que meu cabelo fica bem nas fotos. — Ela sorri. — Ah, merda, esses sapatos vão ser meus.

Enquanto ela continua a falar cada vez mais sobre sapatos e bolsas e tudo o que diabos ela esteja comprando on-line, minha mente voa para mais tarde esta noite. Acho que vou levá-la para dançar. Ela adora dançar, e vê-la mover seu doce bumbum me deixa louco.

Pensando bem, melhor não. Eu teria que matar todos os filhos da puta que olhassem para ela.

— Acho que isso tudo não cabe no meu closet — ela murmura.

— Uhum... — murmuro, quase caindo no sono com seus dedos suaves acariciando minhas costas.

— Acho que preciso pensar em construir um novo.

— Espere, o quê? — Me ergo nos cotovelos e olho para ela. — O que você falou?

— Preciso de um closet maior — ela repete, enquanto arranco o iPad de suas mãos, colocando-o sobre a mesa de cabeceira, e a pego em meus braços.

— Continue — murmuro, e afasto seu suave cabelo loiro para trás da orelha.

— Bem, talvez devêssemos começar a procurar um arquiteto. — Ela morde o lábio e me olha especulativamente, e quero cantar de felicidade, mas apenas aceno com a cabeça, pensativo.

— Você quer reformar a sua casa?

— Não seja idiota. — Ela bate no meu braço e, em seguida, traça a minha tatuagem lá. Essa mulher está sempre me tocando.

Espero que ela nunca pare.

— Para que estamos contratando um arquiteto, Samantha? — pergunto, e acaricio seu nariz.

— Bem, nós provavelmente também vamos precisar de uma cozinha.

— Ela dá de ombros. — E um lugar para dormir.

— O que mais?

— Leva meses para construir uma casa. — Ela abaixa o olhar para o meu peito, e inclino o seu queixo para cima, para encontrar o meu olhar.

— Não quero levar todas as nossas coisas a um apartamento qualquer ou para a sua casa. Não estou completamente pronta e, além disso, acho que deveríamos começar em algum lugar novo.

— Ok.

— Mas até o momento em que encontrar e contratar um arquiteto, aprovar planos e a casa estiver realmente construída, acho que estaremos mais do que prontos. — As últimas palavras são sussurradas.

— Vou apressar esse processo, Raio de sol. Estou avisando agora. O empreiteiro vai me odiar, porque vou forçá-lo a terminar todos os dias.

— Vou avisar Isaac — ela responde secamente.

— Tem certeza? — sussurro. *Por favor, Deus, me diga que você está certa.*

— Sim, meus sapatos estão realmente superlotados neste armário. Eles merecem um espaço melhor.

— Vou lhes dar o que eles precisam. — Dou uma risada. — Sam, eu quero te dar o mundo. Eu te amo tanto, e quero estar com você todos os dias.

— Podemos começar com um armário grande pra caralho e uma banheira. — Ela sorri e passa o polegar ao longo do meu lábio inferior. Beijo a ponta do seu dedo suavemente. — Também te amo, Leo Nash. Mais a cada dia.

Fim

A série *With Me In Seattle* continua com a história de Caleb e Brynna no quinto livro, *Save with me.*

Agradecimentos

Ao meu marido: obrigada. Te amo, lindo.

Minhas garotas da Naughty Mafia: Michelle Valentine, Kelli Maine e Emily Snow. Obrigada pelo amor, risadas e amizade. Amo vocês.

Às minhas leitoras beta: vocês sabem quem são. Obrigada por serem brutalmente honestas e meu maior apoio. Não conseguiria sem vocês.

Renae Porter: você é incrível. Obrigada por mais uma linda capa.

Linus Pettersson: é uma bênção trabalhar com você. Obrigada por compartilhar seu talento comigo e com os meus leitores.

Sulan Von Zoomlander: eu não poderia pedir a outro músico para inspirar meu personagem. Agradeço por todas as horas respondendo a incessantes perguntas e por seu senso de humor. Obrigada por tudo.

A muitos autores que se tornaram muito mais do que colegas. Obrigada por sua amizade e apoio. A comunidade independente é maravilhosa.

À minha editora, Kelly Simmon, do InkSlinger: você é a melhor, e valeu a pena esperar. Obrigada pelo trabalho árduo.

A todos os blogueiros que continuam a trabalhar incansavelmente para apoiar e promover meus livros: MUITO OBRIGADA! Vocês fazem tanto pelos autores independentes, e isso não é esquecido. Estou realmente agradecida por tudo que vocês fazem.

E, como sempre, a você, lindo leitor que está com este livro nas mãos. Obrigada, do fundo do meu coração, por ler minhas histórias. Espero que você goste de ler tanto quanto eu gostei de escrever.

Boa leitura!

Kristen

Conheça a Série
With me in Seattle

Livro 1: Fica Comigo

Ser confrontada na praia por um estranho atraente não fazia parte dos planos de Natalie Conner, que apenas queria passar uma manhã tranquila tirando fotos. Mas, afinal, porque ele achou que ela estava tirando fotos dele? Quem é ele? Ela só tem certeza de uma coisa: ele é um gato, extremamente romântico e alimenta a sua alma ferida.

Luke Williams só deseja que o mundo lhe dê um tempo, então, ver outra câmera apontada para seu rosto quase faz com que ele ataque a bela mulher atrás da lente. Quando ele descobre que ela não faz ideia de quem ele seja, fica intrigado e até um pouco atraído. O corpo de Natalie parece ter sido feito para o sexo, sua boca é atrevida, e Luke não consegue enjoar dela, embora ainda não esteja pronto para lhe contar quem verdadeiramente é.

Natalie é uma garota incomum que não lida muito bem com mentiras e segredos. O que acontecerá com esse novo relacionamento quando ela descobrir o que Luke vem tentando esconder?

Livro 1.5: Um Natal Comigo
(somente em ebook)

Isaac e Stacy Montgomery são casados há dez anos e têm uma filhinha linda. A empresa de construção de Isaac está prosperando e Stacy gosta de ser mãe em tempo integral e resenhar romances sensuais em seu blog. Com uma grande família e os muitos privilégios que vêm com isso, Stacy é a primeira a admitir que eles são inestimavelmente abençoados.

Quando chamadas telefônicas e mensagens de texto suspeitas começam a surgir, Stacy questiona a fidelidade de Isaac pela primeira vez no casamento. Ela sabe que um bebê traz mudanças em um relacionamento.

Será que o estresse da paternidade enviou Isaac para os braços de outra mulher, ameaçando destruir o casamento deles?

Livro 2: Luta Comigo

Jules Montgomery está muito ocupada e satisfeita com sua vida para se preocupar com homens, especialmente um como Nate McKenna. Crescer no meio de quatro irmãos lhe ensinou que o mais sensato é ficar longe de homens sexy, tatuados e motoqueiros. Principalmente, se ele for seu chefe. Após participarem de um jantar incrível com os colegas de trabalho, ele violou a política de não confraternização... entre outras coisas, e isso não acontecerá novamente. Jules não vai arriscar sua carreira em troca de sexo alucinante, independente do quanto seu corpo e coração digam o contrário.

Nate McKenna não dá a mínima para a política de não confraternização. Ele quer Jules e vai tê-la. As regras que sejam modificadas, ou que se danem. Ele não é o tipo de homem que entra numa briga para perder, e Jules Montgomery está prestes a descobrir como ele reage ao ser ignorado após a melhor noite de sexo que já teve. Ela pode lutar o quanto quiser, mas ele fará de tudo para ficarem juntos.

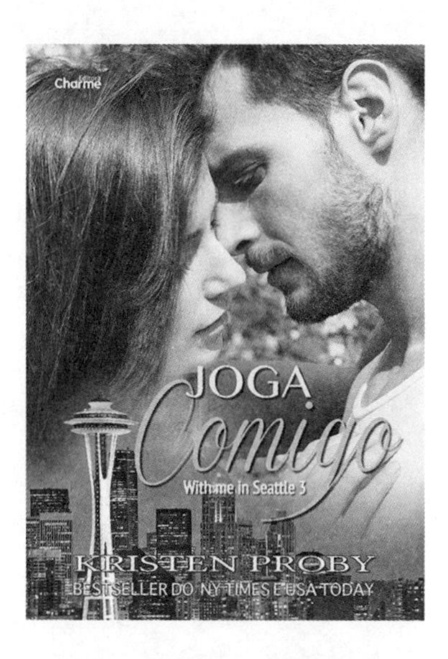

Livro 3: Joga Comigo

Will Montgomery é um jogador de futebol americano profissional de sucesso e aparentemente tem tudo. Ele não está acostumado e certamente não aceita "não" como resposta. Então, quando joga seu charme para Meg, a amiga sexy de sua irmã, ele não apenas é recusado, como também é recebido com hostilidade, o que instiga sua curiosidade e desejo. Ele está determinado a mostrar que não é o jogador arrogante que Meg acredita que ele seja e a conseguir levá-la para sua cama.

Megan McBride não está impressionada com Will Montgomery, nem com seu corpo, seu carro chique ou sua personalidade pública arrogante. Ela não tem tempo para relacionamentos e aprendeu na vida que amor significa perda, então guarda seu coração a sete chaves. Mas Meg não pode negar a esmagadora atração que sente pelo sexy e tatuado atleta.

Quando Will começa a quebrar as suas defesas para alcançar seu coração, Meg estará pronta para admitir seus sentimentos ou será que seu passado conturbado a levará a perder o primeiro homem que realmente amou?

Entre em nosso site e viaje no nosso mundo literário.
Lá você vai encontrar todos os nossos
títulos, autores, lançamentos e novidades.
Acesse www.editoracharme.com.br

Além do site, você pode nos encontrar em nossas redes sociais.

https://www.facebook.com/editoracharme

https://twitter.com/editoracharme

http://instagram.com/editoracharme